Der Autor

Karl Gengenbach

UNGLAUBLICHE GESCHICHTEN
von Karl Gengenbach

Herstellung und Verlag:
BoD - Books on Demand, Norderstedt

ISBN 978-3-7412-3483-5

Taschendiebe
Alte Hausmittel
Kleine Ärgernisse
Stress
Der Lottogewinn
Uns geht es gut
Zurück zur D-Mark
Wie werde ich schnell reich
Verraten und verkauft
Die Krankheit
Das Fußballspiel
In der Eisenbahn
Eurovision Song Contest
Eine verrückte Welt
Mein Kampfgewicht
Das Rock-Konzert
Ein ganz normaler Tag
Die Geldanlage
Kleingeld
Es ist Herbst
Wunderdiäten
Wie verhalte ich mich richtig
Hallenbad Eutingen
Im Fitness-Studio
Radfahrer pro und contra
Peinliche Momente
Türkische Obsthändler
Depro-Pop
Der Tatort
Kappenabend
Keine besonderen Vorkommnisse
Coole Weihnachtsgeschenke
Kampfradler

Ich wandere aus
Hare Krishna
Der Tollpatsch
Verreisen ja, aber wohin?
Die Traumstadt
Ich verreise nicht mehr
Märchenstunde
Die Dritte Welt
Die Waldwege
Ich werde alt
Im neuen Jahr wird alles anders
Alle lieben uns
Es gibt keine Ufo's
Die Entrümpelung
Zeitschriftenklau
Die Banken
Der 80. Geburtstag
Die eigene Toilette
Tommy der Sumpfbiber
Vorurteile und Klischees
Die gefährlichsten Länder und Städte
Touristen-Fettnäpfchen
Deutschland entdecken
Pforzemer Seggel
Sinnlose Gesetze aus aller Welt
Glücksbringer
Unglücksboten
Die spinnen, die Ami's
Das ging daneben I
Kuriose Gesetze in den USA Teil 1
Kuriose Gesetze in den USA Teil 2
Kuriose Gesetze in den USA Teil 3
Unglaubliche Geschichten Teil 1

Unglaubliche Geschichten Teil 2
Unglaubliche Geschichten Teil 3
Unglaubliche Geschichten Teil 4
Kaum zu glauben, aber wahr
Unglaubliche Zufälle
Große Irrtümer
Das unbekannte Land
Picasso und Van Gogh
Die anderen Künstler
Kurioses aus der Welt der Malerei
Die Schweizer Bürokraten
Die 1950er Jahre
Berühmte Worte und Ereignisse
Japanische Sitten und Gebräuche
Schwäbisch für Fortgeschrittene
Besuch bei den Chinesen
Es gibt noch DDR-Produkte
Das ging daneben II
Redewendungen
Lasst euch nicht verrückt machen
Mein Versprechen
Beleidigungen
Außen Hui - Innen Feng Shui
Tai Chi
Das Glück bleibt aus
Was ich nicht mag
Nimm doch ab und zu mal ab
Lebensweisheiten

Taschendiebe

In vielen Städten sind Taschendiebe unterwegs. Bevorzugtes Einsatzgebiet ist die Fußgängerzone am Samstag. Inzwischen werden wir von Einwanderern überschwemmt und damit steigt auch die Anzahl der Taschendiebe.

Taschendiebe gehen äußerst trickreich vor und arbeiten meistens im Team. Reine Aufmerksamkeit reicht deshalb nicht aus. Man muss die Tricks der Ganoven kennen, dann kann man sich eventuell besser schützen.

Methode Ablenkung: Das Opfer wird von einer Person durch ein Gespräch abgelenkt, während die zweite Person das Opfer beklaut.

Methode rempeln: Im Gedränge wird man gerne angerempelt. Der Dieb drängt sich vorbei, klaut die Geldbörse aus der Hosentasche (meist Gesäßtasche) und taucht in der Menge unter.

Methode Rucksack aufschlitzen: Beim Rucksack bemerkt man nicht direkt, wenn er berührt wird. Diebe schlitzen mit einer Rasierklinge den Boden der kleineren Außentasche auf und rauben den Inhalt. Meistens ein Handy oder den Geldbeutel.

Methode Jackentrick: Im Restaurant hängen viele ihre Jacke über den Stuhl und oft schaut der Geldbeutel oder das Handy heraus. Der Dieb trägt seine eigene Jacke über dem Arm, geht vorbei, bückt sich, zieht den Geldbeutel heraus und geht weiter. Durch die Jacke des Diebes wird die Sicht verdeckt und meistens bemerkt niemand etwas.

Methode Beschmutzung: Meine Jacke wird unauffällig beschmutzt, das heißt aus Versehen mit Ketchup, Eis oder Kaffee bekleckert. Der Verursacher will mir helfen das ganze zu säubern. Meistens kommt noch eine zweite Person dazu, die auch helfen will. Sobald ich die Jacke ausziehe, um den Fleck besser zu säubern, geschieht der Diebstahl.

Methode Bus: Ich steige in den Bus und die Person vor mir bleibt plötzlich stehen oder bückt sich. Ich laufe auf und werde dadurch abgelenkt. In dem Moment greift ein Komplize in meine Tasche.

Methode drängeln: Niemand mag es wenn ein Fremder zu starken Körperkontakt sucht. Das macht sich der Taschendieb zu nutze, indem er sich im vollbesetzten Bus nahe an mich drückt. Ich drehe mich weg oder drehe ihm den Rücken zu. Darauf hat der Dieb spekuliert und kann nun den Geldbeutel aus der Gesäßtasche oder einer Rucksacktasche klauen.

Methode Stadtplan: Ein Fremder zeigt mir den Stadtplan und fragt nach dem Weg. Ich konzentriere mich auf den Plan und möchte dem Fremden helfen. Während ich also abgelenkt bin beklaut mich eine zweite Person. Noch einfacher ist es für den Dieb, wenn ich den Stadtplan in die Hand nehme. Dann verdeckt dieser die Sicht auf meinen Tasche.

Methode Geldwechseln: Ein Fremder fragt, ob ich eventuell Geld wechseln könnte. Während ich abgelenkt bin beklaut mich eine zweite Person.

Methode Supermarkt: Jemand fragt mich freundlich nach einem gewissen Produkt. Während ich helfe, danach zu suchen, wird meine Einkaufstasche ausgeräumt.

Methode Foto: Ich werde gebeten ein Foto von einer Person zu machen. Möglichst vor einer Sehenswürdigkeit. Danach kommt die Person zu mir, um gemeinsam das Bild auf dem Display der Kamera zu betrachten. Nun bin ich abgelenkt und die zweite Person kann mich beklauen.

Methode Betteln: Kinder betteln auf der Straße. Einer zeigt mir ein Blatt Papier auf dem etwas geschrieben steht. Während ich lese, werde ich von einem anderen beklaut.

Methode Rolltreppe: Die Taschendiebe warten im Kaufhaus, bis die Rolltreppe ziemlich voll ist. Dann drückt einer von ihnen den Notknopf. Auf der Rolltreppe gibt es einen Durcheinander, die Leute sind abgelenkt und die Diebe haben es nun leicht.

Dies sind die häufigsten Methoden. Aber die Taschendiebe lernen ständig dazu und wenden immer wieder neue Tricks an. Auch wenn man höllisch aufpasst, ganz sicher ist man niemals.

Alte Hausmittel

Ob im Bus, im Supermarkt oder im Wartezimmer meines Arztes, überall wird gehustet. Da hilft auch keine Vorbeugung. Früher oder später stecke ich mich doch an.

Nun hat es mich erwischt. Die Nase läuft, der Hals kratzt und ich muss ständig husten. Ich bin erkältet.

Da ich wegen anderer Beschwerden schon Tabletten einnehmen muss, möchte ich nicht noch mehr schlucken. Ich versuche es also mit den alten Hausmitteln.

Vielleicht nehme ich erst mal ein Erkältungsbad mit Eukalyptus, Menthol und Fichtennadeln. Zuerst messe ich jedoch Fieber. Tatsächlich ich habe erhöhte Temperatur. Damit wird es nichts mit dem Bad.

Das beste Mittel ist immer noch Hühnersuppe. Ich habe noch einige Beutel im Regal. Nun habe ich aber gelesen, dass nur selbst gekochte Hühnerbrühe hilft, Instant-Brühe ist so gut wie wirkungslos. Wo bekomme ich nun schnell ein Huhn her. Also Hühnerbrühe fällt auch weg.

Vielleicht mache ich mir den Hustensaft selbst. Dazu muss ich eine Zwiebel kleinhacken, einige Löffel Honig und braunen Zucker dazugeben. Schon habe ich einen Hustensaft der mir hilft. Aber woher nehme ich Honig und braunen Zucker? So etwas habe ich nicht im Haus.

Salbei- oder Kamillentee zum Gurgeln hilft auch. Aber ich habe nur schwarzen Tee zu Hause.

Auch Quarkwickel sollen helfen, oder Kartoffelwickel. Beides habe ich nicht vorrätig.

Eine Nasenspülung mit Salz könnte ich versuchen, aber damit geht der Husten auch nicht weg.

Ein Glas Rotwein mit einem Eigelb soll auch helfen. Aber ob ein Glas genug ist? Trinke ich mehrere, bin ich danach betrunken und der Husten ist immer noch da.

Diese ganzen Hausmittel waren praktisch, da es damals noch keinen Hustensaft gab. Inzwischen kann ich mir im Supermarkt für 3 Euro eine Flasche Hustensaft kaufen, dreimal täglich einen Esslöffel voll schlucken und in einer Woche ist der Husten weg.

Wenn ich schon dabei bin, kaufe ich gleich 3 Flaschen. Dann habe ich Vorrat im Kühlschrank für alle Fälle. Ich pfeife auf die Hausmittel.

Kleine Ärgernisse

Es gibt viele Dinge, die mich ärgern. Dinge, die mir auf die Nerven gehen. Es sind Dinge die täglich passieren und auch anderen Menschen auf die Nerven gehen. Achten sie mal darauf, vieles was sie nachfolgend lesen ist ihnen bestimmt auch schon mal passiert.

Ich fange mal mit dem Busfahren an. Mich nerven Busfahrer, die falsche Angaben auf dem Display nicht ändern. Mich ärgern Busfahrer, die so lahmarschig fahren, dass ich beim Umsteigen jedesmal den Anschlußbus verpasse. Mich ärgern Busfahrer, die warten, bis eine ganze Horde Fußgänger über eine rote Ampel zum Bus rennen, um dann ganz schnell die Tür zu schließen und mit einem blöden Grinsen abzufahren.

Mich ärgert, wenn ich an der Haltestelle aussteigen will und draußen stehen die neuen Fahrgäste und blockieren den Ausstieg. In diesem Fall fahre ich die Ellbogen aus und stürze mich in die Menge. Es gibt zwar Proteste, aber mir macht es nichts aus, ich war ja vorbereitet.

Mich ärgert, wenn ich an der Haltestelle warte und eine Dame stellt sich genau vor mich hin, Abstand 20cm. Das muss doch nicht sein. Ich mache sowas doch auch nicht.

Mich nervt, dass der Bus meistens 5 Minuten Verspätung hat. Wenn ich aber mal um Sekunden zu spät an die Haltestelle komme, ist er schon durchgefahren.

Mich nerven Leute, die im Bus im Mittelgang stehen bleiben und den Gang blockieren. Warum gehen sie nicht nach hinten durch? Manche stehen auch an der Tür, steigen aber nicht aus sondern blockieren den Ausgang und behindern die Anderen.

Mich nerven Schulkinder, die sich schon reindrängeln, bevor die Leute ausgestiegen sind.

Mich nerven die Haltestangen im Bus, die so weit oben sind, dass man eine Leiter braucht. In neuen Bussen sind an diesen Haltestangen auch noch die Stop-Knöpfe angebracht. Wer sich so etwas hat einfallen lassen, der kann doch nicht ganz dicht sein.

Ich habe nichts gegen Kinder, aber mich nerven junge Mütter, die in einen überfüllten Bus auch noch mit dem Kinderwagen hinein müssen.

Nun zu den Supermärkten, auch da ist einiges, was mir auf den Keks geht. Mich ärgert am Einkaufswagen das Chipfach, entweder es klemmt, oder es nimmt meinen Chip nicht an. Wenn ich es dann doch geschafft habe, an einen Einkaufswagen zu kommen, klemmt ein Rad und der Wagen quietscht beim schieben fürchterlich. Mich nervt auch die Querstange, die in Schienbeinhöhe angebracht ist und von der ich immer blaue Flecke bekomme.

Mich nervt es, wenn an der einzigen geöffneten Kasse eine Riesenschlange bis zur Wand steht und eine andere Mitarbeiterin seelenruhig Regale auffüllt.

Mich nervt auch, wenn mir jemand an der Kassenschlange auf die Pelle rückt und meint 2cm Abstand zum Vordermann reichen aus.

Mich nervt im Supermarkt, wenn die Kassierin seelenruhig mit einem Kunden plaudert. Oder sie unterhält sich über die Schulter mit einer Kollegin, während sie meine Waren einscannt. Den Gipfel habe ich bei Kaufland erlebt. Da telefonierte die Kassiererin mit dem Handy, während sie meine Waren über den Scanner zog. Ich war sprachlos.

Mich nervt, wenn die Leute schon ihre Sachen auf das Band gelegt haben, aber ihren Wagen nicht weiterschieben, so dass ich meine Waren ablegen kann.

Mich nervt auch, wenn die Person hinter mir schon ihre Sachen aufs Band legt, obwohl mein Wagen noch halb voll ist und ich keinen Platz mehr habe für die restlichen Waren.

Mich nerven Kassiererinnen, die dauernd tratschen und plappern und mit ihrer langsamen Arbeit einen Stau verursachen.

Mich nervt die Hintergrundmusik, nicht nur im Supermarkt, auch in den Kaufhäusern.

Mich nervt die Suche nach dem Verfallsdatum auf der Packung. Mal ist es hinten, mal vorn, mal auf der Seite, mal oben, mal unten und auf Plastikverpackungen ist es direkt auf die Folie gedruckt, dass man es kaum lesen kann.

Aber genug vom Supermarkt. Es gibt auch noch andere Ärgernisse. Nachdem so langsam die Plastiktüten überall verschwinden (was ich gut finde), habe ich mich auf Stofftaschen umgestellt. Leider sind bei diesen Stofftaschen die Henkel so lang, dass die volle Tasche auf dem Boden schleift. Wer diese Taschen herstellt, muss ein Riese sein. Aber die Taschen kommen meistens aus Asien und dort sind die Menschen ja noch kleiner.

In der Innenstadt gibt es fast keine Rolltreppen mehr, oder sie sind ausser Betrieb. Im Kaufhaus gibt es aber noch Rolltreppen. Mich nervt, wenn Leute nach dem Benutzen der Rolltreppe einfach stehen bleiben, um zu schauen wo sie hin müssen. Hinter ihnen staut sich der Verkehr auf der Rolltreppe.

Mich nerven die Größenangaben auf den Klamotten. Mal heißt es Größe 52, dann Größe 7, dann Größe XL, dann Größe 37/30, dann heißt es large oder extra large usw. Manchmal bin ich echt im Zweifel, ob ich die richtige Größe habe und kaufe deshalb lieber nichts.

Mich ärgern in der Stadt die herumliegenden Zigarettenkippen und die Kaugummiflecken. An den Haltestellen kommen auch noch die Rotzflecken dazu.

Mich nerven Leute, die in der Fußgängerzone spazierengehen und dann plötzlich stehenbleiben. Oft konnte ich eine Kollision gerade noch vermeiden.

Mich ärgert der Hundekot direkt vor dem Haus auf dem Gehweg. Es sind nur 50 Meter bis zum Nagoldvorland. Aber das ist den Hundehaltern wohl zuviel. Ich lege mich auf die Lauer und wenn ich den Sünder erwische, schmeiße ich ihm den Hundehaufen in den Briefkasten.

Mich nerven die vielen wilden Tauben in der Innenstadt. Meistens sitzen sie auf den Fenstersimsen der großen Häuser. Von dort können sie alles überblicken und von dort scheißen sie auch herunter. Ein Bekannter traf mich in der Innenstadt und fing an zu lachen. Ich fragte ihn: *warum lachst du so dämlich.* Er meinte: *schau dich dochmal an, eine Taube hat dir auf die Lederjacke geschissen.* Tatsächlich ein weißer Strahl ging über die ganze Seite der Jacke. Dann fing ich an zu lachen und deutete auf ihn: *schau dich doch selber mal an?* Ihn hatte es auch erwischt. *Verdammte Mistviecher,* rief er und ging davon. Zu Hause habe ich versucht meine Jacke zu reinigen. Zu spät, der Taubenkot hatte sich wie Säure in das Leder gefressen. Die Jacke konnte ich wegschmeißen.

Mich nerven auch diese Laubbläser. Rechen und Besen, wie man sie früher verwendete, gibt es wohl nicht mehr. Inzwischen hat jeder einen Laubbläser. Der wird Samstagmorgen eingeschaltet und hört sich an, wie ein startender Düsenjet.

Was nervt mich noch? Die Pfandautomaten. Entweder sie sind defekt, oder sie nehmen meine Flaschen nicht an. Wenn sie doch einmal funktionieren heißt es nach der Hälfte meiner Flaschen: Container voll. Nichts geht mehr.

Mich nerven die Beipackzettel in Medikameten. Die Schrift ist so klein, dass man ein Mikroskop braucht. Die Hersteller haben sich gegen alle Eventualitäten abgesichert, deshalb muss eine riesen Menge Text auf den Zettel. Inzwischen steht auf dem Beipackzettel auch: kann zum Tode führen. Na vielen Dank.

Mich nerven Regenschirme, die bei starkem Regen oder Wind einfach umklappen. Warum können die keine Schirme herstellen, die windfest sind. Die Briten können es doch auch. Natürlich bekommt man diese Schirme dann nicht für 3 Euro.

Es gibt noch viele Dinge, die man hier erwähnen könnte. Zum Beispiel Rentner, die sich überall vordrängeln. Oh, ich bin ja auch ein Rentner.

So, jetzt habe ich euch genug genervt mit meinem Gemecker.

Stress

Ja ich kennen den Stress. Als ich noch berufstätig war wurde der Druck von Monat zu Monat immer größer.

Ich bekam immer mehr Arbeit, die zuletzt nicht mehr zu bewältigen war. Natürlich ging es den Arbeitskollegen genauso.

Dazu kam die Belastung durch das Telefon. Ständig mussten wir für die Kunden erreichbar sein. Das Arbeitsklima wurde immer schlechter und der Druck stieg immer weiter.

Früher ging ich gerne zur Arbeit. Das änderte sich soweit, dass ich am Sonntagabend dachte: Mist, morgen muss ich schon wieder zur Arbeit.

Das Ergebnis waren Ärger, Wut, Frust, Magenprobleme, Kopfschmerzen und Schlafstörungen. Bevor ich ernsthaft krank wurde gab es nur einen Weg, ich stieg aus.

Wegen meiner langjährigen Betriebszugehörigkeit hatte ich eine Kündigungsfrist von 7 Monaten. Die mussten eingehalten werden. Für diese Zeit wurde ich freigestellt, bei voller Bezahlung. Danach war ich zwei Jahre arbeitslos bis ich in die Frührente ging.

Nun gab es für mich das Wort "muss" nicht mehr. Allein dieses Wort löst schon den Stress aus. Alles was ich nun tat, machte ich freiwillig. Ich musste nicht mehr um 6 Uhr aufstehen. Ich musste nicht mehr um 7 Uhr bei der Arbeit sein. Ich musste nicht mehr bis zu 100 Telefongespräche am Tag führen. Ich muss, ich muss, ich muss - einen Scheißdreck muss ich.

Ich brauchte auch keine Uhr mehr. Alles war nun ohne Stress und ich konnte das Leben genießen. Der Druck, der Zwang, die Belastung, alles war nun weg. Oft dachte ich an die ehemaligen Kollegen und hatte Mitleid. Ich machte mir nur einen Vorwurf: warum bin ich nicht schon 10 Jahre früher ausgestiegen.

Der Lottogewinn

Wie viele andere Menschen spiele ich auch im Lotto und hoffe auf einen Millionengewinn. Doch was mache ich, wenn ich tatsächlich mal gewonnen habe? Darüber habe ich mir bisher keine Gedanken gemacht. Doch es ist wichtig darauf vorbereitet zu sein, damit man nicht die Fehler macht, die andere Lottogewinner machten.

Es gibt Dinge die man im Ernstfall beachten muss. **Erstens:** niemandem von dem Gewinn erzählen. In der Regel nutzen Freunde und Verwandte die Situation aus und bitten darum, Geld zu leihen.
Zweitens: auf keinen Fall kündigen. Vorerst den Job behalten und auch die Lebensgewohnheiten nicht ändern. Es lässt sich viel leichter arbeiten, wenn man 1 Million im Rücken hat. Man muss sich nicht mehr alles gefallen lassen.
Drittens: erfüllen sie sich einen kleinen Wunsch. Aber auf keinen Fall einen Traumwagen oder eine Harley. Das ist verdächtig. Ein schönes E-Bike tut es auch.
Viertens: Lassen sie das Geld an eine der großen Banken in der Stadt überweisen. Auf keinen Fall an

die Bankfiliale in ihrem Stadtteil. Hier ist die Wahrscheinlichkeit einer Indiskretion größer.
Fünftens: Nehmen sie sich keinen Finanz- oder Vermögensberater. Sonst sind sie ihr Geld schneller wieder los als sie denken.
Sechstens: Legen sie ihr Geld zum größten Teil als Festgeld an. Auch wenn es nur noch 3% Zinsen gibt. Einen Teil können sie auch in Aktien anlegen.
Siebtens: Ziehen sie sich etwas zurück. Nehmen sie sich ein paar Tage frei und freuen sie sich über ihren Gewinn. Nun haben sie Zeit zum nachdenken.
Achtens: Machen sie vorschnell keine Riesen-Anschaffungen.
Neuntens: Machen sie ein Testament und legen sie fest, welcher der Verwandten was bekommt.
Zehntens: Denken sie nur nicht, dass sie jetzt reich sind.

Nun zum Ablauf. Was müssen sie tun, wenn sie den Gewinn festgestellt haben? Bis 1000 Euro bekommen sie das Geld von der Annahmestelle. Aber wir reden ja von einem Millionengewinn. Dieser wird direkt von der Lottozentrale ausbezahlt. Haben sie aber einen Lottoschein in Papierform benutzt, weiß die Lottozentrale nicht, dass gerade sie gewonnen haben. In der Annahmestelle bekommen sie ein Formular zur Gewinnanforderung. Diese müssen sie ausfüllen und einsenden. Nach einigen Tagen wird das Geld auf das angegebene Konto überwiesen.

Nun heißt es Ruhe bewahren. Geld hat viele Vorteile, ruft aber auch viele Neider auf den Plan. Erzählen sie keinem von ihrem Gewinn. Natürlich spricht sich im Ort herum, dass es einen Lotto-Millionär gibt. Jeder verdächtigt nun jeden und alle werden genau beobachtet. Vermeiden sie deshalb große Anschaffungen (Haus, Auto).

Wenn die Verwandten erstmal herausgefunden haben, wer der Gewinner ist, haben sie keine ruhige Minute mehr. Am Ende gelten sie als hartherzig und geizig und keiner spricht mehr mit ihnen.

Lassen sie Gras über die Sache wachsen. Nach einigen Monaten fragt niemand mehr nach dem Lotto-Millionär. Nun können sie sich eine Wunschliste machen und Schritt für Schritt vorgehen. Zeigen sie ihren neuen Reichtum nicht, seien sie einfach ein Schwabe.

Die größten Fehler die sie machen können:

1. Ein Traumhaus kaufen.
2. Einen Sportwagen kaufen.
3. Eine Weltreise machen.
4. Einen großen Teil spenden.
5. Eine riesige Party mit Freunden feiern.
6. Einkaufen bis zum geht nicht mehr.
7. Sofort kündigen.
8. Auswandern.
9. Sich selbstständig machen.
10. Glauben, dass sie nun reich sind.

Zum letzten Punkt möchte ich noch eines bemerken. Wenn sie sich selbstständig machen, haben sie keine 38-Stunden-Woche mehr. Sie sind dann zwar ihr eigener Chef, arbeiten aber von Montag bis Samstag, jeden Tag 10 Stunden oder mehr. Das Finanzamt lässt sie als neuen Firmengründer 2 Jahre in Ruhe.

Aber danach kommt es ganz dick. Nun kommen Steuerforderungen in solcher Höhe, dass ihnen die Luft ausgeht. Am Ende sind sie Pleite und auch ihr Millionengewinn ist verschwunden.

Egal was sie mit ihrem Gewinn machen. Bestimmt machen sie etwas falsch. Mancher Lottogewinner sagt heute: hätte ich nur nicht gewonnen. Trotzdem spielt er weiter und hofft erneut auf einen Riesengewinn.

Wenn ich also tatsächlich einen Millionengewinn lande, hoffe ich, dass ich nicht zuviel falsch mache.

Uns geht es gut

Wie oft haben wir schon diesen Spruch gehört. Aber stimmt das auch? Geht es den Arbeitslosen, den Hartz IV - Empfängern, den Obdachlosen und Sozialhilfeempfängern wirklich gut?

Früher ging es uns gut, heute geht es uns besser. Vielleicht wäre es besser, wenn es uns nur gut ginge.

Wir werden belogen, betrogen und verraten. Aber das stört den Deutschen Michel kein Bisschen.

Unsere Straßen sind ein Flickenteppich. Unsere Schulen sind marode. Sporthallen und Schwimmbäder müssen geschlossen werden.

Uns wurde der Euro aufgezwungen, den keiner wollte. Warum wurde keine Volksbefragung durchgeführt, wie in anderen Ländern auch. Wir hätten heute noch unsere D-Mark.

Mit diesen Euro-Scheinen kann ich mich nicht anfreunden. Sie erinnern mich zu sehr an das Spielgeld aus dem Monopoly, oder an die Scheine aus DDR-Zeiten. Auf der 1-DM-Münze war noch unser stolzer

Adler, auf der 1-Euro-Münze ist es nur noch ein Pleitegeier.

Hier die alternative Bayern-Hymne (Autor unbekannt):

Gute Nacht du Land der Preißen,
immer wirst a Saustall sein,
alle Welt möcht auf di scheißen,
von dem Main hin bis zum Rhein,
und a stinkend rote Supp'n
trüabt dir fei dein Augenlicht
und regiert wirst von a Pupp'n,
von Pygmähn und kloane Wicht.

Fast jeder meckert über die Politik in Deutschland, aber es ist nicht alles so schlecht, wenn man es aus einem anderen Blickwinkel betrachtet.

Ich kann mir alles kaufen (wenn ich genügend Geld habe).
Ich kann meine Meinung frei äußern (wenn es die Meinung der Regierung ist).
Ich lebe in einer Demokratie (einmal in 4 Jahren in der Wahlkabine).
Wir haben hier die unterschiedlichsten Kulturen.
Wir haben vielfältige Landschaften.
Die Menschen sind offenherzig (noch).
Ich kann wohnen und arbeiten wo ich will.
Wir sind weltoffen und tolerant (noch).
Wir haben das beste Gesundheitssystem.

Das drückt sich auch in der zweiten Strophe des Deutschlandliedes von August Heinrich Hoffmann von Fallersleben aus:

Deutsche Frauen, deutsche Treue,
deutscher Wein und deutscher Sang,
sollen in der Welt behalten,
ihren alten schönen Klang.
Uns zu edler Tat begeistern,
unser ganzes Leben lang.
Deutsche Frauen, deutsche Treue,
deutscher Wein und deutscher Sang.

Von der ARD wurde gemeldet, dass jeder zweite Deutsche mehr Flüchtlinge im Land will. Die Umfrage fand bereits vor einem Jahr statt. Dieses Ergebnis passt natürlich der Regierung.

T-online machte daraufhin ebenfalls eine Umfrage unter 1000 Leuten. Das Ergebnis war 94,5% der Befragten wollen nicht noch mehr Flüchtlinge in Deutschland. Das stellt das Ergebnis der ARD auf den Kopf.

Werden Umfragen so manipuliert, dass sie in die Politik der Regierung passen? Wem können wir noch glauben?

Zurück zur D-Mark

Da ging sie hin, unsere heißgeliebte Deutsche Mark, die uns überall hin begleitet hat. Die Geldscheine sind nun so dünn geworden, dass man sie im Geldbeutel fast nicht mehr sehen kann. Viele Rentner glauben deshalb, wegen ihrer Sehschwäche, kein Geld mehr zu haben.

Jetzt quälen wir uns mit dem Monopoly-Geld herum, das sich anfühlt, als hätte man es den Kindern aus der Spielkiste geklaut. Viel zu kleine Scheine und unübersichtliche Münzen. Auch wenn es nicht stimmt, plötzlich ist das Geld nur noch die Hälfte wert.

Wenn man im Bekanntenkreis herumfragt, wer den Euro eigentlich wollte, stellt man fest - Keiner. Ich wollte den Euro auch nicht. Ich hätte mich dagegen gewehrt, wenn ich eine Chance gesehen hätte, ihn zu verhindern.

Als wir damals die Starter-Sets bekamen hieß es vielerorts *Spielgeld*. Aber daren gewöhnte man sich schnell. Nur mit den Preisen ist das so eine Sache.

Wer kennt das nicht? Man holt sich mittags eben mal eine Currywurst mit Pommes plus Getränk und ist locker 5 Euro los. Hat das damals auch so viel gekostet? Zehn Mark? Nie und nimmer. Es dürften kaum mehr als 5 Mark gewesen sein. Und eine Tüte Bonbons für die Kinder kostet keine Mark mehr sondern einen Euro.

Vor der Einführung des Euro kostete das Essen im Restaurant 18 DM. Einen Monat später dasselbe Essen 12,80 Euro.

Vor der Einführung des Euro kostete 1 Kilo Tomaten 4,99 Mark. Einen Monat später 5,99 Euro per Kilo.

Bei Produkten die man täglich braucht, hat es zum Teil Preisexplosionen gegeben. Heizung, Strom, Wasser, Lebensmittel, alles ist spürbar teurer geworden.

Ja, einiges ist billiger geworden. PC, Handys, flache Fernseher, Drucker, alles ist billiger geworden. Fernseher bekommt man inzwischen nachgeschmissen. Allerdings halten die neuen Fernseher nur noch zwei bis fünf Jahre und nicht mehr 20 Jahre, wie die alten Röhrengeräte. Außerdem macht die ganze Elektronik nicht satt.

Eines ist sogar spottbillig geworden. Mineralwasser. Eine Flasche mit 0,5 Liter kostet im Supermarkt 11 Cent. In der Gaststätte verlangen sie dafür 3 Euro. Da stimmt doch etwas nicht. Die Schere zwischen den Preisen im Markt und in den Gaststätten geht immer mehr auseinander. Das war früher nicht so. Die Gaststätten waren abends immer voll und zwar alle. Heute sind sie leer.

Als Lehrling bekam ich 60 Mark im Monat, musste dafür aber arbeiten wie eine vollwertige Arbeitskraft. Das Geld musste ich zu Hause abgeben und bekam 5 Mark Taschengeld in der Woche. Das wären heute 2,50 Euro. Dafür bekomme ich noch nicht mal einen Döner. Weil mir das Taschengeld nicht reichte, habe ich zweimal in der Woche abends Kegel aufgesetzt. Damals gab es noch keine automatischen Kegelbahnen. Für drei Stunden Arbeit bekam ich jeweils 10 Mark, Vesper und Sprudel. Damit kam ich über die Runden. Mit dem Kegelaufsetzen verdiente ich mehr Geld, als im Beruf den ganzen Monat.

Ich will meine gute alte D-Mark zurück und ich glaube, da bin ich nicht allein.

Die Forsa-Gesellschaft machte eine Exklusivumfrage: Deutsche finden den Euro gut. Laut dieser Umfrage wollten 69% der Deutschen den Euro behalten und finden ihn gut.

Eine Internet-Umfrage zu demselben Thema weicht erheblich vom Ergebnis der Forsa ab. Nach dieser Umfrage finden 97,03% der Deutschen: *der Euro hat Deutschland geschadet.* Und 93,83% meinen: *gebt uns die D-Mark zurück.*

Wem soll man nun glauben, einem Institut das vom Staat finanziert wird, oder einem unabhängigen Unternehmen.

Warum hat man in Deutschland keine Volksabstimmung gemacht, wie in Schweden? Ich weiß warum. Weil die Regierenden ganau wussten, dass das Deutsche Volk niemals die D-Mark hergeben würde. Also hat man einfach nicht gefragt. So etwas nennt man Bevormundung.

Wir wurden nicht gefragt, ob wir den Euro wollen. Nein wir wollen ihn nicht. Wir wollen die D-Mark wiederhaben. Dann brauchen wir nicht mehr alles umzurechnen. Wer aber glaubt, dann würde alles billiger werden, der täuscht sich.

Unser Staat ist so hoch verschuldet (2 Billionen Euro), dass er unbedingt etwas unternehmen muss. Sicher hat der Finanzminister schon Pläne für eine Neue Deutsche Mark in der Schublade.

Ich stelle mir die Einführung so vor: Umrechnung 1:1000, das heißt, für 50.000 Euro (hat laut Statistik jeder auf dem Konto) gibt es 50 NDM (Neue Deutsche Mark). Der Staat ist auf einen Schlag seine Schulden los und es geht wieder aufwärts.

Meine Familie hat schon zwei Währungsreformen mitgemacht und jedes mal ihre Ersparnisse verloren. Warum nicht auch ein drittes Mal?

Übrigens Hausbesitzer brauchen sich jetzt nicht die Hände zu reiben. Es wird sicher einen Lastenausgleich geben. Die alten Pläne dafür sind noch im Archiv.

Deutscher Michel, wache auf,
dass man im Schlaf dich nicht verkauft.

Wie werde ich schnell reich

Wer nicht weiß wie er Geld verdienen kann, weiß auch nicht, wie er es behalten kann. Schnell reich werden funktioniert einfach nicht.

Der Weg zum Reichtum ist mühsam und langwierig. Hier einige Dinge die man beachten muss:

Verdiene mehr als du ausgibst - oder gebe weniger aus als du verdienst.

Kaufe nichts ein, weil es gerade günstig ist. Zum Beispiel ein Handy für 1 Euro. Schau genau nach, welche weiteren Kosten auf dich zukommen.

Halte dich fern von Finanzberatern. Sie fischen auch im Freundes- und Bekanntenkreis und schaden dir mit schlechten und teuren Verträgen.

Sei nicht geizig, sondern sparsam. Der geizige verzichtet auf alles was Geld kostet. Der Sparsame verzichtet auf alles, was er nicht braucht.

Im Grunde genommen gibt es nur vier sichere Wege um reich zu werden:

Weg Nummer 1: Du erbst einen dicken Haufen Kohle, wirst reich geboren, oder suchst dir einen reichen Schwiegervater.

Weg Nummer 2: Du gewinnst im Lotto. Also immer schön fleißig dein hart erarbeitetes Geld der Lotterie in den Rachen werfen. Irgendwann klappt es bestimmt.

Weg Nummer 3: Du wirst Model oder Profi-Sportler. Aber dieser Weg ist nur für die schönen oder besonders talentierten unter uns reserviert.

Weg Nummer 4: Das ist der schwierigste Weg. Du musst dir den Arsch aufreissen. Du musst Tag für Tag arbeiten, natürlich mit Überstunden Gib kein Geld aus und lege alles auf die hohe Kante. Wenn du dann mit 50 den Löffel abgibst, haben wenigstens deine Erben etwas von deinem Reichtum.

So gesehen bleibe ich lieber arm und werde 100 Jahre alt, oder mehr.

Verraten und verkauft

Ich war gerade 19 Jahre alt, da wurde ich zur Musterung eingeladen. Die Untersuchung war oberflächlich und die angeblichen Ärzte sehr unhöflich. Das war bereits der Vorgeschmack auf die Bundeswehr.

Nach ein paar Tagen erhielt ich das Ergebnis der Musterung. Ich wurde in Ersatzreserve III eingestuft. Meine Kumpel meinten: *mach dir keinen Sorgen, mit dieser Einstufung wirst du nie eingezogen.*

Ich war beruhigt, bis ich in einigen Wochen den Einberufungsbescheid erhielt. Ich sollte nach Ludwigsburg kommen, wenigstens nicht so weit von Pforzheim entfernt. Meine Kumpel hatten zwar recht, aber weil mein Jahrgang 45 so Geburtenschwach war, wurden alle eingezogen.

Ein Sammeltransport ging von Durlach nach Ludwigsburg in einem Sonderzug. Ich fragte nach, ob ich nicht in Pforzheim zusteigen könnte. Nein, hieß es, der Zug fährt durch.

Also nahm ich einen Sporttasche mit dem Nötigsten, Kleidung würde ich ja dann genug erhalten. Morgens fuhr ich von Pforzheim nach Durlach, mit mir auch noch andere Bedauernswerte. Der Zug fuhr in Durlach los und hielt dann in Pforzheim, wo einige arme Teufel zustiegen. Ich war also zum ersten Mal angelogen worden.

In Ludwigsburg stiegen wir alle aus und stellten uns in Zweierreihen auf. Einzelne hatten riesige Koffer dabei, die meisten aber, wie ich, nur eine Sporttasche. Ein Feldwebel begrüßte uns und teilte uns mit, dass nach der nächsten Straßenecke Lastwagen für unseren Transport bereitstehen.

Wir trotteten also los, bis zur nächsten Straßenecke. Dort waren keine Lastwagen. Also ging es weiter bis zur nächsten Kreuzung. Dann wieder ein größeres Stück geradeaus. Die Jungs mit den Koffern schleppten sich mühsam voran. Ich bedauerte sie aber nicht.

Nachdem wir noch einige Mal abgebogen waren dämmerte es mir. Die hatten gar keine Lastwagen. Als wir mal wieder um eine Ecke bogen standen wir plötzlich vor unserem Ziel, die Kaserne. Unsere Unterkunft für die nächsten drei Monate. Ich hatte recht vermutet, ich wurde zum zweiten Mal belogen.

In der Kaserne mussten wir uns erstmal aufstellen. Dann überprüfte ein bulliger Unteroffizier unseren Haarschnitt. Als er zu mir kam, dachte ich, mir kann nichts passieren. Ich war erst gestern nochmal beim Friseur und ließ mir einen Rundschnitt verpassen (damalige Mode). Da schrie mich der Unteroffizier auch schon an: *sind sie wahnsinnig?* Ich zuckte zusammen, was hatte ich falschgemacht? Ich wusste nicht was er meinte. Er schrie weiter: *mit diesem Haarschnitt kommen sie zur Bundeswehr?* Dann ging er weiter und schrie den nächsten an.

Noch am gleichen Tag gingen wir alle zum Friseur und ließen uns die Haare kurz schneiden. Kurz vor dem Mittagessen mussten wir nochmal antreten. Inzwischen klappte das schon besser. Der Ausbilder trat vor uns hin und sagte: *ich brauche zwei Freiwillige, die einen Jeep fahren können.* Zwei Deppen, die Führerschein Klasse drei hatten, meldeten sich. Der Ausbilder: *ihr nehmt nun Besen, Schaufel und Eimer und fegt den Hof. Die anderen kommen mit mir zum Mittagessen.* Hier lernte ich schon die erste Regel: niemals freiwillig melden.

Nach dem Essen wurden uns die Stuben zugewiesen. In meinem Zimmer waren immerhin 8 Soldaten untergebracht. Da ich mit 3 Brüdern und zwei Schwestern aufgewachsen war, machte mir das nichts aus. Aber unter uns waren auch Einzelkinder, die taten sich sehr schwer.

Nun mussten wir einen olivfarbenen Teppich von unserem Bett mitnehmen und gingen zur Kleiderkammer. Wir mussten nicht lange raten, wofür der Teppich war. Er wurde auf den Boden gelegt, dann schmissen die Angestellten der Kleiderkammer die ganze Ausrüstung auf den Teppich. Anprobiert wurden nur die Stiefel. Die Kleidung sollten wir untereinander tauschen, bis jeder das passende hat.

Nun durften wir in Ruhe unsere Spinde einräumen und wurden nicht weiter belästigt. Natürlich sagte uns niemand, wie wir einräumen sollten. Das war Absicht. Jeder machte es, wie er glaubte, richtig.

Nachdem wir alles eingeräumt hatten, gingen wir zur Kantine um ein Bier zu trinken. Das hatten wir uns verdient. Wir konnten ja am nächsten Tag ausschlafen. Keiner hatte übrigens nachgesehen, wann das Wecken ist.

In dieser Nacht schlief ich ziemlich fest. Die Strapazen vom Tage forderten ihren Preis. Mitten in der Nach hörte ich plötzlich einen grellenden Pfiff und einer schrie laut: *Aufstehen*. Ich drehte mich nochmal um und dachte, mich kann der doch nicht meinen. Fünfzehn Sekunden später fuhren 10.000 Volt durch die eisernen Bettgestelle. Ich fuhr senkrecht in die Höhe und riss mir am oberen Bettrost einige Haarbüschel aus. Ich sah auf die Uhr, es war genau 5:30 Uhr.

Nun hatte ich einen Vorgeschmack, was in den nächsten Wochen auf mich zukommt. Aber es fiel mir nicht schwer, mich anzupassen. Ich lernte auch die zweite Regel: nur nicht auffallen.

Eingezogen waren wir am Donnerstag und hofften, dass wir am Freitag Mittag über das Wochenende heimfahren durften. Am Freitag, kurz vor Feierabend gab es einen Spindappell. Natürlich fielen wir alle auf und bekamen die Gelegenheit, über das Wochenende das Einräumen unserer Spinde zu üben. Nichts war's mit der Heimfahrt über das Wochenende.

Auch in den nächsten Wochen gab es keinen Ausgang. Immer fanden die Ausbilder einen Grund, uns über das Wochenende dazubehalten.

Einmal gabe es am Freitag Mittag einen Waffenapell. Wir putzten unsere Gewehre wie noch nie. Trotzdem fielen alle auf und mussten am Abend nochmal zum Appell. Das wiederholte sich am Samstag und Sonntag alle zwei Stunden. Das war natürlich Absicht. Man wollte uns nicht nach Hause lassen, obwohl uns nach dem Gesetz Wochenendurlaub zustand.

So machten wir unsere Erfahrungen und Woche für Woche verging. Nicht nur dass wir unsere Ausbilder nicht leiden konnten, nein wir begannen sie zu hassen.

Eine Tages mussten wir auf den Schießplatz. Wir hatten scharfe Munition geladen und sollten auf Ziele feuern, die vor uns aus dem Boden auftauchten. Die Trefferausbeute war mäßig. Die Ausbilder blieben aus gutem Grund alle hinter uns mit großem Abstand. Plötzlich tauchte aus dem Boden der verhasste Feldwebel auf. Sofort feuerten alle auf ihn. Einige stellten sogar das Gewehr auf Dauerfeuer. Als sich der Rauch legte und alle Magazine leergeschossen waren tauchte der echte Feldwebel hinter einer

Mauer auf. Wir hatten alle auf einen Pappkameraden geschossen. Einige meiner Kameraden fingen an zu weinen. Der Feldwebel verhängte aus Dankbarkeit, weil wir so gut getroffen hatten, sechs Wochen Ausgangssperre.

Irgendwann war die Ausbildung vorbei und wir wurden auf verschiedene Einheiten verteilt. Wenn ich zurückdenke, war es gar nicht so schlimm. Und die Alpträume gehen auch mal wieder vorbei.

Die Krankheit

Seit einiger Zeit drückte es mir am Hals die Adern heraus und am Kopf die Augen. Ich bekam auch schlecht Luft. Ich ging zum Hausarzt und sagte: *schauen sie mal, mir drückt es am Hals die Adern und am Kopf die Augen raus.* Der Hausarzt untersuchte mich und meinte: *sie sind kerngesund.* Damit war ich nicht zufrieden und ließ mich zu einem Spezialisten überweisen. Der Spezialist war Professor und eine Kapazität auf seinem Gebiet. Natürlich musste ich die Untersuchung selbst bezahlen, aber das war mir egal. Der Spezialist untersuchte mich und kam zu dem selben Ergebnis: *sie sind kerngesund. Unmöglich, Herr Professor,* sagte ich, *sehen sie doch, mir schwellen die Adern an und es drückt mir die Augen heraus.* Der Professor verärgert: *wenn sie mir nicht glauben, fahren sie doch nach Paris zu Professor Dupont.* Das war mir die Sache wert und ich fuhr nach Paris. Dort musste ich eine Woche warten, dann bekam ich einen Termin. Ich wurde untersucht, musste aber weitere acht Tage auf den Befund warten. Dann wurde ich wieder zum Professor gerufen, der mir eröffnete: *Monsieur, sie sind kerngesund. Wie kann das sein, Herr Professor*, protestierte ich, *schauen sie doch mal, mir schwellen die Adern am Hals und es drückt mir die Augäpfel heraus. Bitte, bitte*, meinte Professor Dupont, *kein Mensch ist allwissend. Wenn sie das nötige Kleingeld haben, fahren sie nach New York zu Professor Grünbaum, einem berühmten Diagnostiker*. Ich flog also nach New York und hörte, dass ich fünf Wochen auf einen Termin warten musste. Mit solch einem langen Aufenthalt hatte ich nicht gerechnet. Ich brauchte also dringend frische Wäsche. In der Fifth Avenue fand ich auch ein Modegeschäft, ging hinein und verlangte ein Dutzend Hemden. Die Verkäuferin sprach sogar deutsch und fragte: *welche Kragenweite?* Ich antwortete: *40*. Sie schaute mich prüfend an und meinte: *bei ihrer Statur brauchen sie mindestens 42*. Ich protestierte: *mein ganzes Leben lang trage ich schon Hemden Größe 40. Wie sie wünschen*, meinte die nette Verkäuferin, *sie brauchen zwar Größe 42, aber wenn sie wollen, dass ihnen die Adern anschwellen und die Augen rauskommen, dann nehmen sie ruhig 40*.

Das Fußballspiel

Ich wollte mir mal wieder ein Spiel des VFB ansehen, solange der noch in der ersten Liga spielt.

Als ich in den Regionalexpress nach Stuttgart einstieg, musste ich feststellen, dass tausend andere die selbe Idee hatten. Der Zug war total überfüllt. Plötzlich kam eine Durchsage über den Lautsprecher: *Sehr geehrte Fahrgäste, ich möchte sie herzlich im Regionalexpress nach Stuttgart begrüßen. Für die Gäste, die sich darüber beschweren, dass der Zug zu klein sei, will ich folgendes sagen - seien sie doch einfach froh, dass überhaupt ein Zug fährt.* Kurze Pause, dann eine erneute Durchsage: *die Fahrgäste, die so dicht gedrängt vor der Toilette stehen, können sich auch gerne in die Erste Klasse setzen. Vielen Dank.* Nach einer längeren Pause kam wieder eine Durchsage: *Liebe Fahrgäste, sie können jetzt damit aufhören, die Erste Klasse zu suchen, es gibt nämlich keine. Angenehme Fahrt allerseits.*

Donnerwetter, der Zugführer hatte tatsächlich Humor.

In der Eisenbahn

Ich musste dringend nach Bietigheim und fuhr mit dem Regionalexpress. Ich war furchtbar müde und bat den Zugbegleiter: *wecken sie mich kurz vor Bietigheim, aber ernsthaft. Wenn ich nicht gutwillig rausgehe, schmeißen sie mich mitsamt meinem Gepäck einfach raus. Darauf können sie sich verlassen,* meinte der Zugbegleiter und ging in den nächsten Wagen. Ich schlief sofort ein. Plötzlich hörte ich aus dem Lautsprecher: *Stuttgart Hauptbahnhof, alles aussteigen.* Verärgert riss ich die Abteiltür auf und beschimpfte den Zugbegleiter: *sie Trottel, was habe ich ihnen in Pforzheim gesagt?* Der Zugbegleiter winkte ab und ging einfach weg. Ein Kollege fragte ihn: *das läßt du dir gefallen: das ist doch eine glatte Beamtenbeleidigung.* Der Zugbegleiter: *was soll's, du hättest erst mal den hören sollen, den ich in Bietigheim mit seinen Koffern hinausgeschmissen habe.*

Eurovision Song Contest

Samstag Abend hatte ich nichts vor. Also machte ich mir einen gemütlichen Fernsehabend. An diesem Abend wurde der Song Contest aus Wien übertragen. Ich hatte bereits die Halbfinales angesehen und erwartete eigentlich nichts besonderes. Ich wurde nicht enttäuscht.

Nach den ersten 8 Beiträgen wollte ich schon abschalten. Was da geboten wurde war einfach schlecht. Der deutsche Beitrag kam als Nummer 17. Solange blieb ich dabei, denn wenn die ersten Beiträge schon so schlecht waren, dann hatte der deutsche Beitrag gute Chancen.

Was Ann Sophie hier bot, war nicht überragend, aber auch nicht schlecht. Nun blieb ich doch dabei und sah mir auch die anderen Beiträge an.

Vom schwedischen Künstler war ich begeistert. Nicht wegen dem Gesang. Der war Durchschnitt. Aber die visuellen Effekte waren einfach Klasse. Dabei vergass man einfach, auf den Gesang zu achten. Für mich war das die Nummer eins.

Als die Punkte vergeben wurden kam der Schock. Keinen Punkt für Ann Sophie. Das hatte sie nun wirklich nicht verdient. Ich schätze mal, dass gut 15 Beiträge schlechter waren. Sie hätte also einen Platz unter den ersten zehn verdient.

Natürlich gibt es Gründe für die Nullnummer. Von einigen Ländern bekommen wir grundsätzlich keine Punkte. Darunter sind die Niederlande, Österreich und Griechenland (wen wundert es). Außerdem haben unsere Spitzenpolitiker in den letzten Jahren dafür gesorgt, dass Deutschland in Europa immer unbeliebter wurde. Dafür bekam Ann Sophie nun die Quittung.

Allerdings, mit einem Powackler und einem verführerischen Blick gewinnt man keinen Song-Wettbewerb.

Denken wir doch mal zurück an Abba mit *Waterloo*, oder Johnny Logan mit *what's another year,* oder Nicole mit *Ein bißchen Frieden*. Diese Lieder sind uns im Gedächtnis geblieben. Aber wer erinnert sich noch an Lordi mit *Hard Rock Hallelujah*? In Erinnerung blieb lediglich die Bühnenshow.

Schon damals konnte man einen Trend erkennen. Nicht der beste Song, sondern die beste Show gewinnt. 1998 hatte Guildo Horn mit einem bescheuerten Lied, aber einer guten Show, immerhin Platz 7 erreicht. 2000 erreichte Stefan Raab mit einem noch blöderen Lied (Wadde hadde duddeda), aber einer guten Show, Platz 5. Warum 2010 Lena mit *Satellite* gewann, ist mir heute noch ein Rätsel.

Seit Lordi gewinnt nicht der beste Song, sondern die beste Bühnenshow. Das Ergebnis vom Samstag bestätigt diesen Trend.

Die technischen Möglichkeiten, die wir heute haben, werden in Zukunft immer bessere Effekte erzielen. Der Sänger oder die Sängerin ist Nebensache. Mein Vorschlag: wir nennen den Wettbewerb in Zukunft **Eurovision Video Contest.**

Eine Verrückte Welt

In einer Zeitschrift las ich von Menschen, die von Ausserirdischen entführt wurden. Das ist natürlich alles Quatsch. Selbst wenn das mir passieren würde, dürfte ich das nicht weiter erzählen. Sonst lande ich noch in der Klapsmühle.

Obwohl, vor vielen Jahren bin ich auch gegen meinen Willen in ein fremdartiges Gebilde geführt worden. Ich musste in einen Becher pinkeln und mir von grunzenden Kittelmonstern am Hoden rumfummeln lassen. Danach bekam ich ein Diplom - Ersatzreserve 3 - und wurde anschließend zur Bundeswehr eingezogen.

Aber, vergessen wir das ganze. Wenn man, wie ich, mit offenen Augen durch die Stadt geht, vermisst man die Deutschen. Wo sind die geblieben? Man sieht ausländische Mitbürger aller Nationen auf der Straße, aber keinen einzigen Deutschen. Wurden die alle entführt?

Ich brauchte lange, bis ich die Lösung fand. Die Deutschen waren alle bei der Arbeit.

Mein Kampfgewicht

Heute früh stellte ich mich auf die Waage und hatte tatsächlich 95 Kilo. Und das bei einer Körpergröße von 173 cm. ich war also eindeutig zu klein. Wenn ich so weiter machte, hatte ich bald ein Kampfgewicht von 100 Kilo.

Das ist deutlich zu viel für meinen Körper. Gerade bei einem schwachen Herzen. Das Herz allein wäre noch zu tolerieren, aber der Kreislauf. Er wird wohl bald zusammenbrechen.

Dabei habe ich doch immer Maß gehalten und frage mich, woher kommt das? Die Schokolade war es nicht, zwei Tafeln täglich ist akzeptabel. Auch nicht die Torte, 2 bis 3 Stück am Tag. Aber immer ohne

Sahne, darauf habe ich geachtet. Und die Frühstücksbrötchen habe ich nur mit Margarine beschmiert und mageren Schinken darauf gelegt. Und 6 bis 8 Brötchen am Morgen ist doch für einen ausgewachsenen Mann nichts Besonderes. Gerade das Frühstück soll es ja sein. Es bildet die Grundlage für den ganzen Tag. Da ich schon um 6 Uhr frühstücke brauche ich um 10 Uhr eine Zwischenmahlzeit. Vier Toastschnitten mit Butter und Käse. Das Mittagessen habe ich, nach Rücksprache mit dem Arzt, stark eingeschränkt. Keine Suppe, nichts fettiges, nur magere Schnitzel und einmal in der Woche ein Eisbein. Ein gewisses Maß an Fett braucht der Körper als Schmierstoff. Nach dem Mittagessen ist eine Stunde Mittagsschlaf sehr gesund. Dann ein kleiner Spaziergang. Um 16 Uhr ist Kaffeezeit. Dazu zwei kleine Stück Kuchen, ohne etwas. Auch der Kaffee ohne Zucker und ohne Milch. Abendessen um 18 Uhr. Nur Vollkornbrot mit Diätsalami und Tee. Auch wieder ohne alles. Kurz vor der Nacht, um 22 Uhr, noch etwas Gesundes. Einen Obstsalat mit etwas Sahne und zwei Kekse. Wenn ich in der Nacht nicht schlafen kann werfe ich ein paar Pralinen und etwas Schokolade ein. Das reicht bis um 6 Uhr am Morgen. Obwohl ich auf fast alles verzichte, bin ich dick und nähere mich der Marke von 100 Kilo. Woher das kommt, ist mir ein Rätsel.

Ich musste unbedingt abnehmen. Diäten und Sport kamen nicht in Frage. Ich hatte jedoch von einer neuen Wiegetechnik gehört. Man wiegt jeden Körperteil einzeln und zählt dann alles zusammen. Ich wog also das linke Bein, das rechte Bein, den linken Arm, den rechten Arm, den Kopf und den Rumpf.

Dann rechnete ich alles zusammen und kam auf erstaunliche 80 Kilo. Damit hatte ich spontan mein Normalgewicht erreicht.

Zugegeben, im Spiegel sah das anderst aus, aber das war kein Problem. Ich besorgte mir einen dieser Trickspiegel, wie sie in Modegeschäften verwendet werden. Ich stellte mich vor den Spiegel und siehe da, auch der Dickste sieht nun schlank aus.

Das Rock-Konzert

In der Nähe der Stadt war für Samstag Abend ein Rockkonzert angekündigt. Eigentlich bin ich zu alt für ein Rockkonzert, aber ich wollte es nochmal versuchen.

Am Samstag Abend machten sich ganze Völkerscharen auf den Weg. Ein Rockkonzert in unserer Stadt war schon etwas Besonderes. Die bekannten Musiker ließen unsere Stadt meistens links liegen. Die angekündigte Band war auch noch ziemlich unbekannt. Aber das war mir egal, Krach machten sie ja alle.

Ich ließ die ersten Besucher vorbei. Alle drängten nach vorn. Die wollten wohl einen Hörsturz riskieren. Ich hielt mich zurück und hielt Abstand. Die Musik würde ich noch laut genug hören. Ich wartete drei Stunden auf meinem Platz. Dann erschien endlich die Band und begann zu spielen. Ich sage nur eins: *vier Gitarren und ein E-Werk.* Was sie von sich gaben ließ sich nicht beschreiben. Es war ein solcher Mist, das konnte ich nicht mehr anhören. Und dafür hatte ich fast 100 Euro bezahlt.

Bevor ich nach Hause ging, wollte ich noch auf eines der Dixie-Klo's gehen. Das Klo war komplett zugeschissen. Von Rockkonzerten hatte ich nun genug.

Ein ganz normaler Tag

Morgens rief ich beim Orthopäden an. Ich brauchte einen Termin wegen meiner Rückenschmerzen. Ich bekam einen Termin, aber erst in 5 Monaten. Natürlich haben die Menschen heute mehr Beschwerden. Die Frauen mit den Knien und den Hüften, die Männer mit den Bandscheiben. Aber, sind die Orthopäden so überlaufen, dass man 5 Monate warten musss?

Noch am Vormittag, der Himmel war blau, brachte ich mein Auto in die Waschanlage. Mit dem blitzsauberen Auto fuhr ich zurück. Inzwischen war der Himmel jedoch voller dunkler Wolken und ich kam in einen Platzregen. Als ich zuhause ankam, war mein Auto total verspritzt und noch dreckiger als vor der Wäsche.

Nun fuhr ich zum Mediamarkt. Im Radio hatte ich einen tollen Song gehört und ich kaufte mir die dazugehörige CD.

Auf dem gleichen Stock war auch ein Textilgeschäft. Dort sah ich ein tolles T-Shirt und sie hatten es sogar in meiner Größe vorrätig. Ich kaufte es und ging zurück zum Auto.

Im Auto legte ich die neue CD ein und hörte mir die Titel an. Ausser dem Song, den ich im Radio gehört hatte, waren alle anderen Mist. Ich hatte mal wieder Geld verschwendet.

Wenigstens hatte ich das tolle T-Shirt. Das wollte ich gleich anziehen, sah aber, dass es einen Tintenfleck hatte. Ich ging sofort zurück in den Laden und wollte es umtauschen. Der Verkäufer meinte: *T-Shirt mit Flecken nehmen wir nicht zurück.*

Frustriert fuhr ich wieder heim. Inzwischen war die Post gekommen. Ich hatte mir online ein teures Ohrhörer-Set bestellt und das Päckchen lag vor der Tür. Als ich das Set auspackte war es total verschweißt. Ich versuchte es mit der Schere zu öffnen, dabei brach sie ab. Nun nahm ich ein starkes Messer und ging mit Gewalt vor. Endlich gelang es mir die Plastikhülle zu öffnen. Dabei zerkratzte ich mir am scharfen Plastik die Hand. Als ich die Ohrhörer endlich in der Hand hielt sah ich, dass ich mit dem Messer ein Kabel durchschnitten hatte. Das Set war nicht mehr zu gebrauchen.

Am Abend kam ein Krimi im Fernsehen. Darauf freute ich mich schon. Wenigstens etwas, was den Tag noch retten konnte.

Der Film war fast vorbei, es fehlten nur noch 10 Minuten. Da läutete das Telefon. Es war ein ehemaliger Arbeitskollege. Der quaselte und quaselte und wollte gar nicht mehr aufhören. Als ich ihn schliesslich abwimmeln konnte, war der Krimi vorbei und ich hatte den Schluß nicht mitbekommen. Was für ein beschissener Tag.

Die Geldanlage

Durch eine kleine Erbschaft kam ich in den Besitz von 5000 Euro. Das Geld wollte ich Gewinnbringend anlegen. Aber wie?

Auf dem Sparbuch gibt es inzwischen Minuszinsen. Das kam nicht in Frage. Für Tagesgeld gibt die Bank sagenhafte 1 % pro Jahr. Das kam also auch nicht in Frage. Bei Festgeld sind es immerhin schon 2,5 %, aber immer noch zu wenig.

Vielleicht sollte ich ins Goldgeschäft einsteigen. Mindestanlage sind jedoch 5000 Euro, das ist mein ganzes Vermögen. Außerdem müsste ich es 5 bis 10 Jahre anlegen. Ob ich so lange noch lebe? Nein, Gold kommt auch nicht in Frage.

Für eine Immobilienanlage habe ich zu wenig Geld. Immobilien kommen also auch nicht in Frage.

Inzwischen kann man auch Kredite an Privatleute vergeben. Die Rendite liegt bei 5 bis 11%. Aber das Risiko ist hoch.

Bleiben also noch Aktien. Für 5000 Euro kann man schon ein Aktienpaket kaufen. Aber welche Aktien nehme ich? Autoaktien kommen nicht in Frage. Da kann man in kurzer Zeit die Hälfte des Vermögens verlieren.

Auch Energieversorger sind im Moment riskant. Und Banken? Nein von Aktien lasse ich die Finger.

Natürlich könnte ich auch in Photovoltaikanlagen investieren. Aber wenn erst mal auf jedem zweiten Hausdach eine Anlage installiert ist führt die Regierung bestimmt eine Solarsteuer ein. Weil ja der Sonne Energie entzogen wird.

Dasselbe kann mit den Windparks passieren. Wenn erst mal genügend Windräder aufgestellt sind kommt eine Windsteuer.

Bleiben noch Versicherungen. Aber bei denen liegt die Rendite nur noch bei 2%.

Ich hätte nicht gedacht, dass es so schwierig ist, das Geld richtig anzulegen.

Beim Studium der Aktienkurse und Dividenden sah ich in der Tageszeitung eine Anzeige von einem Online-Discounter. *Bohnenkonserven, 20 Jahre haltbar, nur 50 Cent pro Büchse. Sorgen sie vor und warten sie nicht zu lange - wenn der Russe kommt.* Das war die Lösung. Ich bestellte mir 10.000 Büchsen Bohnen. Schon nach zwei Tagen kam die Lieferung. Ich hatte schon im Keller Platz geschaffen, aber ich brachte da nur 5000 Büchsen unter. Den Rest stapelte ich zu Pyramiden in meiner Wohnung.

Nun konnte ich mich in der Wohnung zwar nicht mehr bewegen, aber ich hatte vorgesorgt. Nun konnte der Russe kommen. Und der Chinese. Ich bin auf der sicheren Seite.

Ich bin schon clever, auf diese Anlageform wäre kein Anlageberater gekommen.

Kleingeld

Ich habe gelesen, die Deutschen horten zuviel Kleingeld und dieses fehlt dann im Zahlungsverkehr. Auch ich habe zuviel Kleingeld. Erst habe ich die Münzen in einem kleinen Karton aufbewahrt. Als der voll war, nahm ich Gläser mit Schraubdeckel. Inzwischen stehen auf allen Regalen solche Gläser, voll mit Münzen. Ich zähle sie schon gar nicht mehr. Ich versuchte das Kleingeld loszuwerden und steckte immer einige Münzen ein. Machte die Rechnung dann im Supermarkt 13,94 Euro sagte ich: Moment, ich habs passend. Ich zücke meinen dicken Geldbeutel und zähle die Münzen ab. Ich habe aber nur 3,93 Euro klein. Hinter wartet die Schlange von Kunden und wird unruhig. Auch die Kassiererin schaut mich ungnädig an. Es ist unmöglich, das Kleingeld loszuwerden. Ich bezahlte mit einem Zwanziger und hatte anschliesend noch mehr Münzen als zuvor. Was mache ich bloß mit meinem Kleingeld?

Es ist Herbst

Ich schlenderte durch die Stadt. An einer kahlen Hauswand prangte mit roter Farbe quer über die Fassade gesprayt das Wort *Fuck*. Toll. Unsere Jugend findet ja alles Scheiße und der Sprayer hatte das mit einem einzigen Wort ausgedrückt.

Plötzlich hörte ich Sirenen. Ein Notarztwagen raste vorbei. Alle blieben stehen und wandten sich zur Strasse um zu sehen, wie der Wagen vorbeiraste. Als ob sie noch nie im Leben einen Krankenwagen gesehen hätten. Wenn man einmal selbst in solch einem Wagen lag, sieht man das lockerer.

Ich ging weiter und betrachtete die Schaufenster. Überall waren Schilder mit SALE oder 50% Rabatt. In den Geschäften wurden Kalender für das nächste Jahr ausgeteilt. Kleine im Taschenformat, größere zum stellen und große Wandkalender mit allen möglichen Motiven. Gut, so ein großer Wandkalender ist schon praktisch. Damit kann man einen hässlichen Schimmelfleck an der Wand abdecken.

In den Supermärkten gab es schon Lebkuchen und Weihnachtsmänner. Was war denn da los? Natürlich, es ist Herbst.

Früher gab es Nikoläuse und Lebkuchen erst vier Wochen vor Weihnachten. Bei der Bescherung waren die Lebkuchen schon hart und die Nikoläuse zeigten erste Zerfallserscheinungen. Heute ist soviel Chemie in dem Zeug, dass es jahrelang hält. Was in diesem Jahr nicht verkauft wird, kommt nächstes Jahr wieder in die Regale.

Gefärbte, hartgekochte Eier gibt es bereits ganzjährig und ab Januar kommen die Osterhasen in die Regale.

Ich genoss den Herbst, den schönen Altweibersommer und die fallenden Blätter. Unangenehm war nur die tiefstehende Sonne, die mir Nachmittags ins Zimmer scheinte und meinen Mittagsschlaf störte.

Und dann stellte ich fest, ich hatte ja noch keinen Kalender für das nächste Jahr. Ich ging schnell in das nächste Geschäft, bevor die alle weg waren und holte mir die ganze Kollektion.

Wunderdiäten

Wieder mal hat mich der Arzt aufgefordert, unbedingt abzunehmen. *Okay,* meinte ich, *wieviele Pfunde haben sie sich vorgestellt?* Der Arzt: *ich dachte eher an Kilo. Sie sind 173 cm groß und wiegen 95 Kilo. Bei ihrer Größe dürften sie mit 75 Kilo Normalgewicht haben. Also reden wir von 20 Kilo, die sie abnehmen müssten. Wir sehen uns wieder in 4 Wochen, dann möchte ich ein Ergebnis sehen.*

In vier Wochen schaffe ich locker 10 Kilo. Es gibt ja diese Wunderdiäten mit denen überall geworben wird. Aber ohne Diätberaterin werde ich nichts unternehmen.

Im Internet fand ich einige geeignete Wunderdiäten und notierte mir die wichtigsten. Dann vereinbarte ich einen Termin mit der Diätberaterin Marianne.

Nun legte ich los: *ich habe da von einem Pflaster gelesen, das man sich auf den Arm klebt. Schon vergeht der Appetit für die nächsten 24 Stunden.* Marianne schüttelte den Kopf: *das wirkt genauso wie ein Nikotinpflaster, also überhaupt nicht.*

Ich sagte: wie wäre es dann mit Thermogenese? Wenn man friert, soll man überflüssige Pfunde verlieren. Das können sie auch vergessen, meinte Marianne, *sie müssten sechs Wochen lang jeden Tag zwei Stunden bei einer Temperatur von 17 Grad ausharren. Das einzige, was sie da erreichen ist eine Erkältung.*

Ich gab nicht so schnell auf: *was ist mit der Bandwurmdiät? Ich schlucke einen Bandwurm, der nistet sich im Darm ein und nimmt dort die Nährstoffe auf. Mein Körper gleicht das mit dem Anzapfen von Fettreserven aus. Keine gute Idee,* meinte Marianne, *die Sängerin Maria Callas ließ sich einen Bandwurm einsetzen und verlor angeblich 50 Kilo. Na also,* sagte ich, *das ist es doch. Nein,* meinte Marianne, *die Callas wurde nur 57 Jahre alt und starb an Herzversagen.*

Und wie ist es mit diesem Lippgloss, aus den USA? Wenn man ihn aufträgt hemmt er den Appetit. Das ist nur ein Werbegag, meinte Marianne, *davon nehmen sie garantiert nicht ab.*

Im Fernsehen habe ich einen Massagegürtel gesehen, die Damen die ihn benutzten haben alle stark abgenommen. Das ist Quatsch, meinte Marianne, *der*

Gürtel fördert zwar die Durchblutung, verbrennt aber kein Fett.

Aber in Verbindung mit einer Ernährungsumstellung funktioniert das doch?, meinte ich. *Wenn sie ihre Ernährung umstellen, können sie auf den Gürtel verzichten*, meinte Marianne.

Ich ließ nicht locker: *ich habe von einer Forking-Diät gelesen. Man verwendet zum Essen nur noch eine Gabel, dann sollen die Kilos schmelzen. Nein, sie können ja auch Frikadellen oder Pommes mit der Gabel essen, dann nehmen sie nicht ab sondern zu. Versuchen sie es doch mal mit Essstäbchen.*

Mein letzter Versuch: *da gibt es doch diese Einlagen für die Schuhe. Die haben Noppen und wirken wie eine Akkupressur. In einer Woche soll ich da 3 Kilo verlieren. Das ist nicht bewiesen*, meinte Marianne, *aber wenn sie mehr laufen und mehr Bewegung haben, nehmen sie ab. Viel Laufen macht schlank.*

Nachdem sie alle meine Vorschläge niedergemacht hatte, meinte sie: *wenn sie dauerhaft abnehmen möchten, müssen sie tief in sich hineinhorchen. Sagt ihr Bauch satt, sollten sie sofort mit dem Essen aufhören. Hier noch ein kleiner Tipp. Essen sie nur noch aus kleinen Tellern und nehmen sie rote Teller und eine rote Tischdecke. Rot hemmt auch den Appetit.*

Sie können auch vor dem Essen jeweils ein Glas Wasser trinken und so den Magen füllen und den Hunger dämpfen. Aha, meinte ich, *deshalb sagt mein Arzt auch immer, ich soll jeden Tag 3 Liter Wasser trinken.*

Dann meinte Marianne: *vergessen sie die Wunderdiäten. Wenn sie sich in 20 Jahren 20 Kilo zuviel angefuttert haben können sie nicht in 1 Woche davon wieder 10 Kilo abnehmen. Ein Kilo pro Monat ist realistisch. Das geht nur, wenn sie mehr Gurken, Tomaten, Paprika und Salat essen und sich mehr bewegen. Es ist ein langer Weg und es gehört viel Disziplin dazu. Ich gebe ihnen hier eine Aufstellung, was sie nicht mehr essen dürfen*. Dann knallte sie einen Wälzer auf den Tisch, gegen den der Brockhaus schlank ist. *Was sie essen dürfen steht hier auf dem Zettel*. Sie gab mir einen Zettel, nicht größer als eine Briefmarke und verabschiedete sich. *In einem Jahr sehen wir uns wieder, wenn sie dann 10 Kilo abgenommen haben, bin ich mit ihnen zufrieden.*

Wie verhalte ich mich richtig

Es gibt ihn schon, den neuen Knigge, dabei kenne ich nicht mal den alten. In der Zeit des Handys und Smartphones mussten alte Verhaltensweisen neu überdacht werden. Einige Regeln sind nicht mehr zeitgemäß und wurden deshalb geändert.

Eine der wichtigsten Regelungen betrifft das Wort *Gesundheit*. Wenn jemand niesen musste sagte man höflich: *Gesundheit*. Knigge meint aber, das ist nicht mehr zeitgemäß. Wir sagen ja auch nicht *Verdauung,* wenn jemand rülpst oder furzt. Ich persönlich sage weiterhin Gesundheit, meine aber: *halt's Maul.* Auf keinen Fall sollte man *zum Wohlsein* sagen.

Entschuldigen für das niesen muss man sich nicht, es sei denn man hat einen Niesanfall und muss 10 mal hintereinander niesen. So was passiert mir oft.

Wenn einer furzt sage ich: *ganz schön stickig hier*, meine aber: *wer hat hier einen fahren lassen*. Dazu habe ich ein Zitat:

Würden manche Menschen furzen statt zu sprechen, wäre ihr Gestank leichter zu ertragen als ihr Geschwätz.

Auch das *Guten Appetit* ist nicht auszurotten und jemand mit *Mahlzeit* zu grüßen ist spießig und schon seit Jahren out. Diese Grußformel kommt aus dem Kloster, früher wurde so das Essen angekündigt. In manchen Situationen ist Mahlzeit sowieso nicht angebracht, zum Beispiel auf der Toilette.

Einige wichtige Regeln sollte man beachten. Nicht unaufmerksam sein. Wenn jemand mit mir spricht, sehe ich ihn an und nicht zur Seite. Manche unserer Fußballstars sehen bei einem Interview zur Seite und nicht in die Kamera. Das ist jedoch nicht unhöflich, sondern Unsicherheit.

Die nächste Regel betrifft den Handschlag. Geben sie ihrem Gegenüber einen kräftigen Handschlag, aber zerquetschen sie ihm nicht die Hand.

Und nun das Rauchen. In vielen Räumlichkeiten ist es mittlerweile verboten. Übergehen sie dieses Verbot niemals. Wenn doch, dann schnipsen sie nicht die Asche auf den Boden.

Gläser halten sie grundsätzlich am Stiel und nicht am Kelch. Ein Whiskey-Glas halten sie in der linken Hand, damit sie bei der Begrüßung keine kalte klamme Hand haben.

Auch sehr wichtig ist der Abstand. Jeder Mensch hat eine Intimzone um sich herum (ca. 50 cm). Keiner mag es, wenn andere in diese Zone eindringen.

Und legen sie ihrem Gegenüber auf keinen Fall die Hand auf die Schulter. Sie mögen das ja auch nicht.

Es gibt Menschen, die stupsen einen immer an. Das nervt ungemein. Keine Sorge, solche Menschen werden kein zweitesmal eingeladen.

Wenn sie was zu sagen haben, sprechen sie laut und deutlich. Manche nuscheln so sehr, dass man kein Wort versteht.

Lassen sie ihren Gesprächspartner ausreden, fallen sie ihm nicht ins Wort. Wenn es einer dieser Dauerredner ist, die niemals aufhören, haben sie eben Pech gehabt.

Verwenden sie nicht mehr das Wort *Fräulein,* auch wenn ihr Gegenüber erst 10 Jahre alt ist. Das Wort Fräulein ist nicht mehr zeitgemäß. Junge Frauen machen darauf aufmerksam, dass sie mit Frau angesprochen werden wollen.

Müssen sie dringend auf die Toilette sagen sie höflich: *ich gehe mir kurz die Hände waschen.* Frauen gehen sich die Nase pudern. Sagen sie auf keinen Fall: *ich muss scheißen.*

Wenn sie all diese Regeln beachten, können sie sich in jeder Gesellschaft bewegen.

Hallenbad Eutingen

Nachdem das Emma-Jäger-Bad nun schon längere Zeit geschlossen war, startete ich einen Versuch im Hallenbad Eutingen. Ich musste erstmal herausfinden, wie es mit der Busverbindung funktioniert, wo ich aussteigen muss und wo der Weg zum Hallenbad ist.

Unter der Woche konnte man nur von 6 Uhr bis 8 Uhr schwimmen. Dazu müsste ich ja um 4 Uhr aufstehen und den ersten Bus um 5.30 Uhr nehmen. Ich bin doch nicht bescheuert.

Am Samstag Morgen war das Bad von 7 Uhr bis 12 Uhr für Besucher geöffnet. Das passte schon besser. Um 8.30 Uhr fuhr ich in Dillweißenstein los und bekam auch gleich Anschluß in die Linie 1, die nach Eutingen fährt. Ich hatte mich im Stadtplan erkundigt, wo ich aussteigen musste. Es war am Rathaus Eutingen, also im Zentrum. Von dort ging es den Berg hinunter, auf der Georg-Feuerstein-Straße bis fast vor das Hallenbad. Der Weg war also in meinem Gehirn eingeprägt.

Der Bus der Linie 1 fuhr wie gewohnt am Enzauenpark vorbei zum Eutinger Talweg. Bis hierher war ich also richtig. Nach einigen Minuten bog der Bus links ab und fuhr den Berg hoch. Die Haltestellen, die nun auf dem Computer-Display angezeigt wurden, waren mir unbekannt. Wo fuhr ich denn hin? Auf dem Display sah ich die nächsten drei Haltestellen und las *Auf der Höhe.* Das war die Endstation. Dort stieg ich aus und überlegte, ob ich mit dem Bus zurückfahren sollte. Aber diese Blöße wollte ich mir nicht geben. Ich ging also den Berg hinunter, immer in Richtung zur Enz. Irgendwann würde ich mich schon wieder zurechtfinden. Nach 20 Minuten Fußmarsch erreichte ich das Zentrum und stand vor dem Rathaus. Nun wusste ich wie es weiterging und in 5 Minuten war ich beim Hallenbad.

Inzwischen weiß ich, dass die Buslinie 1 zwei verschiedene Touren fährt. Ich hätte nur noch 5 Minuten warten müssen, dann wäre ich im richtigen Bus gesessen. Aber so bin ich falsch gefahren. So lernte ich wenigstens den Stadtteil Eutingen kennen.

Im Bad war ich angenehm überrascht, der Eintritt kostete nur halb so viel wie im Emma. Die Umkleide fand ich auch, aber dann wurde es kompliziert. Zwischen den Umkleidekabinen und den Kleiderschränken sind Zwischenwände und nachdem ich dreimal abgebogen war, hatte ich schon die Orientierung verloren. Selbstverständlich war keine Tür beschriftet.

Irgendwie gelang es mit doch, die Dusche zu finden und nach kurzer Suche auch die Tür zum Badebereich. Nun stand ich zum ersten Mal vor dem Schwimmbecken und sah mir das unverbindlich an. Heute würde sich entscheiden, ob ich in Zukunft regelmäßig nach Eutingen fahre. Die Aussichten, dass das Emma mal wieder geöffnet wird, waren ja trostlos.

Das Schwimmbecken war zwar 25 Meter lang, aber viel schmaler als das im Emma. Außerdem war ein Teil abgesperrt, in dem Kinder unter der Anleitung des Bademeisters schwimmen lernten. Im restlichen Becken tummelten sich etwa 10 Badegäste. An Rückenschwimmen war nicht zu denken. Und vorwärts ging es auch nur 2 bis 3 Meter.

Die Massagedüsen waren auch nicht eingeschaltet und die Wassertemperatur betrug 30,2 Grad. Das war mir viel zu warm.

Einige der Besucher kannte ich und unterhielt mich mit ihnen. Dabei plantschte ich auch im Becken herum. Richtiges Schwimmen, wie ich mir das vorgestellt hatte, war nicht möglich.

Nach einer Stunde verließ ich das Becken und ging zur Umkleide. Wieder verlor ich die Orientierung, bis ich die Dusche und die Kleiderschränke fand. Die Rückfahrt in die Stadt ging reibungslos, inzwischen kannte ich mich ja aus und der Bus fuhr nur in eine Richtung.

Nun, ich habe es versucht und werde in Zukunft auf das Hallenbad verzichten. Ich habe eine Hoffnung, dass das Emma vielleicht doch im Frühjahr öffnet.

Im Fitness-Studio

Nachdem es mit dem schwimmen nicht klappte suchte ich nach einer anderen Möglichkeit, über den langen Winter etwas für meinen Körper zu tun.

Ich war noch nie in einem Fitness-Studio, habe aber im Fernsehen schon oft Bilder davon gesehen. An die großen Maschinen würde ich sowieso nicht rangehen. Mir genügt ein Laufband.

Für Anfänger wie mich gab es einen Sonderpreis zum reinschnuppern. Ich packte also meine Sporttasche mit Jogginganzug, Handtücher, Duschgel und was man sonst noch so braucht.

Ich ging ziemlich früh in das Studio. Ich dachte, da sind noch nicht viele am trainieren und ich blamiere mich nicht. Das war ein Fehlschluß. Inzwischen weiß ich, dass die meisten am Vormittag kommen.

Es war ordentlich Betrieb an den Geräten und keiner achtete auf mich. Alle waren mit sich selbst beschäftigt. Gut so, da konnte ich mich unverbindlich umsehen.

Ein freies Laufband war wie für mich geschaffen und ich belegte es sofort mit Beschlag. Ich stellte das Band auf 20 Km ein und lief los. Zuerst wollte ich noch nebenher die Zeitung lesen, aber das wäre übertrieben. Nach einiger Zeit fiel mir der Schweißgeruch auf. Das war ja ekelhaft. Dann merkte ich, der Stinker war ja ich.

Am Gerät neben mir trainierte eine junge Dame. Der wollte ich imponieren und lief noch ein paar Minuten. Plötzlich musste ich einen fahren lassen, ziemlich laut. Die Dame schaute herüber und ich sagte: *das ist mir auch schon passiert*.

Dann verließ ich das Laufband und schaute mich um. Überall sah ich durchtrainierte Typen. So sehe ich also auch aus, dachte ich und schaute in den Spiegel. Das muss so ein Zerrspiegel gewesen sein, was ich sah war ätzend. Da bekommt man ja Minderwertigkeitskomplexe.

Inzwischen hat sich auch hier eine Unsitte breitgemacht. Die durchtrainierten Typen stellen sich in Pose und machen mit ihren Smartphones Selfies, damit sie jedem zeigen können, wie hart sie trainieren.

Ich hatte nun genug gesehen, ging duschen und verließ das Studio. Ich war mir sicher, das war mein einziger Besuch. Zum Laufen brauche ich kein Laufband. Das mache ich wie früher, auf dem Waldweg. Hier kommen wenigstens keine Hunde vorbei, dafür aber Biker mit ihren Mountain-Bikes und Rentner auf ihren Pedelecs.

Radfahrer pro und contra

Radfahrer sind eine neue Spezies. Die meisten sind auch gleichzeitig Autofahrer. Aber während sie sich als Autofahrer an die Verkehrsregeln halten, gilt das nicht für das Radfahren. Hier betrachten sie die

Regeln nur als Empfehlung. Und sie regen sich auf über Fußgänger, Autofahrer und Hundebesitzer.

Beim umsteigen in Bus oder Bahn ärgern sie sich über zu wenig Stauraum. Der Bus oder die Bahn sind rappelvoll, für Fahrräder ist kein Platz.

Wenn sie abends unterwegs sind mokieren sie sich über schlechte oder fehlende Straßenbeleuchtung.

Auch Straßenbahnen stören sie. Besonders die Schienen, mitten auf der Fahrbahn. Schnell gerät man mit den dünnen Sportreifen in die Rillen und stürzt.

Ein weiteres Problem ist der Winterdienst. Bei einem plötzlichen Wintereinbruch werden nur die Hauptverkehrsstraßen geräumt. Gehwege und Radwege bleiben vereist und werden erst spät am Tag freigemacht.

Dann sind da noch die unvorsichtigen Fußgänger, die wie selbstverständlich auch auf den Radwegen gehen. Doch fast überall fehlen die geeigneten Radwege.

Zuletzt kommen noch die Autofahrer, für die ein Radfahrer nur ein unerwünschtes Hindernis ist.

Fazit: Radfahrer leben gefährlich.

Aber nun drehen wir den Spieß um. Es gibt Radfahrer die uns Fußgänger nerven. Fahren ohne Licht und ohne Bremse ist wohl alltäglich. Auch fehlt in 90% der Fahrräder die vorgeschriebene Klingel.

Gerade ältere Radfahrer trauen sich in der Stadt nicht mehr auf die Straße. Da keine Radwege vorhanden sind, fahren sie auf dem Gehweg, was natürlich nicht erlaubt ist.

Oft werde ich auf dem Gehweg von hinten von einem Radler überholt. Heute hört man ja die Fahrräder nicht mehr, weil sie so leise sind. Früher hat man ein Rad schon aus 100 Meter Entfernung gehört. Es quietschte und krächzte und schepperte.

Jugendliche fahren gerne freihändig. Das haben wir früher auch gemacht, aber bei dem heutigen Verkehr ist das lebensgefährlich. Heute kostet das freihändige fahren ein Bußgeld von 5 Euro.

Manche Radfahrer glauben, die rote Ampel könnte man einfach umkurven. Wer eine rote Ampel umfährt muß mit einer Geldstrafe von 160 Euro und einem Punkt in Flensburg rechnen.

Beim Radfahren telefonieren ist keine gute Idee und kostet 25 Euro. Musikhören mit Ohrstöpseln ist zwar erlaubt, aber hört der Radfahrer die Sondersignale von Polizei oder Krankenwagen nicht sind 15 Euro fällig.

Manche Einbahnstraßen dürfen mit dem Rad verkehrt herum durchfahren werden. Aber nur, wenn es durch Beschilderung angezeigt ist. Fehlt das Schild kostet es 30 Euro. 20 Euro kostet es, wenn man auf dem Gehweg fährt. Hat man jemand auf dem Gepäckträger sind nochmal 5 Euro fällig.

Noch gibt es keine Helmpflicht. Nach einem Unfall spielt es keine Rolle, ob der Radler mit oder ohne Helm unterwegs war.

In den meisten Fußgängerzonen müssen Radfahrer absteigen und das Rad schieben. Manche halten sich daran, andere nicht.

Radfahren in betrunkenem Zustand ist keine Ordnungswidrigkeit sondern eine Straftat. Ab 1,6 Promille oder weniger, bei Fahrfehler oder Unfall kann der Radler vor Gericht angeklagt werden. Von Fall zu

Fall kann sogar die Fahrerlaubnis für Kraftfahrzeuge entzogen werden.

Die Bußgelder sind in 4 Stufen geregelt.
1 Bußgeld
2 Bußgeld mit Behinderung anderer
3 Bußgeld mit Gefährdung anderer
4 Bußgeld mit Unfallfolge/Sachbeschädigung

Radweg nicht benutzen 20/25/30/35 Euro
Radweg in falscher Richtung wie oben
Einbahnstraße falsche Richtung wie oben
Fahren in der Fußgängerzone
oder auf dem Gehweg 15/20/25/30 Euro
Freihändig fahren 5 Euro
Keine Beleuchtung 20/25/35 Euro
Keine Klingel 15 Euro
Fahrrad nicht verkehrssicher 80 Euro
Telefonieren 25 Euro
Rotlicht nicht beachten 60/100/120 Euro
Ampel länger als 1 Sek. rot 100/160/180
Am Zebrastreifen nicht anhalten 40 Euro
Bahnübergang überqueren bei
geschlossener Schranke 350 Euro

Das ist eine ganze schöne Liste von Bußgeldern, aber was nützt sie, wenn nicht kontrolliert wird. Täglich fahren Radfahrer in der Stadt auf den Gehwegen und durch die Fußgängerzone. Viele Montainbikes haben keine Beleuchtung. Die Klingel ist ein Fremdwort.
Die meisten Städte haben nicht genügend Ordnungskräfte um die Radfahrer zu kontrollieren. Des-

halb wird sich auch in naher Zukunft wohl nichts ändern. Ich selbst bin auch Radfahrer und achte darauf, keine Fehler zu machen. Das ist gar nicht so schwer.

Peinliche Momente

Jeder blamiert sich auf seine Weise, der eine laut der andere leise. An diesen Spruch denke ich oft, wenn ich mich erinnere. Ich war der Meinung, ich hätte mich noch nicht blamiert, aber je mehr ich nachdachte, um so mehr kam an die Oberfläche.

Es fängt an mit der Begrüßung an. Am liebsten ist mir der Handschlag. Auf Umarmungen und Bussi links Bussi rechts verzichte ich. Einmal kam eine Dame auf mich zu und wollte mich umarmen. Ich dagegen streckte ihr die Hand entgegen. Die Dame war etwas brüskiert und mir war es peinlich. Ich glaube ich habe eine Agaraphobie, das ist Angst vor Berührungen.

Peinlich ist auch, wenn man einen ehemaligen Arbeitskollegen trifft und nicht weiß, sind wir per Du oder per Sie. Noch peinlicher ist, wenn man eine Kollegin trifft und weiß ihren Namen nicht mehr. Das passiert mir oft. Ich frage dann: *wie buchstabiert man eigentlich deinen Namen?* Und sie heißt Müller.

Neulich kam mir mitten in der Stadt eine Dame entgegen und wollte mir High-Five geben. Diese Unsitte, die von den USA herübergeschwappt ist. Sie streckte ihre Hand mit fünf Fingern aus, ich tat dasselbe, aber sie meinte mich gar nicht und lief an mir vorbei. Das war vielleicht peinlich.

Dann war ich bei einem der neuen Friseurshops und ließ mir die Haare schneiden. Der junge Friseur versuchte es mit Smalltalk und fragte: *was machen sie beruflich?* Ich antwortete: *ich schreibe Bücher und was machen Sie?* Hinterher fiel mir ein, wie dämlich das war.

Es gibt viele Möglichkeiten sich zu blamieren. Manche Menschen sind so ungeschickt, dass sie dauernd Hinfallen, oder Gläser umstoßen, oder im falschen Moment lachen. Solche Dinge passieren mir auch, deshalb bleibe ich zu Hause.

Türkische Obsthändler

Wo kommen all die türkischen Obst- und Gemüsehändler her? Rumänische Erntehelfer stechen Spargel und pflücken Obst. Italiener machen unser Eis. Polen sanieren unsere Häuser. Die Reinigung übernehmen polnische Putzfrauen. Einzelne Einwanderergruppen haben sich in bestimmten Branchen festgesetzt.

Wenn man durch die Stadt geht sieht man an jeder Ecke einen türkischen Obst- und Gemüsehändler. Der erste Eindruck täuscht aber. In Pforzheim gibt es 9 türkische Läden mit Lebensmitteln. Diese verteilen sich über die ganze Stadt.

Früher gab es überall Tante-Emma-Läden. Diese konnten mit den Discountern nicht mehr mithalten und sind nach und nach verschwunden. Diese Nischen haben nun die türkischen Händler besetzt. Sie werben traditionell mit Obst- und Gemüsekisten im Freien um ihre Kundschaft. Und die besteht nicht nur aus Türken.

Ich habe auch schon beim Türken eingekauft. Äpfel, die im Supermarkt 1,99 das Kilo kosten bekam ich beim Türken für 1 Euro. Und die Qualität war gut.

Diese Betriebe können überleben, weil die ganze Familie mit anpackt. Bisher waren die selbstständigen Türken in Deutschland an der Spitze. Inzwischen wurden sie von den Polen überholt. Danach kommen Italiener, Griechen und Russen.

Der Kuchen Deutschland ist also aufgeteilt. Doch nun haben wir bereits 1 Million Einwanderer im Land, die diese Nischen ebenfalls besetzen wollen. Bald wird es die ersten Revierkämpfe geben. Aber ich bin sicher, Polen, Türken, Italiener, Griechen und Russen werden sich zu wehren wissen.

Depro-Pop

In der deutschen Musik gibt es einen neuen Trend, Depro-Pop. Ob Xavier Naidoo, Adele, Silbermond oder Sarah Conner, man hört nur noch Gejammer.

Dieser Weg, wird kein leichter sein, tönt es aus dem Radio, es folgt *Ein Meer aus gefrorenen Tränen* und dann haucht eine ins Mikrofon *Quaaaaaal.*

Woher kommt diese deprimierende Musik? Liegt es an der Jugend? Wir haben heute die Null-Bock-Generation. Kein Schulabschluß, keine Lehrstelle, keine Arbeit. Der Jugendliche hat keine Zukunft. Wie soll er da fröhlich sein. Die Musik passt dazu.

Wir hatten früher *Zwei kleine Italiener, Peppermint Twist, Auf meiner Ranch bin ich König, Der Mann im Mond, Schuld war nur der Bossa Nova* und viele andere. Da war Sonne, da war Sommer, da war es warm.

Cindy und Bert sangen *Spaniens Gitarren,* Vicky Leandros sang während des kalten Krieges *Theo, wir fahr'n nach Lodz,* Adriano Celentano sang *Azzuro.* Die Lieder hatten eine positive Ausstrahlung und machten uns fröhlich. Wenn du heute eine halbe Stunde Depro-Pop anhörst bist du reif für die Klinik.

Mit der Musik können wir beim Song-Contest nicht punkten. Es wird Zeit, dass die Songschreiber wieder umdenken. Das ist doch nicht so schwer?

Der Tatort

In dieser Geschichte geht es nicht um den Tatort im Fernsehen. Es geht um Tatorte an der Arbeitsstelle. Warum werden so viele Menschen am Arbeitsplatz zu Ferkeln?

Der erste Tatort ist die Toilette. Während manche Menschen zu Hause die Klobürste benutzen, übersehen sie das im Büro. Soll doch der nächste saubermachen. Wenn das letzte Blatt Toilettenpapier verbraucht ist, wird keine neue Rolle eingelegt. Obwohl sie oben auf der Ablage steht.

Der zweite Tatort ist die Küche. Schmutzige Tassen und schmutziges Geschirr bleiben einfach stehen. Na klar, daheim räumt die Frau alles weg. Männer lassen sogar die Kaffeemaschine verschimmeln.

Der dritte Tatort ist der gemeinsame Kühlschrank. Hier lassen manche Lebensmittel verschimmeln. Die mitgebrachte Lasagne wurde vergessen und steht nun schon seit zwei Wochen im Kühlschrank. In der Zeit hat sich im Kühlschrank neues Leben entwickelt. Keiner weiß, wer die Lasagne mitgebracht hat.

Der vierte Tatort ist der Platz mit der Kaffeemaschine, den Tassen, dem Kaffee und der Milch. Ist der eigene Kaffee aufgebraucht bedient man sich einfach dreist bei den Sachen der anderen. Mancher sucht schon verzweifelt nach seiner Lieblingstasse, die auf irgendeinem Schreibtisch steht und für immer verschollen bleibt.

Man muss sich schon fragen, warum tun die das? Haben die alle keine Erziehung? Sicher ist es nicht in jedem Büro so, aber achten sie mal darauf. Vielleicht ist bei ihnen auch ein Tatort.

Kappenabend

Früher gab es vor dem Faschingsdienstag in jeder Wirtschaft zwei- bis dreimal Samstagabend einen Kappenabend. Meistens spielten Alleinunterhalter. Eine Band konnte sich der Wirt nicht leisten.

Am Samstagabend war immer viel Betrieb und es wurde getrunken und getanzt bis in den Morgen. Am Ende gab es oft eine Schlägerei zwischen zwei oder mehr Männern. Der Auslöser war immer eine Frau und der reichlich genossene Alkohol. Die Schlägerei gehörte zum Kappenabend, wie die Musik und der Tanz. Kein Kappenabend ohne Schlägerei. Am Sonntagmorgen beim Frühschoppen hatte man sich dann einiges zu erzählen.

Das ging bis zum Faschingsdienstag. Dann war es wieder für ein Jahr vorbei. Am Aschermittwoch machten wir dann die traditionelle Geldbeutelwäsche.

Wir gingen auf die Bogenbrücke, nahmen eine Angel und machten den Geldbeutel mit dem Angelhaken fest. Dann wurde der Geldbeutel hinuntergelassen und in der Nagold mehrmals eingetaucht. Anschliessend war er nicht mehr zu gebrauchen. Geld war sowieso keines mehr drin.

Heute gibt es diese Kappenabende nicht mehr. Die Musik ist zu teuer und die Gäste werden immer weniger. Den Wirten ist das Risiko zu groß. Außerdem wird heute mehr Mineralwasser getrunken. Kein Wein, keinen Sekt und keinen Schnaps mehr. Daran hatte der Wirt ja am meisten verdient.

Es gibt noch die großen Faschingsveranstaltungen in den Turnhallen oder Gemeindehallen. Hier spielt auch eine richtige Band und der Eintritt kostet inzwischen 10 bis 20 Euro. Außerdem sind die Getränke so teuer geworden, dass die Turnhallen nicht mehr so voll werden wie früher. Nur ein Beispiel, ein Mineralwasser mit 0,5l kostet dort mindestens 3 Euro. Im Supermarkt bekomme ich die Flasche für 11 Cent.

In den Faschingshochburgen Köln, Düsseldorf, Mainz, Aachen ist das noch anders. Dort geben die Leute am Fasching ihr letztes Geld aus. Am Aschermittwoch sind sie völlig blank.

Keine besonderen Vorkommnisse

Heute hatte ich in der Stadt verschiedenes zu erledigen. Ich machte mir einen Plan, damit ich alles in einem Rundgang erledigen konnte. So ersparte ich mir doppelte Wege.

Bei Thalia fing ich an. Ich schaute nach meinen Büchern, ob mal wieder eins verkauft wurde. Eigentlich stehen sie bei der Rubrik: Autoren der Region. Diese war im ersten Obergeschoß. Nachdem ich das ganze Geschoß ohne Erfolg abgesucht hatte, fuhr ich mit der Rolltreppe wieder hinunter. Nach langer Suche fand ich endlich das Regal mit meinen Büchern. Es war gleich nach dem Eingang. Hier haben sie dieselben Methoden wie im Kaufhaus. Regelmäßig werden die Standorte vertauscht, damit die Kunden suchen müssen und dabei etwas anderes entdecken.

Als ich vor meinen Büchern stand - es fehlte keines - hörte ich laute Sirenen. Genau vor der Buchhandlung hielt ein Rettungswagen. Zwei Sanitäterinnen stürmten in voller Montur in den Laden und rannten zur Kasse. Sanitäterin: *haben sie auch Bücher über Erste Hilfe oder Rettungsmaßnahmen oder so ähnlich?* Verkäuferin: *Leider nein, aber ich kann sie ihnen bestellen.* Sanitäterin: *nein danke, wir brauchen die sofort.* Dann rannten beide wieder hinaus.

Ich verließ die Buchhandlung und ging weiter zu Wicky. Dort entdeckte ich eine kleine Blechdose, die einen Adventskranz darstellte. In die Dose konnte man 4 kleine Kerzen stecken. Ich wandte mich an die Verkäuferin: *macht das eine Melodie, wenn ich es anzünde?* Verkäuferin: *ja, wenn sie es unter die Wohnzimmergardine stellen macht es irgendwann Tatütata.*

Verärgert verließ ich Wicky ohne die Dose. Vor dem Laden war einer der großen Mülleimer. Ein Gammler durchsuchte ihn gerade nach leeren Flaschen. Im Vorbeigehen warf ich ein gebrauchtes Taschentuch in den Mülleimer. Der Gammler drehte sich empört um und rief: *was soll denn das? Ich störe dich doch auch nicht bei deiner Arbeit.* Ich entschuldigte mich und ging weiter.

Nach wenigen Metern wurde ich von einem Typen aufgehalten, der mir ein Zeitschriftenabo andrehen wollte. Ich hörte ihm geduldig eine Weile zu. Dann meinte der Typ: *dann bräuchte ich noch ihre Bankkontonummer.* Ich sagte: *Okay, schreiben sie mal auf, eins...zwei...drei...vier* - der Typ runzelte die Stirn und schaute irritiert - *fünf...sechs...sieben...acht...neun...zehn.* Der Typ aufgebracht: *wollen sie mich verarschen oder was?* Ich antwortete: *wollten sie gerade meine Bankkontonummer?* Der Typ: *ja.* Dann wieder ich: *gut, dann wollte ich sie auch verarschen.* Ich ging weiter und ließ einen verstörten Typen zurück.

Unterwegs hatte ich noch ein Geschenk für eine Bekannte gekauft. Es war nicht teuer, aber ziemlich groß und in buntem Papier eingepackt. Ich wollte mit dem Bus in die Nordstadt zu Lidl fahren. Der Bus kam und ich stieg mit meinem Paket vorne ein. Der Busfahrer sah das Paket und meinte: *ach, das wäre doch nicht nötig gewesen.* Ich antwortete: *ach, wissen sie, ich fahre jetzt schon so lange schwarz, da ist ein Polizeiauto doch das Mindeste.* Wir mussten beide lachen und fuhren weiter.

In der Nordstadt hatte ich noch eine Strecke zu laufen bis ich Lidl erreichte. Ich ging gerade über den Parkplatz, da kam eine Frau angefahren und parkte direkt neben mir auf dem Behindertenparkplatz. An ihrem Auto war kein Behindertenausweis zu sehen. Sie stieg aus und wollte in den Markt. Ich rief ihr hinterher: *haben sie nicht etwas vergessen?* Die Frau irritiert: *Häh?* Ich rief: *ihren Rollstuhl.* Empört ging sie weiter.

Nun erledigte ich meinen Einkauf und ordnete mich in der langen Schlange an der Kasse ein. Vor mir war eine junge Mutter mit einem kleinen Jungen. Jedesmal, wenn sie nicht hinschaute, legte er Süßigkeiten in den Wagen. An der Kasse entdeckte sie die ganzen Süßigkeiten und räumte sie wieder aus dem Wagen. Dann drehte sie sich um und sagte zum Jungen: *such dir' nen Job.*

Ich war beeindruckt und legte meine Sachen auf das Band. Nun war ich an der Reihe. Die Kassiererin fing an meinen Einkauf zu scannen. Dann scannte sie den abgepackten Brokkoli und legte ihn hinter sich in einen Korb mit zurückgegebener Ware. Dann sagte sie mit osteuropäischem Akzent: *sie holen sich gleich neue Brokkoli.* Ich schaute sie entgeistert an. Kassiererin: *sie bezahlen jetzt bei mir und holen sich neuen Brokkoli. Der ist nix mehr schön, sonst gibt zu Hause geschimpft.* Ich bezahlte meine Ware, da fing sie schon wieder an: *ihren Wagen lassen sie bei mir stehen und jetzt holen sie schöne Brokkoli.* Mit hängenden Schultern ging ich zum Gemüseregal. So etwas ist mir auch noch nicht passiert.

Coole Weihnachtsgeschenke

Jedes Jahr stehen wir vor dem selben Problem. Was schenken wir zu Weihnachten. Bei Kindern ist es einfach. Sie haben genaue Vorstellungen was sie wollen. Das sprengt aber den finanziellen Rahmen.

Bei Jugendlichen ist es noch einfacher. Hier ist ein Geldgeschenk immer willkommen.

Bei der Ehefrau wird es schon schwieriger. Schmuck ist natürlich niemals falsch. Aber bitte keinen Modeschmuck. Eine Goldkette oder ein Brillantring kommt immer an. Auch wenn man preisliche Grenzen hat, nach oben ist noch viel Luft.

Aber was schenkt man einem Mann? Die Klassiker Socken, Krawatte, Hemd mit Krawatte, Geldbeutel oder Gürtel sorgen nicht unbedingt für Freude beim Beschenkten. Es gibt Männer, die haben inzwischen 10 Geldbeutel im Schrank, benutzen aber immer noch den Geldbeutel, den sie zur Konfirmation bekommen haben.

Es gibt aber heute ausgefallene Geschenke, die zwar völlig nutzlos sind, aber an denen man sich erfreuen kann. Hier einige Beispiele.

Ein Affe, der sich auf dem Boden wälzt und dabei lacht.

Ein Hund, der sich auf dem Boden wälzt und dabei bellt.

Ein Papagei aus Stoff, der alles was man ihm vorsagt nachspricht.

Ein Riesenteddy mit aufgedrucktem Namen und dem Wort Schatzersatz.

Ganz neu, Mützen mit einem Vollbart, in verschiedenen Variationen.

Eine Uhr, die rückwärts läuft.

Und der Klassiker, der singende Fisch. Er reagiert auf Bewegungen, fängt an mit der Schwanzflosse zu wackeln und singt don't worry, be happy oder i will survive.

Wenn der Fisch nach einigen Wochen auf die Nerven geht, einfach die Batterie herausnehmen.

Solche speziellen Geschenke findet man nicht im Kaufhaus. Dafür gibt es Geschenkeshops. Das sind Läden, die alles das haben, was man nicht braucht.

In unserer Stadt gibt es davon drei, Nanu Nana, Pappe la papp und Wicky.

Bei Nanu Nana findet man besonders kleinere Artikel wie Kerzen, Gläser, Blumen und Geschenkartikel.

Pappe la Papp dagegen ist eher ein Möbelhaus mit Sofas, Sessel, Couchtische, Esstische, Stühle und Barhocker.

Bei Wicky findet man eine große Auswahl an kreativen Geschenkartikeln zu fairen Preisen.

Im Internet tummeln sich gleich jede Menge von Anbietern. Hier eine kleine Übersicht:

SOWIA - Sowas will ich auch, tolle Spielzeuge
Monsterzeug, coole Gadgets
Geschenke-Bestellen24, originelle Geschenke
Spielgeschenke.de, Spielzeug
MyDays, Erlebnisvermittler
Geschenkidee.de, riesige Auswahl
Jochen Schweizer, Fallschirmspringen
Jollydays, Erlebnisgeschenke
meventi, Gutscheine
NoLimits24, Panzer fahren
Fun and Smile, ausgefallene Gadgets
Tech Galerie, Technik-Geschenke
Religiöse Geschenke, religiöse Artikel
Mondmakler, Mondgrundstücke
CoolStuff, coole Gadgets
Gadfun, Gadgets, Lifestyle
Kronjuwelen, Perlen und Schmuck
radbag, Sport, outdoor
Galleryy, persönliche Kunstwerke

Wiederholt liest man das Wort *Gadget*. Was ist das? Ein kleiner, raffinierter, technischer Gegenstand. Das Wort kommt natürlich aus dem englischen und bedeutet Apparat, technische Spielerei oder auch Schnickschnack.

Beispiele für Gadgets sind Smartphones, MP3-Player, Netbooks, Digitalkameras, mobile Spielkonsolen, Tablet-Pc's oder Walkman.

Wenn wir also in der Stadt kein Passendes Geschenk finden, einfach im Internet nachsehen. Hier gibt es so viele Angebote, dass einem die Wahl schon wieder schwer fällt.

Kampfradler

Kaum hat der Frühling begonnen hört man in der Stadt die Schreie: *weg da ihr Arschlöcher* und *Hey, Mann, bist du blind?* Die Kampfradler sind wieder unterwegs. Sie haben nur ein Ziel, eine autofreie Stadt, ohne Feinstaub, ohne Hupen und Motorlärm.

Oh ja, ich kenne sie, diese Kampfradler. Wenn sie auf dem Gehweg an mir vorbeischießen und rufen: *weg da*. Oder wenn sie an der Haustür vorbeischießen, ohne Rücksicht.

Viele fahren das Rad nicht aus Umweltbewusstsein und auch nicht aus Kostengründen. Sie fahren es, weil sie am schnellsten durch die Stadt kommen, ohne Beachtung von Verkehrsregeln, Fußgängern und anderen Verkehrsteilnehmern.

Leider sehen die Behörden diesem Treiben tatenlos zu. Radler leisten ja einen guten Beitrag zum Klimaschutz. Dafür hat sich das Klima auf den Straßen sichtlich verschlechtert.

Natürlich könnte man ganz auf den Straßenbau verzichten. Weder Radler noch Geländewagen brauchen Straßen.

Aber es sind nicht nur die Radler. Immer mehr Autofahrer fahren in der Stadt einen SUV (Schlampenpanzer) und das rücksichtslos.

Neulich wollte ich am Sedanplatz die Straße überqueren und eine Radfahrerin hat tasächlich angehalten. Dass ich das noch erleben durfte. Ich bedankte mich herzlich.

Als ich wenig später auf dem Radweg an der Kallhardstraße fuhr, stand ein Auto mitten auf dem Radweg. Ich fuhr vorbei und haute auf die Motorhaube. Der Autofahrer fing an zu schreien, das war Musik für meine Ohren.

Aber auch die Fußgänger können sich gegen die Kampfradler auf den Gehwegen wehren. Man kann einen Besenstiel in fünf handliche Stücke schneiden und in der Einkaufstasche zum Schutz mit sich führen. Ein Stück vom Besenstiel in die Speichen und das Problem ist erledigt. Natürlich tut es auch ein Regenschirm, den man versehentlich in die Speichen steckt. Aber dann muss man ständig neue Regenschirme kaufen.

Ich wandere aus

Ich habe schon oft darüber nachgedacht auszuwandern. Ein mögliches Ziel wären die Kanarischen Inseln. Dort ist es das ganze Jahr über warm, selbst im Winter. Auf den Straßen trifft man mehr Deutsche als hier in unserer Stadt.

Ich habe außer dem Wetter noch andere Gründe auszuwandern. In Deutschland ist alles verboten, alles reguliert, alles geordnet durch Gesetze und Bürokratie. Es stimmt einiges in unserem Land nicht mehr. Kritik zu äußern ist zwecklos. Alles wird bestritten, schön geredet oder ignoriert.

Die Bevormundung durch Ämter, Justiz und Behörden wird immer schlimmer. Ich war schon im Bürgerzentrum und habe mich nach den Regularien für eine Auswanderung erkundigt. Auf die Frage, wohin ich gehen will, antwortete ich: *in die freie Welt.*

In Deutschland gibt es keinen gesellschaftlichen Zusammenhalt mehr. Auch keine nachbarschaftliche Hilfe. Hier kann man ein halbes Jahr tot in der Wohnung liegen und der Nachbar wird erst aufmerksam, wenn es anfängt zu stinken.

Mit einer kleinen Rente ist es immer schwieriger, über die Runden zu kommen. Auf den Kanaren sind die Lebenshaltungskosten viel niedriger. Interessant wäre auch Thailand. Dort lebt es sich noch billiger. Aber dort ist es im Sommer zu heiß und in der Regenzeit zu feucht.

Also doch auf die Kanaren. Mit der Rente ist es kein Problem, die wird auch ins Ausland überwiesen. Meine Wohnung verkaufe ich und mit dem Erlös kaufe ich einen kleinen Bungalow.

Ich habe das alles genau durchdacht, blieb nur noch eines, die Krankenkasse. Ich ging auf die Geschäftsstelle und fragte nach, wie es mit den Leistungen im Ausland ist. Dann kam der Schock. Die Krankenkasse übernimmt keine Leistungen im Ausland. Dazu müsste ich mich zusätzlich versichern. Bei meinem Bedarf an Medikamenten, Spritzen und Insulinen würde mich die Zusatzversicherung soviel kosten, dass ich mir die Auswanderung aus dem Kopf schlagen kann. Also bleibe ich hier.

Hare Krishna

In den 1970er Jahren sah man sie überall, in der Fußgängerzone, auf dem Bahnhof, ja auch auf dem Flughafen, die Jünger der Hare-Krishna-Bewegung.

Mit ihren orangefarbenen Gewändern und dem dünnen Haarzopf waren sie nicht zu übersehen. Plötzlich waren sie verschwunden. Man sah sie nicht mehr. Was ist aus ihnen geworden?

Nach Swami Prabhupadas Tod 1977 übernahmen elf Nachfolger (Sucessor Gurus) die Leitung der Bewegung. Sie scheiterten.

Inzwischen nennt sich die Bewegung ISKCON. Mit Eintritt in die Bewegung erhält das neue Mitglied einen neuen Namen.

Vier Prinzipien regeln das künftige Krishna-Leben:
Das Verbot von Fleisch, Fisch und Eieren.
Das Verbot von Rauschmitteln (Drogen, Kaffee, Tee, Tabak).
Das Verbot von Sexualität vor der Ehe.
Das Verbot von Sport und Spiel jeder Art.

Es gibt weltweit 500 Zentren und Millionen von Mitgliedern. In Deutschland befinden sich drei Tempel der Bewegung. In Jandelsbrunn (Bayerischer Wald), Abentheuer (Hunsrück) und in Köln. Inzwischen hat die Bewegung in Deutschland fast eine

Million Euro an Schulden angehäuft, so dass es bald unvermeidbar sein wird, die drei Tempel zu verkaufen.

Inzwischen treten die Anhänger der Bewegung wieder in den Fußgängerzonen auf. Allerdings nicht mehr in ihren orangefarbenen Gewändern, sondern eher unauffällig. Man erkennt sie an den Bücherstapeln, die sie mit sich führen und dem Versuch junge Menschen zu missionieren.

Der Tollpatsch

Manchmal frage ich mich am Morgen, woher ich die blauen Flecke und Kratzer an Armen und Händen habe. Wenn ich in der Nacht mal raus muss, mache ich keine Licht, denn von der Straßenlampe habe ich immer genug Licht in der Wohnung. Bisher war das so.

Inzwischen wurden die Lampen jedoch durch Energiesparlampen ersetzt und in der Wohnung bleibt es dunkel. Ich finde zwar den Weg zur Toilette auch im Dunkeln, aber in letzter Zeit stoße ich mir am Türrahmen die Arme oder Hände. Kommen vielleicht daher die Kratzer und Flecken?

Ich glaube nicht, dass ich tollpatschig bin, aber einiges gibt mir schon zu denken. Mir fallen ständig Dinge hinunter. Meistens sind es Tabletten oder Pillen, die ich dann oft nicht mehr finde. Auch Münzen, Kugelschreiber, Schriftstücke, alles findet den Weg nach unten.

Wenn ich durch ein Kaufhaus gehe, halte ich mich von Regalen mit Gläsern fern. Wenn ich zu nahe daran vorbeigehe, werfe ich bestimmt etwas hinunter.

Auch gegen Glastüren renne ich häufig. Nicht alle öffnen sich automatisch. Bis ich das herausfinde, hat es schon gescheppert. Egal ob ziehen oder drücken drauf steht, ich mache es verkehrt.

Wenn ich am PC etwas schreibe sieht das hinterher her aus wie Scrabble. Meine Löschtaste ist schon ganz abgegriffen.

Wenn ich unter der Dusche stehe läutet garantiert das Telefon. Dasselbe passiert auch auf der Toilette.

Coffee-to-go landet regelmäßig auf meiner Hose und alles was ich anfasse bricht ab.

Wenn ich in der Stadt unterwegs bin, stoße ich mich an Laternenpfählen, an Bordsteinen, an Papierkörben und an anderen Menschen.

Einmal kaufte ich mir warmes Essen in einer Box. Ich schaffte es auch, die Box bis nach Hause zu bringen. Als ich in der Wohnung war stolperte ich über einen Teppich und das Essen lag auf dem Boden.

Vielleicht stimmt etwas mit meiner Hand-Augen-Koordination nicht. Oder ich bin tatsächlich ein Tollpatsch.

Verreisen ja, aber wohin?

Seit Jahren bin ich nicht mehr verreist. Nun will ich es doch noch mal wissen. Aber wohin geht die Reise? Ich möchte möglichst nicht länger als zwei Stunden fliegen. Da kommt eigentlich nur Mallorca, Ibiza oder Sizilien in Frage.

Ich war mal auf Mallorca. Der Abflug war morgens um 7 Uhr. Zwei Stunden vorher musste man aber bereits im Flughafen sein, also um 5 Uhr. Das bedeutet, von zu Hause um 4 Uhr abfahren. Beim

Abflug gab es Probleme mit der Maschine. Wir mussten im Gate warten und wurden alle 30 Minuten vertröstet. Um 11 Uhr flogen wir dann endlich ab. Ankunft gegen 13 Uhr in Palma. Dann hieß es eine halbe Stunde auf das Gepäck warten, anschließend der Transfer zum Hotel. Dort kamen wir um 15 Uhr an. Wir waren also von 4 Uhr morgens bis 15 Uhr am Nachmittag insgesamt 11 Stunden unterwegs, obwohl der Flug nur 2 Stunden dauerte.

Ähnliches passierte bei dem Flug nach Sizilien. Die Maschine war nur zweieinhalb Stunden unterwegs, aber der Transfer mit dem Bus nach Taormina dauerte 3 Stunden, also länger als der Flug.

Die Türkei kommt nicht in Frage. Die ist inzwischen von den Russen überschwemmt worden. Afrika kommt auch nicht in Frage, überall gibt es Unruhen oder es ist Bürgerkrieg. Die USA wäre auch interessant, aber zur Zeit ist die Einreise äußerst schwierig.

Aber wofür gibt es das Internet? Ich habe mal nachgesehen, welche Länder als besonders freundlich gelten.

An erster Stelle steht Irland. Da war ich schon dreimal und es hat jeden Tag geregnet. In Irland gibt es keine großen Berge, deshalb regnen die Wolken, die vom Meer hereinziehen, auch sofort ab. An manchen Tagen bis zu 30 mal. Deshalb ist es dort auch überall grün. Irland nennt man nicht ohne Grund die Grüne Insel.

An zweiter Stelle stehen die USA. Aber die Einreise ist schwierig, denn die Amerikaner sehen in jedem Touristen auch einen möglichen Terroristen.

An dritter Stelle steht Malawi. Es ist wohl das einzige afrikanische Land, in dem keine Stammes- oder Bürgerkriege stattfinden.

An vierter Stelle steht Schottland. Aber die Schotten haben von allen Ländern das schlimmste Wetter.

Obwohl die Türkei an fünfter Stelle kommt kann ich mich nicht begeistern. Sie ist einfach überlaufen.

An sechster Stelle steht Samoa. Hier ist es wirklich schön, aber dort leben auch die dicksten Menschen.

Thailand kommt an siebter Stelle. Da war aber schon jeder. Außerdem dauert mir der Flug zu lange.

An achter Stelle kommen die Fidschi-Inseln. Dort gibt es wunderbare Strände, herrliche Riffe, blaues Meer und eine tolle Küche.

Auf Platz neun steht Indonesien, besonders die Trauminsel Bali. Aber auch dahin dauert der Flug einfach zu lange.

Auf Platz zehn steht Vietnam. Dort gibt es zwar Traumstrände, aber nach dem Vietnamkrieg lauern im Landesinnern immer noch Millionen von Minen und Blindgängern.

Nachdem ich das alles durchgesehen hatte, wollte ich nicht mehr fliegen. Vielleicht fahre ich einfach mit dem Zug nach Paris, Zürich oder Wien. Städtereisen sind auch interessant und in diesen drei Städten war ich schon mal. Ich überlege mir das alles nochmal.

Die Traumstadt

Nach langem Überlegen habe ich mich entschieden, ich mache eine Städtereise. Es gibt auf der Welt so viele Städte, die eine Reise wert sind.

Aber Vorsicht, es gibt nicht nur freundliche Städte, es gibt auch unfreundliche. Was macht eine Stadt unfreundlich? Wenn man an jeder Straßenecke angerempelt oder angepflaumt wird. Wenn man auf höfliche Fragen nur patzige Antworten bekommt. Auch das Wetter spielt eine Rolle. Dazu kommen die politische Situation (Moskau), Sprachbarrieren (China) und Größe und Unübersichtlichkeit (Tokio mit 35 Millionen Einwohnern). Natürlich spielt auch Kriminalität eine große Rolle. Deshalb landete Johannesburg im vergangenen Jahr an der Spitze der unfreundlichsten Städte. Unter den ersten zehn landeten auch Frankfurt, Paris und Mailand.

In diesem Jahr steht auf Platz eins *Caracas* in Venezuela. Dafür sind Kriminalität und niedrige Lebensqualität verantwortlich.

Auf Platz zwei steht *Casablanca* in Marokko. Verkehrsstaus, schreiende Menschen und lästige Straßenverkäufer verhalfen der Stadt zum zweiten Platz.

Auf Platz drei steht *Guangzhou* in China. Es ist ein gigantisches Industrie- und Handelszentrum aber nichts für Touristen. Überall ist es dreckig, überfüllt und umweltverschmutzt.

Platz vier bekam *Guatemala-Stadt* in Guatemala. Selbst die Einheimischen fürchten sich dort vor der Kriminalität. Außerdem ist die Stadt schmutzig und unfreundlich.

Platz fünf in der Liste bekam *Nairobi* in Kenia. Die Stadt ist überfüllt und stickig. Will man morgens joggen, wird man von der Hotel-Polizei in einem Jeep begleitet.

Platz sechs gehört *Neu-Delhi* in Indien. Auch hier ist ständig dicke Luft. Allein sollte man keineswegs unterwegs sein. Auf den Straßen staut sich der Verkehr bis zum Stillstand. Dazu kommt im Sommer die mörderische Hitze.

Auf Platz sieben rangiert *Kairo* in Ägypten. Ständig wird man von Bettlern bedrängt, die Bakschisch verlangen. Überall ist Müll und der Verkehr ist furchtbar. Penetrante Verkäufer und Bettler belästigen die Touristen und Einheimische bieten zweifelhafte Dienste an. Auch die Taxifahrer haben keinen guten Ruf. Aber das ist wohl überall auf der Welt so.

Auf Platz acht steht *Moskau*. Das größte Problem ist die Sprachbarriere. Kaum einer spricht englisch und fast alle Schilder sind in kyrillisch. Auch die Verkäufer in den Geschäften können nicht helfen, weil sie auch nur russisch sprechen.

Platz neun gehört *Jakarta* in Indonesien. Die Stadt ist schmutzig und verstopft. Auf den Straßen geht es nur im Schritttempo vorwärts. Die Einheimischen sind aggressiv und in der Regenzeit gibt es überall Überflutungen.

Auf Platz 10 landete *Cannes* in Frankreich. Hier trifft man nur reiche und dünne Snobs. Für den Normaltouristen kein gutes Pflaster.

Nun das alles schreckt natürlich ab, aber es gibt ja auch noch freundliche Städte. Auch hier gibt es eine Rangliste:

1. Sydney in Australien
2. Dublin in Irland
3. Queenstown in Neuseeland
4. Krakau in Polen
5. Brügge in Belgien
6. Edinburg in Schottland
7. Kyoto in Japan
8. Budapest in Ungarn
9. Auckland in Neuseeland
10. Reykjavik in Island

So wie es aussieht, werde ich mich wohl für Budapest entscheiden. Hier werden Fahrten auf dem Hotelschiff angeboten, die von Passau über Wien nach Budapest gehen. Da hätte ich gleich drei Städte auf dem Programm.

Ich verreise nicht mehr

Ich war mitten in meinen Reisevorbereitungen als ich im TV eine Dokumentation über die gefährlichsten und giftigsten Tiere sah. Das beeindruckte mich so sehr, dass ich nicht mehr verreisen werde.

Bei gefährlichen Tieren denkt man zuerst an die großen. In Afrika sind das die Löwen, Hyänen, Flusspferde, Elefanten, Riesenschlangen, Kaffernbüffel und Krokodile. Im Meer sind es der Hai und der Rochen. In Kanada der Grizzlybär. Diese Tiere erkennt man rechtzeitig und kann sich in Sicherheit bringen.

Viel gefährlicher sind die kleineren Tiere. Skorpione können mich totstechen. Rattengroße Feuerameisen können mir das Fleisch von den Knochen nagen. Ein Schlangenbiss kann innerhalb Minuten töten. Die gefährlichsten Schlangen sind auch die Kleinsten.

Moskitos übertragen gefährliche Krankheiten. Die Anopheles-Mücke überträgt Malaria. Die Tsetse-Fliege überträgt die Schlafkrankheit. Vampirfledermäuse saugen mir das Blut aus.

Ein winziger Frosch (Pfeilgiftfrosch) gibt ein Gift ab, das in wenigen Minuten tötet. Dann sind da noch giftige Spinnen. Sie kommen überall vor.

Allein in Australien kommen jede Menge giftiger Tiere vor:
Die Trichternetzspinne - ihr Biss ist tödlich
Die Rotrückenspinne - sehr giftig
Inland-Taipan - lebensgefährlich
Brown-Snake - extrem giftig
Tiger-Snake - sehr giftig
Das Schnabeltier - hat einen giftigen Sporn
Bulldoggenameisen - Giftstachel
Skorpione - giftiger Stachel
Tausenfüßler - toxische Härchen
Die Agakröte - Giftdrüse am Kopf

Auch im Meer vor der Küste von Australien gibt es gefährliche Kleintiere:

Die Seewespe - kleine Qualle, ihr Gift kann töten
Irukandji-Qualle - sehr gefährlich
Der Blauringkrake - giftiger Biss
Die Kegelschnecke - hat eine Giftharpune
Der Steinfisch - sehr giftig
Der Rotfeuerfisch - äußerst giftig

Die Würfelqualle - kann einen Menschen töten
Dubois-Seeschlange - Biss ist tödlich
Die Portugisische Galeere - Nervengift
Die Krustenanemone - tödliches Gift

Aber in Deutschland gibt es auch einige giftige Tiere. Allerdings ist ihr Gift nicht tödlich.

Die Aspisviper
Die Kreuzotter
Die Gartenkreuzspinne
Die Dornfingerspinne
Der Feuersalamander

Also nach Afrika und Australien reise ich auf keinen Fall. Auch nicht in exotische Länder wie Ecuador oder Kolumbien.
Wenn man all diese Dokumentarfilme angesehen hat, verreist man besser nicht mehr in exotische Länder.

Märchenstunde

Jeden Tag kommen Tausende von Einwanderern zu uns. Die meisten haben keine Papiere, oder nur einen Pass. Wir müssen also glauben, was sie uns erzählen.
Fast jeder hat einen Schulabschluss, Abitur oder sogar einen Doktortitel. Die Einwanderer bekommen ein Blatt vorgelegt, auf dem sie nur ankreuzen müssen, welchen Schulabschluss sie haben. Nachprüfen kann man es nicht. Da Araber gerne zur Übertreibung neigen, machen sich viele zum Doktor.

Mal sind sie gebildet, mal nicht. Was nun? Eigentlich ist es egal, denn Arbeit bekommen sie sowieso nicht. Die Politiker reden von unschätzbaren Werten der zu uns strömenden Fachkräfte und übersehen dabei glatt, dass die meisten weder lesen noch schreiben können oder keine Ausbildung haben.

Man sollte sich mal die Statistiken der Skandinavischen Länder ansehen, wieviele Migranten auch nach 10 Jahren nach erfolgreicher Integration immer noch staatliche Unterstützung benötigen.

Es klingt wie ein Märchen aus 1001 Nacht, dass Flüchtlinge aus Syrien zu 50% eine Universität oder ein Gymnasium besucht haben. In dem Land herrscht seit Jahren Bürgerkrieg und das wirkt sich auch auf die Schulen aus.

Unsere Politiker behaupten, 50% der Flüchtlinge seien qualifiziert. Wie kommen sie zu solchen Behauptungen? Wo es noch nicht einmal möglich ist, die Identität der Flüchtlinge festzustellen.

Unsere Arbeitsministerin sagte aber vor kurzem, dass nicht einmal jeder 10. Flüchtling für Arbeit oder Ausbildung qualifiziert ist. Was sollen wir nun glauben?

Alle Informationen basieren auf Angaben, die die Migranten von sich selbst geben. Natürlich stellt sich keiner ein schlechtes Zeugnis aus. Wenn nun das Bildungsministerium zum Ergebnis kommt, dass lediglich 10-15% eine reelle Chance auf einen Arbeitsplatz haben, dann sollten wir einmal darüber nachdenken, was wir uns da einhandeln.

Die Dritte Welt

Was versteht man unter der Dritten Welt?

Die Erste Welt bezeichnet Industrienationen, also reiche Länder mit hohem Lebensstandard. Dazu gehören G-8-Länder, Australien, Neuseeland, Argentinien, Chile, Singapur, Südkorea, Taiwan und die meisten westeuropäischen Länder.

Die Zweite Welt beschreibt ehemals kommunistische Staaten, die Verbündeten der damaligen Sowjetunion.

Die Dritte Welt war ursprünglich der neutrale, nichtmilitärische Block, der sich hauptsächlich aus afrikanischen und asiatischen Staaten bildete.

Der heutige Begriff Dritte Welt bezeichnet Länder, die eine geringe Entwicklung in wirtschaftlichen, sozialen und politischen Bereichen haben und nach Einschätzung der Welt-Handels-Organisation (WHO) als arm gelten.

Dazu kommen noch die Schwellenländer wie Brasilien, Mexiko oder China.

Vor Jahren gab es noch die Dritte-Welt-Läden. Meistens in einer Seitenstraße, irgendwo in der Stadt. Inzwischen nennen sie sich nur noch Welt-Laden.

Nun wurde ein neuer Begriff geschaffen: Fair-Trade-Produkte. Diese Produkte haben ein bestimmtes Siegel und sind inzwischen auch in Supermärkten zu erhalten.

Es gibt aber noch eine andere Art von Dritte-Welt-Produkten. Dies sind die Billigprodukte, die in diesen Ländern hergestellt werden. Hauptsächlich für KIK, TEDI und Woolworth. Inhaber dieser Läden ist Deutschlands Ramschkönig Stefan Heinig.

Immerhin beschäftigt er bei KIK 18.000 Menschen. 1994 gründete Heinig den Textildiscounter KIK, von dem es inzwischen 2950 Filialen gibt.

2004 eröffnete er die ersten von mittlerweile 1000 Läden des Ein-Euro-Discounters TEDI.

Danach kaufte er die aus der Insolvenz geretteten 162 Billigwarenhäuser Woolworth.

Was alle drei, TEDI, KIK und Woolworth gemeinsam ausmacht, dort gibt es tatsächlich nur Ramsch zu kaufen. Also keine Fair-Trade-Produkte.

Die Waldwege

Als ich noch bedeutend jünger war, ging ich jeden Tag in den Wald zum joggen. Damals nannte man es noch Waldlauf. Die Waldwege hatten einen weichen Boden und ich konnte mit meinen Sportschuhen (mit Spikes) wunderbar darauf laufen.

Täglich lief ich 10 Kilometer und Samstag und Sonntag jeweils 20 Kilometer, immer im Wald. Bei meinen Touren begegnete mir nur selten ein Mensch.

So ging es einige Jahre bis plötzlich Hundebesitzer auftauchten. Sie ließen ihre Hunde natürlich frei laufen. Wenn mir einer entgegen kam blieb ich stehen und wartete, bis Hund und Mann vorbei waren. Am Anfang waren es nur einzelne, dann wurden es immer mehr. So machte das Laufen keinen Spass mehr. Einmal kamen mir zwei große Hunde entgegen (Dobermann und Rottweiler). Weit und breit sah ich keinen Besitzer. Ich blieb stehen und mir war nicht wohl dabei. Da, endlich nach 50 Metern tauchte der Hundebesitzer auf und sagte den Standardspruch: *die tun nichts.* Jetzt hatte ich genug und hörte mit dem Waldlauf auf.

Kürzlich bin ich mal wieder auf den alten Wegen entlang gegangen. Dabei stellte ich fest, dass alle Wege inzwischen asphaltiert waren. Natürlich kann man auch darauf joggen. Mit den heutigen High-Tech-Schuhen ist das kein Problem. Trotzdem sah ich keinen Jogger, auch keinen Hundebesitzer. Die fahren inzwischen mit dem Auto an die Kallhardtbrücke, parken dort und lassen ihre Hunde auf den Davoswiesen laufen. Aber das ist mir egal.

Ein anderes Problem ist in den letzten Jahren aufgetaucht. Da alle Waldwege und Sträßchen inzwischen asphaltiert sind, können sie kein Regenwasser mehr aufnehmen. Wir hatten schon einige Dauerregen. Das Wasser schießt den Berg herab und direkt in den Fluß oder auf die Straße. Die Kanalisation kann die Regenmassen nicht mehr aufnehmen und es kommt zum Rückstau.

An solch einem Tag drückte bei uns im Haus das Wasser aus der Kanalisation durch den Abfluß hoch und unsere Keller standen 10cm unter Wasser. Natürlich waren auch andere Häuser mehr oder weniger betroffen. Als endlich nach Stunden die alarmierte Feuerwehr kam meinten die Feuerwehrmänner: *wegen so was ruft ihr die Feuerwehr? Das sind ja höchstens 10cm. In anderen Häusern steht das Wasser meterhoch.*

Ich hatte vorausschauend meine Regale im Keller unten ca. 15cm freigelassen, so hielt sich der Schaden in Grenzen. Trotzdem wurden eine Menge Bücher und Hefte unbrauchbar.

Fast täglich hören wir aus anderen Ländern von Überschwemmungen nach starken Regenfällen. Wenn es bei uns früher stark regnete war im Hof eine riesige Pfütze um den Abfluß herum. Nach einigen Stunden war die Pfütze wieder verschwunden.

Heute sind immer mehr Flächen betoniert oder asphaltiert, so kann das Wasser nicht mehr versickern. Die Folge sind Überschwemmungen und Überflutungen. Lauter selbstgemachte Katastrophen.

Ich werde alt

In letzter Zeit sind mir Dinge aufgefallen, die mich vermuten lassen, dass ich alt werde.

1. Ich war bei Müller im Untergeschoß, bei den CD's und DVD's und die Musik aus den Lautsprechern ging mir so auf die Nerven, dass ich aus dem Laden stürmte.

2. Ich träume plötzlich von einem Sportwagen und von einer Harley.

3. Ich kaufe mir nun meine Kleidung nach Bequemlichkeit und nicht mehr nach der Mode.

4. Beim Fernsehen schlafe ich ein. Sogar beim Fußball.

5. Ich brauche Nachmittags meinen Schlaf, manchmal sogar zweimal.

6. Ich habe keine Ahnung, worüber sich die jungen Leute unterhalten.

7. Ich habe kein Handy, kein Smartphone und kein Tablet, weil ich den Anschluß an die Technik verpasst habe.

8. Ich hebe keinen schweren Dinge mehr, wegen meinem Rücken.

9. Beim Treppensteigen bleibe ich im Zwischenstock stehen und schaue aus dem Fenster.

10. Ich kann mit dem Blödsinn, der heutzutage im Fernsehen läuft, nichts anfangen.

11. Nach einem Glas Wein schlafe ich ein. Auch nach einem Bier.

12. Ich achte darauf, dass ich mich immer passend zum Wetter anziehe.

13. Meine Ohren werden täglich größer. Bald mache ich Jumbo Konkurrenz.

14. Im vollbesetzten Bus stehen plötzlich Leute auf und bieten mir einen Sitzplatz an. Natürlich keine Schüler.

15. Ich schreibe in meinen Geschichten automatisch daß immer noch mit ß und nicht mit ss. Ständig muss ich korrigieren.

16. Ich kann mich noch an den Sendeschluss im Fernsehen und an das Testbild erinnern.

17. Wenn ich über die Straße möchte, halten Autofahrer plötzlich an.

18. Punker, die mir auf der Straße begegnen, sprechen mich mit Sie an: *haben sie mal etwas Kleingeld?*

19. Die Ärzte, zu denen ich gehe, sind nicht mehr ehrwürdige Silberhaare mit Schnauzbart, sondern sehen deutlich jünger aus.

20. Meine Lieblingshits aus den 80ern werden nun als Oldies angesagt.

21. Bald habe ich Geburtstag. Den wievielten? Keine Ahnung. Nach dem sechzigsten habe ich aufgehört zu zählen.

22. Ich höre jetzt viel schlechter, deshalb sage ich einfach, ich habe nichts verstanden, wenn mir je-

mand etwas wiederholt erklärt. Mein Hörgerät lege ich nur noch an, wenn sich die Nachbarn im Treppenhaus unterhalten.

23. Wenn ich mir die Schuhe zubinden will, überlege ich mir, was ich noch alles erledigen könnte, wo ich schon mal unten bin. Socken trage ich schon lange nicht mehr.

24. Mein Nachbar ist verstorben. Ich kam gerade dazu, als vier Männer in schwarzen Anzügen den Sarg aus dem Haus trugen. Als der Chef mich sah, ließ er den Sarg nochmal abstellen. *Soll ich helfen?*, fragte ich. *Nein Danke*, meinte der Chef, *aber hier ist meine Karte. Wir haben neue Modelle hereinbekommen. Wenn sie sich diese mal anschauen möchten?*

25. Ich warte täglich darauf, dass mir die Rentenversicherung eine Pauschal-Abfindung anbietet. Drei Monatsrenten, damit ich noch etwas davon habe.

26. Meine Zeitung habe ich schon abbestellt. Diese schwarz umrandeten Meldungen lesen sich wie ein Klassenbuch aus der Volksschule. Bald steht vielleicht dort auch meine Anzeige. Die möchte ich dann nicht mehr lesen müssen.

27. Die Bank hat meine Bankkarte gesperrt. Der Automat konnte meinen Jahrgang nicht mehr lesen.

28. Heute bekam ich von der Bank einen Glückwunsch zum ersten Geburtstag.

29. An der Bushaltestelle stehen die Leute auf und bieten mir ihren Platz an.

30. Heute wollte mir sogar einer über die Straße helfen.

Nach diesen 30 Beispielen habe ich erkannt, ich werde nicht alt. Ich bin alt. Vielleicht gehe ich doch mal zum Bestatter, nur zum Probeliegen.

Im neuen Jahr wird alles anders

Jedes Jahr derselbe Mist. Man hat gute Vorsätze für das neue Jahr und schon nach einer Woche ist alles vergessen. Die Klassiker unter den guten Vorsätzen sind: nicht mehr rauchen, nicht mehr trinken, mehr Sport treiben, abnehmen.

Diese Vorsätze kann man gleich vergessen. Sie sind viel zu schwer und fast niemand hält sie ein.

Ich habe mir deshalb einige Dinge vorgenommen, die ich auch leicht bewältigen kann. Lieber kleine Schritte machen als gar keine.

Natürlich will ich meinen Schweinehund überwinden und abnehmen. Aber keine 20 Kilo, sondern nur ein paar Pfunde. Das geht.

Dann will ich endlich mal meinen Keller ausmisten. Inzwischen ist er so vollgestopft, dass ich kaum noch die Tür schließen kann.

Auch mit dem Fahrrad will ich öfter fahren. Aber keine Touren mit 40 Kilometern oder mehr. Mir reichen 4 Kilometer.

Wandern ist nicht so mein Ding, aber ich werde öfter Wanderern zuschauen.

Dann werde ich auf jeden Fall weniger Fernsehen. Damit habe ich schon angefangen. Das ist nicht schwer, denn auf allen Programmen kommt nur noch Mist.

Ich werde nett zu allen Tieren sein und keinen Hund und keine Katze mehr treten, auch wenn sie es verdient haben.

Ich werde öfter die Wahrheit zu den Leuten sagen. Auch wenn dann keiner mehr mit mir spricht.

Ich werde einen Samen in einen Topf pflanzen und eine Grünpflanze großziehen. Ich habe mir schon Cannabis-Samen besorgt.

Ich werde mir am Tag bestimmte Zeitfenster zum Faulsein einrichten. Am Anfang von 8 Uhr bis 22 Uhr.

Ich werde versuchen, meine Wohnung zu entrümpeln. Das wird schwer. Ich bin Schwabe und der Schwabe schmeißt ja nichts weg.

Ich werde nur noch Softpornos ansehen, keine Hardcover mehr.

Ich werde kein Geld mehr für sinnlose Dinge ausgeben, sondern nur noch für unnötige.

Ich werde einmal in der Woche zum Fitnesscenter gehen, um zu sehen, ob es noch da ist.

Ich werde kein Geld mehr für Zigaretten ausgeben, sondern nur noch schnorren.

Ich werde anderen beim Joggen zusehen und Nordic-Walker nicht mehr auslachen.

Vielleicht werde ich nicht alle Dinge machen, die ich mir vorgenommen habe, aber ich bin zuversichtlich, dass ich das meiste schaffe.

Alle lieben uns

Was ist so besonderes an Deutschland, dass wir plötzlich überall beliebt sind? Nach einer Umfrage in 25 Ländern wurde Deutschland zum weltweit beliebtesten Staat gekürt.

Dabei wurden auch die größten deutschen Erfindungen genannt. Hier eine kleine Liste der wichtigsten Erfindungen:

Die Currywurst
Das Mettbrötchen
Der Dübel
Die Nivea-Creme
Die Atomenergie
Die Strandkörbe
Die Gummibärchen
Die Dauerwelle
Der Teebeutel
Die Birkenstocksandalen
Die FKK
Die Wurstwaren
Die Gartenzwerge
Die Autobahnen
Die Bürokratie
Die BILD-Zeitung
Die Brezeln
Der Feierabend
Die Geranien am Balkon
Die Menschenrechte
Die Weihnachtsmärkte

Besonders hervorheben muss man die Schwaben. Hier einige Erfindungen die schon etwas länger zurückliegen, aber dennoch auch heute noch Gültigkeit haben:
Johannes Kepler erfand das astronomische Fernrohr.
Wilhelm Schickard erfand die Rechenmaschine.
Johann Jakob Hemmer erfand einen wirksamen Blitzableiter.
Louis Leitz erfand den Hebel-Ordner.
August Müller erfand das Pfefferminzbonbon.
Andreas Stihl erfand die Kettensäge.

Aenne Burda erfand die Modezeitschrift mit Schnittmusterbogen.

Aber es gibt auch einige typische deutsche Eigenarten, die mancher Ausländer nicht versteht.

1. Ein Anwalt aus Unna verklagte den Papst, weil er sich im Papamobil nicht anschnallte. Die Klage wurde abgewiesen.
2. In Bayern verhängten Polizisten Verwarnungsgelder für Fußgänger, weil diese eine gähnend leere Straße trotz roter Ampel überquert hatten. Nachts um halb drei.
3. Obwohl deutsche Standesämter unmögliche Vornamen für Neugeborene grundsätzlich ablehnen, darf ein Ehepaar aus NRW seine Tochter Schaklin nennen.
4. Die Deutschen haben das beste Bildungssystem. Falsch, es sind 16 Bildungssysteme. Jedes Bundesland hat sein eigenes. Das Ergebnis ist reines Chaos.
5. Wer in Deutschland eine nukleare Explosion verursacht, muss mit einer Freiheitsstrafe von 5 Jahren oder einer Geldstrafe rechnen.
6. Deutsches Wasser ist eines der saubersten weltweit. Trotzdem setzt der Deutsche dem Wasser Kohlensäure zu, damit es schön spritzt und prickelt. Der Deutsche mischt damit auch Saft, Wein und Bier und ist deshalb Weltmeister im Schorletrinken.
7. Deutschland hat auch vernünftige Gesetze. Erschießt eine deutsche Ehefrau ihren Ehemann, hat sie keinen Anspruch auf Witwenrente.

8. Die Deutschen zeigen ihren Patriotismus immer erst, wenn Fußball-EM oder WM ist. Dann zeigen sie überall bunte Fähnchen.

9. In Deutschland gibt es mehr Rezepte für Kartoffelsalat, als Einwohner.

10. Deutschland hat drei Klimazonen. Der Norden ist zu kalt. Die Mitte ist zu nass. Der Süden ist zu heiß.

11. Deutschland ist immer noch geteilt. In Aldi Nord und Aldi Süd.

Es gibt keine Ufo's

Wer beim spazierengehen immer nur auf den Boden schaut, sieht sie nicht. Wer aber öfter mal nach oben schaut, hat gute Chancen, einmal ein Ufo zu beobachten. Man sollte deshalb immer eine Kamera dabei haben, damit man die Sichtung auch beweisen kann.

Die meisten Sichtungen werden aber in der Nacht gemacht. Nachts fliegen Flugzeuge und Helikopter, aber man sieht nur ihre Lichter. Beim Flugzeug rot und blau an den Enden der Tragflächen.

Wenn man jedoch lange genug in den Nachthimmel schaut, sieht man auch rätselhafte Objekte die sich nicht einordnen lassen. Seit es diese Drohnen für den Privatgebrauch gibt (Quadrokopter) häufen sich die Ufo-Sichtungen auch tagsüber.

Ich sah mal abends aus dem Fenster und sah einen leuchtenden runden Ball am Himmel stehen. Er bewegte sich nicht. Der Mond war es nicht, denn an diesem Tag hatten wir Neumond. Also doch ein Ufo? Ich schaute das Objekt lange an, es bewegte sich nicht. Ich wollte meinen Fotoapparat holen und trat einen Schritt zurück. Das Objekt veränderte nun seine Position. Ich schaute mich um und sah meine Stehlampe. Ich stellte mich davor und das Ufo verschwand. Es war meine Lampe, die sich in der Fensterscheibe gespiegelt hatte.

Aber diese Ereignis brachte mich zum nachdenken. Was tu ich wenn ich tatsächlich mal ein Ufo sehe? Wo melde ich meine Sichtung?

Gehe ich zum örtlichen Polizeiposten verweisen die mich womöglich an die Psychiatrische Klinik in Hirsau.

Gehe ich zur Presse, verlangen die Beweise. Also Fotos oder andere Augenzeugen. Dumm ist nur, wenn man eine Kamera dabei hat, taucht kein Ufo auf. Immer nur dann, wenn man die Kamera zu Hause gelassen hat.

Es gibt natürlich private Organisationen, die sich mit Ufo-Sichtungen beschäftigen. Dort kann man seine Beobachtung melden. Hier einige Meldestellen:

Mutial Ufo Network (MUFON) sammelt schon seit Jahren alle Beobachtungen und wertet sie aus.
Cenap - Centrales Erforschungsnetz außergewöhnlicher Himmelsphänomene
UFO-Datenbank.de
DEP e.V. - Ufo Meldestelle

Dazu sollte man aber genaue Angaben machen:
1. Ort der Beobachtung
2. Datum der Beobachtung
3. Uhrzeit der Beobachtung
4. Dauer der Beobachtung

5. Form des Ufos
6. Wie bewegte sich das Ufo
7. In welcher Richtung bewegte es sich
8. Wie verschwand das Ufo
9. Gibt es weiter Augenzeugen

Ohne diese Angaben sind eingesandte Fotos wertlos.

Auch bundesdeutsche Stellen befassen sich seit Jahren mit Ufos. Wer allerdings dafür zuständig ist, ist weitgehend unbekannt. Meldet man die Sichtung der Polizei und löst dadurch einen Polizeieinsatz aus? Meldet die Polizei das weiter an das Innenministerium? Oder verschwindet alles in der Schublade.

Einzelne Ufo-Sichtungen werden sowieso nicht ernst genommen. Nur wenn mehrere Menschen das Phänomen beobachtet haben, geht die Meldung weiter.

Seit 1969 wurden fast 9000 Sichtungen gemeldet und in der Datenbank von MUFON gespeichert. Das Innenministerium bestreitet, dass es eine solche Datenbank in Deutschland gibt.

Inzwischen haben Großbritannien und Frankreich bestätigt, dass sie solche Datenbanken führen. Teilweise wurden daraus Informationen sogar im Internet veröffentlicht.

In Deutschland wird das anders gehandhabt. Wird der Polizei ein Ereignis gemeldet, schickt sie einen Streifenwagen hin. Es wird eine Akte angelegt. Diese Akten werden aber nur im Einzelfall an Landes- oder Bundesbehörden übergeben. Wahrscheinlicher ist jedoch, dass die Akten schon bei der Polizeidirektion verschwinden, genauso wie das Ufo auch wieder verschwunden ist.

Es gibt das Nationale Lage- und Führungszentrum (NLFZ) Sicherheit im Luftraum. In diesem Zentrum kontrollieren Soldaten, Beamte der Bundespolizei, Beamte der Flugsicherung und das Bundesamt für Bevölkerungsschutz und Katastrophenhilfe gemeinsam den Luftraum. Wenn es also etwas zu sehen gibt. dann sehen die es als Erste. Meldungen die von Privat an diese Stelle gehen, werden nicht untersucht, sondern aus Sicherheitsgründen sofort vernichtet. Fazit: es gibt keine Ufos.

Die Entrümpelung

Heute ist es soweit, heute entrümple ich meinen Keller. Das ist schon überfällig, damit ich auch mal wieder die Tür schließen kann.

Mit den Taschenbüchern fing ich an. Ich nahm jedes einzeln in die Hand und dachte, vielleicht lese ich das nochmal. Nach 1 Stunde war ich mit allen Büchern durch. Natürlich warf ich keines weg.

Als nächstes kamen die CD's dran. Die besten Songs hatte ich bereits auf meinem PC und eigentlich brauchte ich die CD's nicht mehr. Aber die meisten davon waren echte Raritäten und verschenken wollte ich sie nicht. Vielleicht biete ich sie bei Ebay an. Vorerst blieben sie also im Keller.

Jetzt war das Werkzeug dran. Mit dem Werkzeug ist das so eine Sache. Immer das Werkzeug, das man gerade braucht, hat man nicht. Hat man endlich alles beisammen, hat man nichts mehr zu reparieren.

Da entdeckte ich einen Hammer ohne Stiel. Den könnte ich wegwerfen. Aber nein, ich mache einfach einen neuen Stiel an den Hammer, dann ist er so gut wie neu.

Da entdeckte ich eine alte Blechdose mit Nägeln und Schrauben. Wahrscheinlich werde ich die nie mehr brauchen, aber man kann ja nie wissen. Also die Dose bleibt da, sie nimmt ja kaum Platz weg.

In der Ecke stand noch mein altes Bügelbrett. Das Bügeleisen habe ich verschenkt, weil ich nichts mehr bügle. Aber das Bügelbrett ist noch fast neu. Das bleibt hier.

Nun stolperte ich fast über einen massiven Holzstuhl. Die Lehne war zwar locker, aber sonst war er noch in Ordnung. Die Lehne würde ich mal leimen und der Stuhl wäre dann wieder in Ordnung.

Da habe ich noch eine alte Kaffeemaschine, nein es sind sogar zwei. Ich mache mir inzwischen nur noch Kaffee mit der Pad-Maschine. Aber vielleicht brauche ich die alten Maschinen doch mal wieder?

Was ist mit der alten Truhe? Die nimmt mir doch den meisten Platz weg. Ich öffnete den Deckel, darin waren lauter alte seltene Bücher. Die Truhe brauchte ich noch.

Da steht auch noch ein alter PC mit dem dazugehörigen Bildschirm. Inzwischen habe ich in der Wohnung 2 neue PC's und 2 Laptops. Aber der alte ist mir ans Herz gewachsen. Den behalte ich noch.

Was steht da noch alles herum? Ein Ventilator? Den brauche ich wieder, wenn wir mal wieder einen heißen Sommer bekommen.

Mein alter Einkaufswagen. Den brauche ich sicher auch mal wieder. Und da sind noch 2 Rucksäcke und

2 Kühltaschen. Nein, die schmeiße ich nicht weg. Und die zwei Fahrräder bleiben erst mal auch da.

Nachdem ich vier Stunden im Keller zugebracht hatte fand ich nichts, was ich wegwerfen konnte. Aber nächstes Jahr werde ich den Keller ganz bestimmt entrümpeln.

Zeitschriftenklau

Sie kommen mit Beschwerden und gehen mit den neuesten Zeitschriften nach Hause. Patienten klauen in Wartezimmern gerne den Lesestoff.

Schon kommen die Experten mit guten Ratschlägen. Statt ständig neue Zeitschriften zu kaufen sollen die Praxen einfach umdenken und ältere Ausgaben auslegen. Waren diese Herren noch nie in einem Wartezimmer?

Ich komme zum Hausarzt, zum Internisten, zum Diabetologen, zum Zahnarzt und zum Augenarzt. Die Zeitschriften die dort ausliegen sind zum teil schon mehrere Monate alt. Die klaut kein Patient.

Der Hausarzt interessiert sich nebenbei für Computer und in der Praxis finden wir: Computer Bild, Chip, PC-Magazin und PC-Welt. Außerdem: Auto-Bild, Auto Focus und Auto Motor und Sport. Alles Zeitschriften, die Patientinnen überhaupt nicht interessieren. Die werden auch nicht geklaut. Natürlich hat er auch noch Bunte, Stern, Spiegel, Brigitte und Freizeit Revue, aber alles alte Exemplare.

Beim Zahnarzt ist die Auswahl kleiner. Da gibt es auch keinen Wartezeiten von 1 bis 2 Stunden. Hier liegen nur Geo, Tiere und ein paar Kinderzeitschriften.

Beim Augenarzt dagegen findet man Zeitschriften mit vielen Bildern und wenig Text. Meridian, Schöner Wohnen usw. Patienten die Tropfen in die Augen bekommen (auch ich) können danach nicht mehr lesen. Hier wird auch nichts geklaut.

Beim Internisten findet man den Diabetes-Ratgeber, Ärztejournal, Spiegel und Stern. Manchmal verirrt sich auch eine Autozeitung in den Stapel. Auch hier wird kaum geklaut.

Natürlich gibt es auch Gemeinschaftspraxen mit einer größeren Auswahl. Hier findet man Brigitte, Bunte, Das goldene Blatt, Das neue Blatt, Die Aktuelle, Freizeit Revue, Freundin, Gala, Laura, Lisa, Madame, Petra, Tina und Vogue. Wenn hier geklaut wird fällt das überhaupt nicht auf.

Ich persönlich verzichte auf alle diese Zeitschriften. Das hat seinen Grund. Auf dem Papier ist ein Tummelplatz für Keime und Bakterien. Die Wahrscheinlichkeit, sich an alten Illustrierten eine Infektion zu holen, ist groß.

Hier einige Ratschläge an Praxen, denen immer wieder die Zeitschriften geklaut werden.

1. Keine aktuellen Zeitschriften mehr auslegen, sondern nur welche die älter als 6 Monate sind.
2. Stapel von Apothekenrundschau, Diabetes-Ratgeber und Senioren-Ratgeber auslegen.
3. 20 Jahre alte Zeitschriften vom Flohmarkt zum Billigpreis auslegen.
4. Lauter langweilige Zeitschriften auslegen.
5. Warnschild anbringen: Wer Zeitschriften klaut bekommt eine falsche Diagnose.
6. Hinweisschild: Lesen ist kostenlos, mitnehmen ist klauen.

Wer Ärzten die Schuld an alten, abgegriffenen Zeitschriften im Wartezimmer gibt, tut ihnen Unrecht. Die wahren Übeltäter sind Patienten, die wie diebische Elstern klauen.

Leider sind viele Praxen von Ärzten noch so schlecht organisiert, dass Lektüren für lange Wartezeiten, trotz Termin, unumgänglich sind. So schön sind die Praxisräume auch nicht, dass man da gerne unnötig herumsitzt. Aber es gibt tatsächlich Ärzte, bei denen der Patient fast pünktlich an die Reihe kommt. Diese könnten ganz auf Zeitschriften verzichten.

Die Banken

Die Banken haben sich in letzter Zeit nicht gerade beliebt gemacht. Früher nannte man die Angestellten Bankbeamte, obwohl sie keine Beamten waren. Heute nennt man sie Banker. Ihren guten Ruf haben sie verspielt, durch Falschberatungen und unseriöse Anlageobjekte.

Eine Bank, die City-Bank musste deshalb sogar ihren Namen ändern und firmiert nun unter Targo-Bank. Inzwischen müssen die Banken wieder mehr in Werbung investieren, um ihren Ruf aufzupolieren.

Neulich war ich in der Hauptstelle meiner Bank. Dort hat sich vieles verändert. Während ich früher noch dem Kundenberater gegenüber saß muss ich nun im Vorraum an einem Beratungspilz anstehen. Da arbeitet der Bankmitarbeiter ebenfalls im Stehen. Vielleicht bekommen sie auch bald orthopädische Stützstrümpfe. Auf ältere Leute und Behinderte wird keine Rücksicht mehr genommen.

Natürlich braucht man eigentlich heute nicht mehr zur Bank gehen. Man kann alles von zu Hause über das Internet per Online-Banking erledigen. Aber ich traue dieser Art von Banking nicht. Irgendwann ist mein Konto leergeräumt und ich kann nicht mal feststellen, von wem?

Alles hat sich verändert. Früher konnte ich einen Sack Kleingeld zur Bank bringen, dort wurde es in eine Maschine geschüttet und automatisch sortiert und gezählt. Dann bekam ich eine Gutschrift auf mein Konto.

Diese Maschinen gibt es zwar noch, aber sie sind nur für Firmenkunden. Privatkunden, also ich, müssen selbst das Geld auf dem Zählbrett einsortieren und in Papier einrollen.

Auch Kinder, die am Weltspartag ihr Sparschwein bringen, müssen nun das Geld selbst auf dem Zählbrett einsortieren.

Brauche ich mal schnell Schweizer Franken, oder Dollar, oder Pfund, muss ich das Tage vorher bestellen. Die Banken haben seit Einführung des Euros keine Sorten mehr vorrätig.

Früher hat der Bankbeamte einem sogar die Überweisungen ausgefüllt. Heute muss man das selbst tun. Dazu kommt noch die blöde 24-stellige IBAN-Nummer und die 11-stellige BIC-Nummer.

Auch das alte Sparbuch hat ausgedient. Von Jahr zu Jahr bekam man immer weniger Zinsen, zuletzt nur noch 0,1%. Und das im Schwabenland, wo doch das Sparbuch das Wichtigste ist. Wenn ich heute 100 Euro sparen möchte, muss ich 103 Euro einzahlen, damit ich am Ende wieder 100 Euro ausbezahlt bekomme. Das nennt man Minuszinsen. Was ist nur aus unseren Banken geworden. Das zinslos überlassene Geld auf dem Girokonto wirkt auf die Banken eher störend.

Wenn man früher ein Mädchen kennenlernte, fragte man zuerst nach dem Sparbuch. War das in Ordnung, konnte sie ruhig dicke Beine oder eine krumme Nase haben.

Aber heute hat doch niemand mehr Geld auf einem Sparbuch. An was soll man sich denn nun orientieren?

Der 80. Geburtstag

Meinen 60. konnte ich nicht feiern. Meinen 70. wollte ich nicht feiern. Aber an meinem 80. lasse ich es krachen.

Dazu muss ich vieles vorbereiten, aber ich habe ja 10 Jahre Zeit. Deshalb muss ich erst einige Fragen klären:

1. Wen lade ich ein?
2. Wo feiere ich?
3. Welche Unterhaltung biete ich an?
4. Wann feiere ich?
5. Wie lange wird gefeiert?
6. Wer lebt überhaupt noch in 10 Jahren?
7. Wie lade ich ein?
8. Was gibt es zu Essen und Trinken.
9. Wie kommen die Gäste zur Feier?
10. Gibt es eine Kleiderordnung?

Zu Punkt eins, ich mache eine Gästeliste von allen Verwandten und wenn jemand vorher stirbt, wird er gestrichen. Das ist aber keine Todesliste.

Zu Punkt zwei, es gibt kaum noch Lokale mit einem Saal. Also gehe ich in ein Vereinsheim.

Zu Punkt drei, als Unterhaltung genügt dezente Musik aus der Anlage. Die Leute wollen sich sowieso miteinander unterhalten. Da stört alles andere.

Zu Punkt vier, gefeiert wird am Samstag.

Zu Punkt fünf, die Feier ist von 15 Uhr bis 20 Uhr. Also Kaffee und Kuchen und dann Abendessen.

Zu Punkt sechs, wer weiß, ob ich dann noch lebe?

Zu Punkt sieben, nicht jeder hat Internet, also nehme ich die alte Form der Einladung, per Post.

Zu Punkt acht, ich lasse ein kaltes und warmes Buffet aufbauen, da kann sich jeder bedienen, so lange bis nichts mehr da ist. Zum trinken gibt es Mineralwasser, Saft, Bier und Wein. Ich besorge mir billigen Wein bei Aldi und fülle ihn in Bordeaux-Flaschen um. Die Leute werden begeistert sein, wenn ich solch einen teuren Wein anbiete.

Zu Punkt neun, jeder kann kommen wie er will. Mit dem Auto oder Fahrrad, oder zu Fuß. Hier gibt es keine Vorschriften.

Zu Punkt zehn, es gibt keine Kleiderordnung. Aber bitte keinen Frack und auch keinen Trainingsanzug.

So, nun wären alle Punkte geklärt und nichts kann mehr schiefgehen. Wir sehen uns also in 10 Jahren.

Die eigene Toilette

Jeder benutzt es und doch redet man nicht gerne darüber: das Klo. Heute nennt man es auch das stille Örtchen. Doch so still war es nicht immer.

Die Hochkultur des Klos herrschte in der Antike im alten Rom. Hier gab es bereits öffentliche Latrinen, in denen es gesellig zuging. Die Einrichtungen boten Platz für 50 bis 60 Personen und hatten keine Trennwände. Da kam man leicht ins Gespräch.

Es gab schon Mosaike auf dem Fußboden, verzierte Säulen und Sitze aus Marmor. Man hatte sogar eine Fußbodenheizung. Unter den Sitzen war ein Wassergraben und von dort floss das Wasser direkt in die *Cloaca Maxima*, den großen Abwasserkanal.

Allerdings sorgten diese Latrinen auch für Krankheiten. Dort verbreiteten sich Läuse, Flöhe, Zecken und Darmparasiten. Das Wasser in den Latrinen wurde selten ausgetauscht und es bildete sich eine dicke Schlammschicht. Diese musste regelmäßig entfernt werden. Der Dreck landete auf den Feldern, die Parasiten auf der Ernte und damit wieder auf den Märkten. Damit verbreiteten sich die Krankheitserreger im gesamten Römischen Reich.

Mit dem Zerfall des Römischen Reiches war auch die Latrinenkultur futsch. Im Mittelalter hatten die Menschen Besseres zu tun, als sich um ihre Hygiene zu kümmern. Der Nachttopf wurde einfach auf die Gasse entleert. Wer nachts unterwegs war, heuerte einen Begleiter an, der voraus ging und lautstark vor stinkenden Haufen warnte.

Heute könnte man auch einen Begleiter brauchen, der einen vor den Hundehaufen warnt.

Ende des 18. Jahrhunderts gab es in Frankfurt Männer und Frauen mit langen Umhängen die Passanten anboten, für ihr Geschäft unter den Mantel zu schlüpfen. Dort hielten sie in der Regel einen Eimer bereit. Das waren die Vorläufer des heutigen Dixie-Klos.

Auch in der Neuzeit wurde es nicht besser. Am Hof von Louis XIV in Versailles gab es zwar 2000 Zimmer aber nur ein einziges Klo. Man benutzte dort sogenannte Kackstühle, auf denen sogar der König bei Empfängen ungeniert zu sitzen pflegte. Bei pompösen Festen mit Tausenden von Besuchern erleichterten sich die Gäste im Schlosspark. Plastikbeutel, wie sie heute für die Hunde zur Verfügung stehen, gab es noch nicht.

Im 19. Jahrhundert war die Existenz von Latrinen für verschiedene Handwerke wichtig. Weil Urin Ammoniak enthält brauchten man ihn zum Textilien färben, zum Gerben und zum Leder färben. Auch beim Wäschewaschen wurde er verwendet. Das Sprichwort *Pecunia non olet* (Geld stinkt nicht) hat übrigens seinen Ursprung in einer römischen Latrinensteuer.

Im Mittelalter gab es in Burgen und Klöstern Toiletten in Form von Nischen und Erkern (Aborterker), die oft einfach ins Freie führten.

In Deutschland haben wir ein einheitliches Toilettensystem. In Frankreich und Italien gibt es aber heute noch die Hocktoiletten. Darin befindet sich keine Schüssel, sondern nur ein Loch oder eine Rinne im Boden. Für die ersten Touristen in Italien war das ungewöhnlich und für Unerfahrene die Benutzung durchaus schwierig.

Aus meiner Soldatenzeit kenne ich noch den sogenannten Donnerbalken. Den gab es natürlich nicht in der Kaserne, aber beim Manöver, draußen im Gelände. Zuerst wurde eine lange Grube ausgehoben, dann wurde davor ein Balken befestigt, auf den man sitzen konnte. Nach Beendigung des Manövers wurde die Grube mit Löschkalk bestreut und zugeschüttet. Dann wurde ein Holzpfahl mit einem Hinweisschild in die Erde gesteckt. Wir waren aber alle froh, als wir wieder in der Kaserne waren.

Bei meiner Großmutter auf dem Land gab es noch die Sickergrube. Darüber waren Holzbretter, in der Mitte ein rundes Loch, das mit einem Deckel verschlossen war. Wenn ich bei der Oma zu Besuch war, gab es frisch gemolkene Kuhmilch und Most mit Wasser verdünnt zu trinken. Das wirkte bald auf die Verdauung und ich musste aufs Klo. Als ich die Abdeckung anhob, sah ich darunter die Grube mit den Fäkalien. Ich bekam Angst, dass ich da reinfallen könnte und verkniff mir mein Bedürfnis. Ich war ja erst sechs Jahre alt. Als wir nach Hause gingen, führte uns der Weg durch den Brötzinger Wald. Dort konnte ich mich endlich hinter einem Busch erleichtern. Da habe ich zum ersten Mal in den Wald gesch.....

In Berlin gab es öffentliche achteckige Toilettenhäuschen. Die Berliner nannten sie liebevoll: *Cafe Achteck.*

Toiletten sind für uns heute selbstverständlich. Wer in einer großen Familie mit nur einer Toilette aufgewachsen ist, bekam da schon Probleme. Mein größter Wunsch war deshalb, einmal eine eigene Toilette zu besitzen. Als ich meine Wohnung bezog, hatte ich zum ersten Mal eine Toilette, ganz allein für mich. Ich konnte sie zu jeder Tageszeit benutzen und brauchte keine Sorgen zu haben, dass sie gerade besetzt ist. Das war für mich das wertvollste, was es auf der Welt gibt. Jeder, der eine eigene Toilette hat, kann mich verstehen.

Tommy der Sumpfbiber

Der richtige Name ist Nutria. Aber man nennt ihn auch Biberratte, Sumpfbiber, Schweifbiber, Schweifratte oder Wasseratte. Wir wollen ihn einfach Sumpfbiber nennen, das klingt doch besser.

Eines Tages tauchte er wie aus dem Nichts auf. Tommy der Sumpfbiber. Er war noch ziemlich jung und hatte ein weißes Fell. In der Natur haben Nutrias eher ein rötlichbraunes Fell. Nutrias mit anderen Farben stammen meist aus einer Pelztierzucht. Tommy, der weiße Sumpfbiber war also irgendwo ausgebüchst.

Es war Sommer und im Freibad war Hochbetrieb. Anfangs schwamm Tommy immer die Nagold auf und ab und schaute sich die Badegäste auf der Wiese an. Eines Tages fasste er sich Mut und krabbelte auf die Wiese. Er durchsuchte die Badeteppiche nach etwas Fressbarem. Manchmal fand er einen Apfel oder eine Banane. Den Badegästen gefiel das putzige Tier und sie brachten Karotten mit. Darauf war Tommy ganz scharf. Er nahm eine Karotte zwischen die Vorderpfoten, setzte sich auf die Hinterbeine und begann zu futtern.

So ging das einige Wochen. Tommy kam regelmäßig, morgens um 11 Uhr und um 16 Uhr am Nachmittag. Man konnte nach ihm die Uhr stellen.

Nicht allen gefiel das Tier. Mancher hielt ihn für eine Ratte und beschwerte sich beim Bademeister. Einer verpasste ihm mal einen Fußtritt, Tommy flüchtete ins Wasser und man sah ihn an dem Tag nicht mehr. Am nächsten Tag tauchte er wieder auf, als ob nichts gewesen wäre.

Sein Lieblingsplatz war unter dem Wasserfall. Dort zog er seine Kreise. Man konnte ihn genau sehen, wenn er sich auf dem Weg ins Freibad machte.

Allerdings übertrieben die Badegäste das Füttern. Eine Dame legte am Abend 3 Kilo Karotten am Ufer aus. Das war nicht gut, denn damit lockte sie nur die Ratten an, die es an jedem Fluss gibt. Mein Bruder wartete, bis die Dame das Bad verlassen hatte, dann nahm er die Karotten wieder weg. Am nächsten Tag schaute sie sofort nach, keine Karotte war mehr da. Sie glaubte nun Tommy hätte alle gefressen und legte jeden Abend kiloweise Karotten aus. Mein Bruder nahm sie immer wieder weg und kochte sich damit einen Eintopf.

Einmal stand ich am Ufer und beobachtete Tommy. Er konnte sich nicht entschließen an Land zu kommen. Ich lockte ihn mit einer alten Semmel, aber er kam nicht. Also warf ich die Semmel in den Fluss, direkt vor seine Nase. Bevor er sie packen konnte rannte plötzlich eine Ratte unter der Uferböschung hervor, packte die Semmel und verschwand wieder in ihrem Bau. Tommy schaute ganz dumm aus der Wäsche.

Ein anderes Mal beobachtete ich ihn, wie er vom Wasserfall losschwamm und sich auf den Weg ins Freibad machte. In der Flussmitte waren Steine und das Wasser strömte schnell daran vorbei. Tommy tauchte unter und donnerte mit dem Schädel gegen einen Stein. Das war für ihn einen neue Erfahrung. Er tauchte auf und schwamm zum gegenüberliegenden Ufer. Dort verkroch er sich unter der Uferböschung und man sah ihn den ganzen Tag nicht mehr.

Aber die Beschwerdem der Badegäste hatten Erfolg. Eines Tages rückten drei Männer an um ihn zu fangen. Sie hatten Stöcke mit Schlingen dabei, wie man sie für das Einfangen der Hunde benutzt. Vielleicht waren es auch Hundefänger. Gegen Tommy hatten sie keine Chance. Er machte einen Satz ins Wasser und schaute von der Flussmitte den Männern zu. Ich glaube, er lachte sie sogar aus.

Der Sommer ging zu Ende und das Bad wurde geschlossen. Tommy kam aber immer noch jeden Tag auf die Wiese, aber nun war keiner mehr da, der ihn fütterte. Das verstand er nicht.

Nun mussten wir etwas unternehmen. Zusammen mit meiner Schwester ging ich nun morgens um 10 Uhr über den Entensteg ans andere Flussufer. Dort war der Geißenweg und zum Fluss führte eine Böschung von gut zehn Metern hinunter. Wir hatten Karotten und Äpfel dabei, auch einige Zwieback. Tommy war gerade mal wieder auf der Liegewiese des Freibades. Wir riefen ihn, aber er reagierte nicht. Dann klatschte ich laut in die Hände. Tommy schaute hoch und hoppelte ins Wasser. Er schwamm über den Fluss und kam direkt auf uns zu. Vielleicht erkannte er uns wieder. Er blieb allerdings auf einem Stein, unten am Fluss, sitzen. Wir warfen Karotten die Böschung hinunter, Tommy holte sich eine, setzte sich auf seinen Stein und fing an zu fressen. Wenn er genug hatte sprang er ins Wasser und schwamm davon.

Nun machten wir täglich unseren Spaziergang, morgens um 10 Uhr und mittags um 16 Uhr. Wenn ich Tommy nicht sah, musste ich nur in die Hände klatschen, dann tauchte er plötzlich auf.

Die ersten Tage blieb er noch unten am Fluss sitzen. Aber dann hatte er mehr Vertrauen zu uns und kam die Böschung hochgekrabbelt. Er setzte sich auf den Weg und futterte was wir ihm gaben. Anfangs war sein Lieblingsfutter Karotten. Aber einmal hatten wir auch Zwieback dabei und gaben ihm eine. Er ließ sofort die Karotte fallen und nahm den Zwieback. Den nagte er schön ab und verlangte gleich einen weiteren.

Von der Wohnung aus konnte ich den Wasserfall sehen. Wenn darin etwas weißes herumschwamm wusste ich, Tommy ist noch da oben. Ich wartete bis ich ihn nicht mehr sah, dann machten wir uns auf den Weg, um ihn zu füttern. Als wir über den Steg gingen saß Tommy bereits auf seinem Stein und wartete auf uns. Als er unserer Stimmen hörte kam er auch schon den Hang herauf. Er erkannte uns also schon an unseren Stimmen.

Einmal regnete es stark und wir hatten beide Schirme dabei. Tommy hörte zwar unsere Stimmen, aber die Schirme waren ihm unheimlich. An diesem Tag blieb er unten am Fluss. Wir konnten ihn locken wie wir wollten, er kam nicht hoch.

Ein anderes Mal, er saß gerade oben bei uns und nagte an seinem Zwieback, kam hinter der Mühle ein

Mann mit einem großen Jagdhund hervor. Der Hund war nicht angeleint. Tommy sah den Hund, ließ den Zwieback fallen und machte aus dem Stand einen Satz die Böschung hinunter ins Wasser. So etwas habe ich noch nicht gesehen. Das waren mindestens 10 Meter, also Rekord. Der Hund rannte hinterher und stürzte sich ebenfalls ins Wasser. Aber gegen Tommy hatte er keine Chance. Im Wasser war er dem Hund haushoch überlegen. Er tauchte immer wieder unter und auf und schaute den Hund frech an. Der Hundebsitzer konnte rufen wie er wollte, der Hund kam nicht mehr heraus. Der Jagdtrieb war stärker. Aber Tommy blieb Sieger.

In den nächsten Tagen kam Tommy nicht mehr die Böschung herauf. Wir mussten ihm das Futter hinunterwerfen. Die Begegnung mit dem Hund hatte ihn vorsichtig gemacht.

So langsam wurde es Herbst und Tommy kam immer noch regelmäßig an seine Futterstelle. Eines Tages machten sich Schulkinder einen Spaß daraus, Tommy mit Steinen zu bewerfen. Ob sie ihn getroffen hatten, weiß ich nicht. Auf jeden Fall sah man Tommy eine Woche lang nicht mehr. Wir dachten schon, jetzt ist er fort. Aber dann tauchte er plötzlich wieder auf.

Dann hatten wir ein Unwetter. Es regnete drei Tage lang ohne Unterbrechung. Der Fluss schwoll an und führte Hochwasser. Die Strömung verstärkte sich immer mehr. Von Tommy sahen wir nichts mehr. Als sich der Fluss wieder beruhigt hatte, gingen wir wieder zur Futterstelle. Tommy kam nicht mehr. Vielleicht hatte ihn das Hochwasser mitgerissen. Von Bekannten hörten wir, dass am Enzauenpark ein weißer

Sumpfbiber gesichtet wurde. Vielleicht war das Tommy. Wir hoffen es, denn er könnte auch in einer Bratpfanne gelandet sein.

In den 50er-Jahren wurde in der DDR Nutriafleisch verarbeitet, zu Rouladen, Mettwurst, Kochsalami und durch Räuchern auch zu Landjägern. Viele Menschen wissen nicht, dass sie damals Nutria gegessen haben.

Im letzten Jahr betrug der Preis für 1 Kilo Nutria 24 Euro. Für das Fell bekommt der Züchter aber nur noch 1 Euro. Bevor man aber das Fleisch konsumiert, muss erst einen Trichinenschau vorgenommen werden. Die Trichinen-Inspektion ist Pflicht. Ob sich der Züchter daran hält? Wir wissen es nicht. Ich werde keinen Nutria essen. Ich muss dann immer daran denken, das könnte Tommy sein.

Vorurteile und Klischees

Viele Ausländer sind der Meinung Deutsche seien humorlos, tragen Lederhosen, saufen schrecklich viel Bier, essen unreines Schweinefleisch und vertilgen Unmengen Sauerkraut. Darüber hinaus sind Deutsche großmäulig, kriegslüstern und Nazis. Die Liste dieser Eigenschaften lässt sich noch erweitern.

Aber auch Deutsche haben ihre Klischees gegen die Ausländer. Polen sind arbeitsscheu. Russen sind Wodka saufende Kommunisten. Schwarzafrikaner sind dumm, schmutzig und stinken. Araber sind Terroristen, verschlagen und raffgierig. Türken sind Goldkettchen tragende Machomaulhelden. Franzosen tragen Baskenmützen, haben eine Gauloises im

Mund und eine Flasche Roten am Hals. Italiener sind korrupte Mafiosi. Amerikaner sind Kaugummi kauende Kriegstreiber. Engländer sind versnobt und spinnen alle.

Hier eine kleine Aufzählung von Vorurteilen an den Stammtischen:

Professoren sind schusselig
Frisöre sind homosexuell
Franzosen sind Froschmampfer
Italiener denken nur an amore
Engländer können nicht kochen
Polen klauen Autos

Aber nicht nur an Stammtischen, auch auf der Straße hört man Vorurteile:

Vorurteil Nr. 1: Wenn das mit den Ausländern so weitergeht, sind wir bald in der Minderheit, und das im eigenen Land.
Vorurteil Nr. 2: Die Ausländer nehmen uns die Arbeitsplätze weg. Deshalb Ausländer raus.
Vorurteil Nr. 3: Asylbewerber kommen nur hierher, um sich auf unsere Kosten ein schönes Leben zu machen.
Vorurteil Nr. 4: Ausländer rotten sich zusammen und haben ganze Stadtteile in ihrer Gewalt.
Vorurteil Nr. 5: In vielen Schulklassen haben die Ausländer längst die Mehrheit. Türkisch wird bald zur Amtssprache.
Vorurteil Nr. 6: Ausländer sind kriminell.

Vorurteil Nr. 7: Ausländer spielen sich auf, als ob sie hier zu Hause wären. Sie haben kein Interesse daran, sich anzupassen.

Diese Vorurteile und Klischees stammen übrigens nicht aus Deutschland, sondern aus Österreich.

In Deutschland ist das ganz anders. Uns wird täglich von den Medien und von der Regierung vorgeschrieben, dass wir alle die zu uns kommen herzlich willkommen heißen. Also vergessen wir alle Vorurteile und Klischees, solange sich die Ausländer auch anständig benehmen. Das gilt aber auch für die, die schon da sind.

Die gefährlichsten Länder und Städte

Inzwischen habe ich darüber nachgedacht, ob ich nicht doch noch mal verreisen sollte. Solange ich es gesundheitlich noch kann. Aber es ist schwer, das richtige Reiseziel herauszufinden.

Mallorca kommt nicht in Frage. Dort ist es mir zu voll. Antalya auch nicht, dort haben sich inzwischen die Russen breitgemacht. Und Kenia? Viel zu gefährlich.

Ich habe erstmal beim Auswärtigen Amt nachgefragt, welche Länder eigentlich noch sicher sind. Die Antwort war: *nirgends ist es mehr sicher.* Dann bekam ich eine Liste von Ländern, für die Reisewarnungen vorliegen. Diese Länder sollte man also meiden:

Eritrea
Burkina Faso
Nigeria
Ägypten

Tschad
Kamerun
Niger
Ukraine
Irak
Palästina
Pakistan
Mali
Jemen
Zentralafrikanische Republik
Algerien
Mauretanien
Demokratische Republik Kongo
Libanon
Afghanistan
Syrien
Japan (Fukushima)
Georgien
Südsudan
Somalia
Libyen

Von 25 Ländern sind 16 in Afrika. Das gibt einem zu denken.

Wenn ich schon dabei war, eine Reise zu planen, dann wollte ich erst mal schauen, welche Städte für Touristen gefährlich sind. Ich beginne mit Lateinamerika.

Auf dem ersten Platz steht *San Pedro Sula* in Honduras. Die Stadt wird von den Maras, kriminellen Jugendbanden, beherrscht. Morde sind an der Tagesordnung.

Auf dem zweiten Platz ist *Caracas* in Venezuela. Drogenbanden und Jugendgangs bekämpfen sich gegenseitig.

Auf Platz drei steht *Acapulco* in Mexiko. Auch hier beherrschen Drogenbanden die Straßen.

Auf Platz vier folgt *Cali* in Kolumbien. Hier ist das organisierte Verbrechen mit seinen Drogengeschäften. Außerdem ist es ein Rückzugsgebiet für Untergrundkämpfer der FARC und des M19. Am gefährlichsten ist es im Armenviertel Siloe vor den Toren von Calis Innenstadt.

Als US-Amerikaner sollten sie Kolumbien ganz meiden. Die Kolumbianer haben nicht vergessen, dass die Amerikaner damals der Regierung geholfen haben, den langgesuchten Pablo Escobar zu stellen und zu erschießen. Erwischen sie einen Touristen mit einem amerikanischen Pass bringen sie ihn um. Als Deutscher ist man zwar nicht gefährdet, aber in der Regel reist man über Miami ein. Hat man dann im Pass einen amerikanischen Visa-Stempel kann das unglücklich enden.

Platz fünf belegt *Maceio* in Brasilien. In den 15 Favelas der Stadt ist es am gefährlichsten.

Auf Platz sechs finden wir *Tegucigalpa* im Central District von Honduras. Raubüberfälle, Autodiebstahl und Einbrüche sind noch die harmlosesten Delikte. Vergewaltigungen und Mord sind an der Tagesordnung.

Platz sieben belegt *Fortaleza* in Brasilien. Beim Karneval gibt es hier die meisten Morde.

Auf Platz acht folgt *Guatemala-Stadt* in Guatemala. Am Besten die Hauptstadt meiden.

Auf Platz neun liegt wieder eine Stadt in Brasilien und zwar *Joao Pessoa*. Sie galt einmal als sicherste Stadt Brasiliens.
Auf Platz zehn finden wir *Barquisimeto* in Venezuela. Die meisten Einwohner verdienen sich ihren Lebensunterhalt mit Drogen.

Die 30 gefährlichsten Städte der Welt sind:
San Pedro Sula - Honduras
Caracas - Venezuela
Acapulco - Mexiko
Joao Pessoa - Brasilien
Tegucigalpa - Honduras
Maceio - Brasilien
Valencia - Venezuela
Fortaleza - Brasilien
Cali - Kolumbien
Sao Luis - Brasilien
Natal - Brasilien
Ciudad Guayana - Venezuela
San Salvador - El Salvador
Kapstadt - Südafrika
Vitoria - Brasilien
Cuiaba - Brasilien
Salvador - Brasilien
Belem - Brasilien
St. Louis - USA
Teresina - Brasilien
Barquimetro - Venezuela
Detroit - USA
Goiania - Brasilien
Culiacan - Mexiko
Guatemala City - Guatemala

Kingston - Jamaika
Juarez - Mexiko
New Orleans - USA
Recife - Brasilien
Campina Grande - Brasilien

Davon sind allein 13 in Brasilien, dem Land, in dem in diesem Jahr die Olympischen Spiele stattfinden.

Nach diesen Informationen bin ich noch unschlüssig. Sicher gibt es noch viele Länder und Städte in die man reisen kann. Aber bis ich mich entschieden habe, steht mein Reiseziel vielleicht auch auf dieser Liste.

Touristen-Fettnäpfchen

Bevor ich nun eine Auslandsreise antrete informiere ich mich über die Gepflogenheiten in fremden Ländern. Das ist wichtig, damit ich nicht in Fettnäpfchen trete.

Mit Polen, unserem Nachbarland, fange ich an. Dort darf man keine angebrochene Wodkaflasche stehen lassen. Nach polnischer Sitte muss die Flasche immer leergetrunken werden. Gut, dass ich keinen Wodka trinke.

Viel Männer reisen nach Thailand, wegen der vielen Tempel. Aber die wenigsten wissen, dass man einer Mutter nicht sagen darf, wie schön und süß ihr Baby ist. Nach thailändischem Aberglauben wird das Kind mit einem Fluch belegt und es bringt Unglück. Außerdem ist es unhöflich.

Wer sich auf die Philippinen wagt sollte auf keinen Fall Babys fotografieren. Die Einheimischen glauben, dass ein Foto dem Kind die Seele rauben könnte.

Aber auch in den USA muss man vorsichtig sein. Hier sind die Gesetze und Regelungen von Staat zu Staat ganz unterschiedlich. Aber eines ist ganz wichtig. Wenn der Amerikaner unser englisch nicht versteht auf keinen Fall langsam und deutlich reden. Der Gegenüber denkt dann, man würde sich über ihn lustig machen und ihn für zurückgeblieben halten. Denken sie daran, bei den Amerikanern sitzen die Pistolen ziemlich locker.

Obwohl wir in Brasilien die knappsten Bikinis sehen, ist dort Sonnenbaden oben ohne nicht erwünscht.

Sicher besuchen sie mal ihr Schwarzgeldkonto in Luxemburg. Wenn sie in einem Cafe Kuchen bestellen, denken sie daran, in Luxemburg isst man den Kuchen mit Messer und Gabel, nicht mit der kleinen Kuchengabel. Vielleicht sind dort die Stücke auch größer.

Manche besuchen auch die Chinesische Mauer. Aber bitte, verneigen sie sich nicht bei einer Begrüßung. In Japan ist das in Ordnung, in China dagegen ist es nicht üblich.

Der Deutsche trinkt ja gerne Weinschorle. Tun sie das aber nicht in Frankreich. Der Franzose liebt Wein und trinkt ihn nur in reiner Form. Den Wein mit Wasser verdünnen kommt ihm wie eine Gotteslästerung vor. Der Franzose wird sie verachten, obwohl, das tut er sowieso.

In Italien kann es auch mal regnen. Bei uns ist es üblich, den nassen Schirm aufgespannt stehen lassen, bis er trocken ist. Tun sie das nicht in Italien. Das bringt Unglück. Und wenn sie ihren Hut oder ihre Mütze im Hotel auf dem Bett liegen lassen, wird bald jemand in ihrer Familie sterben. Die Italiener sind in der Beziehung sehr abergläubisch.

Sollten sie zu den Olympischen Spielen nach Brasilien reisen beachten sie folgendes. Wenn sie privat eingeladen waren und gehen wollen, öffnen sie auf keinen Fall die Tür selbst. Das macht der Gastgeber. Wenn sie die Tür öffnen, deuten sie damit an, dass sie das Haus des Gastgebers nie mehr betreten wollen.

In Indien gibt es viele Kinder. Aber streichen sie keinem Kind über den Kopf, oder noch besser, berühren sie es nicht. Nach dem Glauben der Einheimischen bringt das schweres Unglück.

Und sollten sie mal in Japan sein müssen sie auch mal essen. Wenn sie in ihrem Essen herumrühren, weil es nicht schmeckt oder ungewohnt ist, denkt der Japaner: sie sind ungebildet und unhöflich und haben keine Tischmanieren. Auch sollten sie mit dem Besteck nicht in der Gegend herumzeigen.

Und nochmal zur USA. Bei Tisch die Nase putzen ist verpönt. Der gut erzogene Gast verschwindet dazu in den *Powder-Room*.

Auch in Asien sieht man es nicht gern, wenn sie sich mit einem Taschentuch die Nase putzen, auch wenn sie läuft. Der Asiate rotzt einfach auf die Straße.

Zum Schluss noch ein guter Rat. Wenn sie in ein fremdes Land reisen sollten sie vorher einige Worte in der Landessprache lernen: *Guten Tag, Auf Wiedersehen, Bitte, Danke sowie Entschuldigung*. Diese Wörter genügen und sie zeigen damit die Wertschätzung dem Einheimischen gegenüber. Aber versuchen sie in Italien nicht italienisch zu reden. Dann wird der Italiener misstrauisch. Soll er sich doch mit seinem gebrochenen Deutsch herumquälen.

Bitte reservieren sie morgens keine Liegstühle am Pool mehr. Diesen schlechten Ruf werden wir Deutsche nicht mehr los. Inzwischen reagieren die Hotelchefs und lassen von ihren Angestellten morgens die Handtücher wieder entfernen.

Inwischen bieten fast alle Hotels ein Büffett an. Viele Gäste stürzen sich gleich nach der Eröffnung auf das Büfett als seien sie kurz vor dem verhungern. Warten sie besser etwas ab, bis der erste Sturm vorbei ist dann gehen sie los. Beachten sie auch die Gehrichtung: Vorspeise, Suppe, Hauptgang, Dessert. Gehen sie nicht gegen den Strom. Holen sie sich kleine Portionen und gehen sie lieber öfter zum Büfett.

Wenn sie am Ende ihrer Reise im Flugzeug sind nehmen sie Rücksicht auf die anderen. Drängeln sie nicht beim ein- und aussteigen. Versperren sie nicht den Gang beim verstauen ihres Handgepäcks. Stellen sie die Rückenlehnen nicht ruckartig zurück. Ziehen sie sich nicht am Vordersitz beim aufstehen hoch. Belegen sie nicht beide Armlehnen. Quetschen sie sich nicht öfter als notwendig an den anderen vorbei, besonders beim essen.

Nachdem ich all diese Punkte notiert und durchgelesen hatte, bin ich zu einem Entschluss gekommen. Ich verreise in Deutschland. Da gibt es viele Orte, an denen ich noch nicht war. Darüber lest ihr in der nächsten Geschichte.

Deutschland entdecken

In Deutschland gibt es Reiseziele, die auch von ausländischen Gästen bevorzugt werden. Für Amerikaner, Japaner und Chinesen gehören drei Ziele zu ihrem festen Programm. Schloss-Neuschwanstein, Hofbräuhaus in München und Rothenburg ob der Tauber.

Für mich gibt es natürlich noch andere Ziele. Um Deutschland kennenzulernen lohnen sich folgende Reiseziele:

1. Schloss Neuschwanstein im Schwangau bei Füssen, Bayern.
2. Europa-Park Rust in Baden-Württemberg.
3. Kölner Dom in Nordrhein-Westfalen.
4. Brandenburger Tor in Berlin.
5. Loreley in St. Goarshausen, Rheinland-Pfalz.
6. Heidelberger Schloss in Baden Württemberg.
7. Insel Mainau im Bodensee.
8. Schloss Sanssouci in Potsdam, Brandenburg.
9. Rothenburg ob der Tauber in Bayern.
10. Reichstag in Berlin.
11. Königssee mit Malerwinkel und St. Bartholomä in Schönau, Bayern.
12. Frauenkirche in Dresden, Sachsen.
13. Insel Rügen mit Kreidefelsen in Mecklenburg-Vorpommern.
14. Zugspitze in Garmisch-Partenkirchen, Bayern.

15. Berchtesgaden mit Kehlsteinhaus und Watzmann, Bayern.
16. Hamburger Hafen mit Fischmarkt.
17. Nationalpark Sächsische Schweiz mit Festung Königstein in Sachsen.
18. Zwinger in Dresden mit Gemäldegalerie, Sachsen.
19. Altstadt von Freiburg, Baden-Württemberg.
20. Schloss Linderhof in Ettal, Bayern.
21. Hofbräuhaus in München.
22. Altstadt von Nürnberg mit Dürerhaus, Bayern.
23. Heidepark Soltau in Niedersachsen.
24. Wartburg in Eisenach, Thüringen.
25. Schloss Charlottenburg in Berlin.
26. Burg Eltz bei Münstermaifeld, Rheinland-Pfalz.
27. Reichsburg Cochem, Rheinland-Pfalz.
28. Rüdesheim mit der Drosselgasse, Rheinland-Pfalz.
29. Deutsches Eck in Koblenz, Rheinland-Pfalz.
30. Naturpark Harz in Niedersachsen.
31. Englischer Garten in München.
32. Reeperbahn in Hamburg.
33. Naturpark Eifel, Rheinland-Pfalz.
34. Burg Hohenzollern in Sigmaringen, Baden-Württemberg.
35. Kurfürstendamm in Berlin.
36. Deutsches Museum in München.
37. Naturpark Teutoburger Wald mit Externsteinen und Hermannsdenkmal, Niedersachsen.
38. Ulmer Münster, Baden-Württemberg.
39. Phantasialand in Brühl, Nordrhein-Westfalen.
40. Semperoper in Dresden, Sachsen.
41. Alte und Neue Pinakothek in München.

42. Schwebebahn in Wuppertal, Nordrhein-Westfalen.
43. Insel Sylt in Schleswig-Holstein.
44. Schloss Wilhelmshöhe in Kassel, Hessen.
45. Schloss Schwerin in Mecklenburg-Vorpommern.
46. Schloss Ludwigsburg, Baden-Württemberg.
47. Münster in Freiburg, Baden-Württemberg.
48. Walhalla bei Donaustauf in Bayern.
49. Fernsehturm am Alexanderplatz in Berlin.
50. Porta Nigra in Trier, Rheinland-Pfalz.

Dies sind nur 50 Ziele, die ich mir ausgesucht habe. Natürlich gibt es noch viele andere, die hier nicht aufgeführt sind.

In die engere Wahl habe ich mir folgende Ziele genommen:

Die Sächsische Schweiz, südöstlich von Dresden, bekannt für ihre bizarren Felsformationen. Sie erstreckt sich bis an die tschechische Grenze.

Die Insel Norderney in der Nordsee. Allein wegen der Nordseeheilbäder.

Die Konstanzer Bucht im Bodensee, direkt an der schweizer Grenze. Hier ist das Wasser selten tiefer als 2 Meter.

Wenn ich schon am Bodensee bin, darf ich die Insel Mainau nicht vergessen. Nicht ohne Grund nennt man sie die Blumeninsel.

Die Reichsburg in Cochem an der Mosel. Von dort hat man einen herrlichen Blick über die Mosel.

Das Karlsruher Schloss mit seinem Schlossgarten. Es beherbergt auch das Badische Landesmuseum. Vom Schlossturm hat man einen guten Blick über Karlsruhe.

Burg Eltz in Rheinland-Pfalz. Auch von hier hat man einen wunderbaren Blick über die Mosel.

Schloss Sigmaringen in Baden-Württemberg, das größte aller Donautal-Schlösser.

Die Saalfelder Feengrotten in Thüringen, ein ehemaliges Bergwerk.

Märchenschloss Sababurg im Rheinhardswald bei Kassel, mit einem Hotel, Tierpark und Urwald Sababurg.

Die Burg Querfurt im Süden von Sachsen-Anhalt. Eine der größten mittelalterlichen Burgen in Deutschland.

In Helgoland kann man zollfrei einkaufen. Dort gibt es den besten Hummer der Welt, sagen die Einheimischen.

Die Insel mit Ellenbogen. Ganz oben an der Spitze von Sylt liegt der Ellenbogen. Die schmale Halbinsel heißt so, weil es so aussieht, als würde Sylt an dieser

Stelle einen Arm anwinkeln. Der Ellenbogen ist der schönste Ort der Insel.

Die Auswahl ist groß und fällt mir schwer. Vielleicht besuche ich zuerst die Burgen und Schlösser, dann die Naturparks, dann die Inseln und zum Schluss die Seen. Morgen fange ich damit an.

Pforzemer Seggel

Ja, so nennt man uns Pforzheimer. Das Wort Seggel hört sich an wie Seckel und hat seinen Ursprung im Mittelalter. Damals trugen die Herren am Gürtel ein Säckchen mit Geldstücken. War das Säckchen nur halb gefüllt (bei ärmeren Bürgern) war das ein Halbseckel. Davon leitet sich das Schimpfwort Halbseggel ab.

Im Gegensatz zu anderen kommen wir dabei noch gut weg. Die Nordbadener nennt man Gelbfüßler. Ursprünglich wurden so die Schwaben genannt. Um 1900 wurde diese Bezeichnung jedoch auf die Badener übertragen und ist bis heute noch gültig. Dass eigentlich die Schwaben gemeint waren geriet in Vergessenheit. Der Begriff stammt aus einer Zeit, als arme Leute barfuß liefen und entsprechend gelbe Füße hatten. Die Südbadener dagegen nennt man Plastikschweizer.

Aber die Badener wehren sich mit Sprüchen, die heute noch geläufig sind:

Über Baden lacht die Sonne,
über Schwaben die ganze Welt.

Lieber Duschen als Baden.
Schwabe schaffe, Badner denke.
Es gibt Badische und Unsymbadische.

Die Mannheimer sind Bloomäuler (Blaumäuler). Wo der Ausdruck herkommt ist nicht mehr bekannt.

Die Menschen aus Pirmasens nennt man wegen der dortigen Schuhindustrie Schlappeflicker, was durchaus Sinn macht.

Die Stuttgarter dagegen sind die Stäffelesrutscher. Der Ausdruck kommt von den vielen Staffeln (Treppen) an den Berghängen, die typisch für Stuttgart sind.

Die Bürger aus Leipzig nannte man früher Kaffeesachsen. Inzwischen wurde diese Bezeichnung auf alle Sachsen ausgeweitet.

Die Leute aus dem Saarland nennt man Heckenfranzosen. Der Begriff ist nicht ganz falsch. Das Saarland gehörte einmal zu Lothringen.

Die Leute aus dem Elsaß nennt man immer noch Wackes. Die Elsäßer nennen aber die Franzosen Hasenböcke.

Unsere Nachbarn aus den Niederlanden nennt man Käsköppe oder Käsefresser.

Unsere Nachbarn aus Frankreich sind Froschfresser oder Froschmampfer.

Unsere südlichen Nachbarn, die Alpenbewohner (Bayern, Österreicher, Schweizer, Liechtensteiner) nennt man Schluchtenscheißer.

Diese wehren sich aber. Die Bayern nennen alle die nördlich der Donau leben einfach Preißn. Die ganz oben an der Küste dagegen Nordlichter oder Fischköpfe. Die Baden-Württemberger dagegen, wie schon beschrieben, Gelbfüaßler. Die Leute aus der Oberpfalz dagegen sind die Moosbüffel.

Die Schweizer nennen uns Gummihälse und in der heutigen Zeit sogar Düütschi oder Hartzies. Manche sagen auch Bockwürscht zu den Deutschen.

Die Österereicher nennen uns Piefke. Herr Piefke war ein Preuße, der die schönsten deutschen Militärmärsche geschaffen hat. Wegen seiner steifen Gehweise wurde er zum Spitznamen für alle Preußen.

Die Menschen aus dem Westen Österreichs dagegen nennen die Deutschen Marmeladinger. Die Bezeichnung kommt aus dem 1. Weltkrieg, als deutsche Soldaten auf Butter und Schmalz verzichten mussten und als Brotaufstrich nur Marmelade bekamen. Damals nannten die Österreicher uns Marmeladinger oder Marmeladebrüder.

Für die Bayern sind die Österreicher einfach nur Zwackl, Kraxlhuber oder Österschleicher. Die Leuten aus Oberösterreich aber nennt man Gscheerte. Die Bauern durften als Unfreie über Jahrhunderte kein langes, wallendes Haart tragen. Deshalb Gscheerte. Auch der Spitzname Mostschädel ist noch nicht ausgestorben, obwohl der vergorene Apfel- oder Birnensaft (Most), längst nicht mehr das Hauptgetränk des Landes bildet.

Aber auch ganze Völker bekamen ihre Spitznamen. Die Engländer waren die Klippenpisser oder Inselaffen. Die Schwarzafrikaner Bimbos oder Dachpappe. Die Chinesen Schlitzaugen. Die Neuseeländer Kiwis. Die Türken Knackfüße.

Die Italiener waren die Itaka. Im 2. Weltkrieg waren Deutsche und Italiener Verbündete. Im Afrika-Feldzug kämpften sie Seite an Seite. Da wurde der

Ausdruck Itaka benutzt. Das war die Abkürzung für italienischer Kamerad.

Früher nannte man die Italiener auch Katzelmacher. Im Nordschwarzwald gibt es ein Dorf, wo die Bewohner seit Jahrhunderten als Besenbinder arbeiteten und ihre Erzeugnisse als Hausierer verkauften. Ihnen wird nachgesagt, dass sie Dachhasen (Katzen) am liebsten in der Pfanne hatten. Als der neue Landrat das Dorf besuchte, war er zu einem festlichen Essen eingeladen. Weil man ihn vorher informiert hatte, stocherte er misstrauisch an seinem Stück Fleisch herum. Schließlich platzte dem Schultes (Bürgermeister) der Kragen und er brüllte: *essen sie ruhig, das ist nicht das was sie denken. Das was sie denken fressen wir lieber selber, das ist nämlich eine Delikatesse.*

Übrigens durften bis heute Hasen nur im Fell verkauft werden.

Die Chinesen nennen alle Weißen (Europäer oder Amerikaner) Langnasen. Dieser Begriff ist durchaus passend.

Die Amerikaner nannten ihre Gegner im Vietnamkrieg Charlie. Die Vietkong heißen im englischen Viet Cong, oder militärisch abgekürzt VC. Im Nato-Alphabet wurde daraus Victor Charlie. Das wurde schließlich als Bezeichnung für die nordvietnamesischen Soldaten abgekürzt.

Übrigens im 2. Weltkrieg gab es für die Krankheit Syphilis verschiedene Bezeichnungen.

Italiener nannten sie: Französische Krankheit
Franzosen nannten sie: Italienische Krankheit
Spanier nannten sie: Französische Krankheit
Engländer nannten sie: Französische Krankheit

Schotten nannten sie: Englische Krankheit
Deutsche nannten sie: Französische Krankheit
Polen nannten sie: Deutsche Krankheit
Russen nannten sie: Polnische Krankheit

Sinnlose Gesetze aus aller Welt

Es gibt auf der Welt schon sonderbare Gesetze. Manche erscheinen sinnlos, aber bei näherer Betrachtung sieht das anders aus.

Ich fange mal mit Deutschland an:
In einem Abwasserkanal darf man nur schwimmen, wenn man eine Erlaubnis des zuständigen Amtes hat. Aber welches Amt ist dafür zuständig? Das Amt für öffentliche Ordnung (Ordnungsamt)? Das Wasserwirtschaftsamt? Das Amt für Abfallwirtschaft? Das Bäderamt? Da muss ich erst mal nachfragen.

Im Halteverbot darf man nicht parken. So habe ich das in der Fahrschule gelernt. Es gibt aber eine Ausnahme. Blinde dürfen. Ich habe aber noch keinen gesehen, der dieses Recht in Anspruch genommen hat.

Nackt Autofahren ist laut Straßenverkehrsordnung (StVO) erlaubt. Wer aber dann nackt aussteigt riskiert ein Bußgeld von 40 Euro.

Wer öffentlich, oder durch verbreiten von Schriften den Bundespräsidenten verunglimpft, wird mit Freiheitsstrafe von drei Monaten bis zu fünf Jahren bestraft. Na so etwas. Und ich habe einen Geschichte über den Grüßaugust geschrieben. Jetzt warte ich täglich darauf, dass es läutet und die Polizei vor der Tür steht. Hoffentlich kann ich dann im Knast weiter meine Bücher schreiben.

Ich habe fast 40 Jahre im Büro gearbeitet und bin auch mal dabei eingeschlafen. Vom Bürostuhl bin ich aber nicht gefallen. Wäre das passiert, hätte es als Betriebsunfall gegolten, wenn es wegen arbeitsbedinter Übermüdung passierte.

Auch für die Eheschließung gibt es ein besonderes Gesetz. Im BGB steht: die Ehe ist ungültig, wenn ein Ehegatte bei der Eheschließung im Zustand der Bewußtlosigkeit war, oder ein Ehegatte bei der Eheschließung nicht gewusst hatte, dass es sich um eine Eheschließung handelt. Gut zu wissen.

Und im Strafgesetzbuch heißt es: wer eine nukleare Explosion verursacht, muss mit einer Freiheitsstrafe von 5 Jahren oder einer Geldstrafe rechnen. Also die Atombombe hübsch wieder in den Keller stellen.

Aber nicht nur in Deutschland gibt es sinnlose Gesetze. Wie sieht es bei unseren Nachbarn aus?

In Großbritannien dürfen Frauen in öffentlichen Verkehrsmitteln keine Schokolade essen. Wer kommt denn auf so etwas?

In Cambridge darf man auf der Straße kein Tennis spielen. Bei uns darf man das auch nicht.

Auf den meisten englischen Briefmarken ist die Königin abgebildet. Die Briefmarke darf nicht kopfüber aufgeklebt werden. Das gilt als Verrat an der Königin und wird streng bestraft.

In französischen Zügen ist das Küssen verboten. Und das, wo die Franzosen in Sachen Liebe doch so aufgeschlossen sind.

In Paris gilt ein Aschenbecher als tödliche Waffe. Wahrscheinlich sind schon zu viele mit einem Aschenbecher umgebracht worden.

Wer aber glaubt die Europäer seien verrückt, der sollte mal sehen, was es in den USA an verrückten Gesetzen gibt.

In Kalifornien dürfen sie einen Elefanten nicht an einen Hydranten anketten. Das macht Sinn, wo doch viele einen Elefanten dabeihaben.

In Memphis dürfen sie am Sonntag auf der Straße kein Jojo spielen. Wenn sie das bei uns machen, kommen die Männer in den weißen Kitteln.

Und wenn sie in Memphis ein hässliches Pferd reiten zahlen sie bis zu 300 Dollar Strafe. Wer entscheidet, ob das Tier hässlich ist?

In Nevada dürfen sie mit keinem Kamel auf die Autobahn. Bei uns dürfen sie das doch auch nicht.

Wenn sie in Oregon öffentlich jonglieren wollen, brauchen sie einen staatlich geprüfte Jonglierlizenz, sonst ist es illegal.

In Nord Dakota dürfen sie nicht mit ihren Schuhen einschlafen. Wer kontrolliert das? Der Sheriff?

In Oklahoma ist es verboten, Hunden eine Grimasse zu ziehen. Dahinter stecken bestimmt Tierschützer.

In Illinois dürfen nur Polizisten Steinschleudern tragen. Bei Schusswaffen ist man großzügiger.

In Tennessee dürfen sie keine Fische mit dem Lasso fangen. Das ist streng verboten. Hat das überhaupt schon mal einer versucht?

In Texas dürfen am Sonntag kein Limburger Käse, Gänseleber oder Roggenbrot verkauft werden.

Das mit dem Käse verstehe ich noch, aber Roggenbrot?

In Indiana ist es gesetzlich verboten, Affen das Rauchen beizubringen.

In Maryland dürfen sie keinen Löwen mit ins Kino nehmen. Schade eigentlich?

Wenn man in Virginia ein Bad nehmen will, ist man gesetzlich verpflichtet, eine ärztliche Erlaubnis einzuholen.

In Alabama darf man keinen falschen Bart tragen, da er die Kirchenbesucher zum Lachen verleiten könnte.

In Memphis dürfen Frauen nach dem Gesetz nur Auto fahren, wenn ein Mann vor dem Auto herläuft und zur Warnung von Fußgängern und anderen Autofahreren eine rote Fahne schwenkt. Endlich ein Gesetz, das Sinn macht.

In Kentucky müssen Kriminelle mindestens 24 Stunden vor der Tat das Opfer mündlich oder schriftlich über das geplante Verbrechen informieren (Ich schlag dich morgen Krankenhaus). Keiner hält sich daran.

Wer innerhalb der Stadtgrenzen von Chico in Kalifornien einen Nuklearsprengkörper zur Detonation bringt, kann mit einer Geldstrafe bis zu 500 Dollar rechnen.

In Topsail Beach in North Carolina gibt es eine Verordnung, die es Hurricanes verbietet, die Stadtgrenzen zu überqueren. Für Tornados gilt dieses Verbot wohl nicht.

Wenn man in Lefors in Texas im Stehen mehr als drei Schluck Bier zu sich nimmt, verstößt man gegen das Gesetz.

In Zion in Illinois darf man einem Hund, einer Katze oder einem anderen Haustier keine entzündete Zigarette anbieten.

In Lang in Kansas ist es illegal, im August auf einem Muli auf der Hauptstraße zu reiten, es sei denn das Muli trägt einen Strohhut.

In Massachusetts ist Schnarchen nur erlaubt, wenn zuvor alle Fenster geschlossen und verriegelt sind.

In Blyte darf nur der in der Öffentlichkeit Cowboystiefel tragen, der mindestens zwei Rinder besitzt.

In Alaska ist es verboten, einen schlafenden Bären zu wecken, um ein Foto von ihm zu machen. Was meint der Bär dazu?

In Florida ist es verboten, unter Wasser zu pfeifen.

In San Francisco dürfen sie ihr Auto nicht mit alten Unterhosen polieren. Streng verboten.

In Los Angeles darf man nicht zwei Babys gleichzeitig in derselben Wanne baden.

In St. Louis darf die Feuerwehr Frauen nur dann aus brennenden Häusern retten, wenn sie vollständig bekleidet sind.

In Alabama dürfen Männer nur dann ihre Frauen mit einem Stock verprügeln, wenn der Durchmesser des Stocks nicht größer ist, als der Daumen des Mannes.

Wenn sie in Little Rock in Arkansas öffentlich flirten können sie 30 Tage ins Gefängnis kommen.

In Florida dürfen ledige, geschiedene oder verwitwete Frauen an Sonn- und Feiertagen nicht Fallschirm springen.

In Brooklyn in New York dürfen Esel nicht in Badewannen schlafen. Gemeint sind natürlich die Vierbeinigen.

In Oxford Ohio dürfen sich Frauen vor Bildern, die Männer zeigen, nicht ausziehen.

In Kirkland in Illinois ist es Bienen und Wespen verboten, über den Ort oder durch die Straßen zu fliegen.

In Connecticut dürfen Radler von der Polizei gestoppt werden, wenn sie schneller als 65 Meilen pro Stunde radeln. Das sind 104 Kilometer pro Stunde.

In Eureka in Kalifornien dürfen Männer mit einem Schnurrbart keine Frau küssen.

In Devon in Connecticut ist es verboten, nach Sonnenuntergang rückwärts zu laufen.

In Cresskill in New Jersey müssen Katzen drei Glocken tragen, damit die Vögel gewarnt sind.

In Colorado ist es verboten, dem Nachbarn den Staubsauger auszuleihen. Gilt das auch für den Rasenmäher?

Wenn sie das alles beachten, steht einer Reise in die USA nichts mehr im Wege.

Aber auch in anderen Ländern gibt es verrückte Gesetze.

Im Libanon ist es erlaubt Sex mit Tieren zu haben. Die Tiere müssen aber weiblich sein. Sex mit männlichen Tieren wird mit dem Tod bestraft. Ja, das macht Sinn.

In Bahrain darf ein Arzt die Genitalien einer Frau zwar untersuchen, aber es ist verboten sie direkt anzusehen. Er darf sie nur über einen Spiegel betrachten.

Wenn man in Indonesien beim Masturbieren erwischt wird, droht die Enthauptung. Das ist ja schlimmer, als blind werden.

In Guam ist es Frauen streng verboten, als Jungfrau zu heiraten. Deshalb gibt es Männer, die durchs Land fahren und gegen Bezahlung Jungrauen deflorieren.

In Hongkong darf eine betrogene Ehefrau ihren untreuen Ehemann töten, aber nur mit bloßen Händen. Die Geliebte des untreuen Ehemannes darf sie jedoch in jeder Art und Weise töten. Das ist Gerechtigkeit.

Wenn man das alles beachtet, geht es in Deutschland doch noch normal zu. Hier ist alles erlaubt, was nicht verboten ist.

Glücksbringer

Wir alle kennen sie, die Glücksbringer. Das Hufeisen, der Glücksklee, der Glückspfennig, Der Kaminfeger, der Fliegenpilz, das Schwein, der Marienkäfer, Hasenpfoten, Regenbogen, Glückszahlen. Aber warum bringen diese Dinge uns Glück?

Das Hufeisen ist der bekannteste Glücksbringer auf der Welt. Es muss sieben Löcher haben und gebraucht sein. Das Material (Eisen) gilt von alters her als Zauber abwehrend. Das Hufeisen sollte mit der Öffnung nach oben an die Haustür genagelt werden, weil es dann der Mondsichel oder einem geöffneten Geldsack gleicht.

Der Glücksklee ist natürlich ein Kleeblatt mit vier Blättern. Es ist wichtig, dass man das Blatt selbst findet - und zwar zufällig. Durch seine Kreuzform wurde der Klee zum Glücksbringer. Schließlich gilt das Kreuz als stärkste Abwehr gegen das Böse. Es gibt auch Klee mit 5 Blättern. Der bringt aber Unglück.

Der Glückspfennig sollte nagelneu und blank poliert sein. Er steht als Teil des Ganzen und soll weitere Geldstücke anziehen.

Beim Schornsteinfeger, dem schwarzen Mann, liegen Glück und Unglück nahe beieinander. Durch seine schwarze Kleidung und rußige Haut galt er als Kinderschreck und Unglücksbote. Früher glaubte man im Rauch des Kamins verbergen sich Dämonen. Der Schornsteinfeger jedoch konnte diese Geister bannen.

Der Fliegenpilz hat berauschende Wirkung. Sein Genuss ruft Halluzinationen hervor. Die Wirkung ist ähnlich dem LSD. Die rote Farbe des Hutes gilt als Hexen abwehrend.

Schwein gehabt heißt es, wenn jemand Glück hatte. Seit Jahrtausenden ist es das wichtigste Nutztier nördlich der Alpen. Alles vom Schwein galt als heilend.

Der Marienkäfer gilt als Glücksbote und schützt wegen seiner roten Farbe vor Dämonen. Wichtig sind auch seine sieben Punkte. Sieben ist einen magische Zahl.

Einen Regenbogen zu sehen bringt Glück. Seit Jahrhunderten suchten Glücksritter unter den beiden Enden des Regenbogens nach verborgenen Schätzen. Aber nicht für alle ist er der Glücksbringer. In Teilen Asiens darf man nicht mit dem Finger auf den Regenbogen zeigen. Sonst fault er ab oder wird wurmig.

Wer eine Sternschnuppe sieht, darf sich etwas wünschen. Dieser Wunsch geht in Erfüllung, wenn man nicht darüber spricht. Allerdings hieß es auch früher, wo eine Sternschnuppe hinfällt, stirbt ein Mensch.

Hasenpfoten sollen Glück bringen. Seit alters her gilt der Hase als Hexentier. Besitzt man jedoch solch eine Pfote hat sie dem Hasen kein Glück gebracht.

Auch die Sonne ist ein Glückszeichen. An alten Haustüren findet man noch geschnitzte Sonnen. Die Sonne ist das Symbol für Lebensfreude, Kraft, Fruchtbarkeit, Fröhlichkeit, Wärme und Licht. Dämonen werden mit der Nacht in Verbindung gebracht.

Hört man im Frühling zum ersten Mal einen Kuckuck rufen, muss man Geld in der Tasche haben. Dann hat man das ganze Jahr keine Geldsorgen mehr.

Münzen in den Brunnen werfen soll Glück und Wohlstand bringen. Der bekannteste Brunnen ist der Fontana dei Trevi in Rom. Hier finden sich Münzen aus aller Welt. Der Brauch geht zurück auf frühere Zeiten, wo die Menschen noch an Wassergeister glaubten und sie mit einer Opfermünze befriedeten. Besonders die Müller brachten früher Opfergaben für die Wasserwesen, da sie glaubten, die Wesen hausen im Mühlbach.

Wenn man den Neumond in den Geldbeutel scheinen lässt, soll er sich reichlich füllen. Mit der Zunahme des Mondes nimmt auch das Geld zu.

Sicher gibt es noch mehr Glücksbringer, aber die meisten habe ich hier beschrieben. In der nächsten

Geschichte lesen sie, was Unglück bringt und warum.

Unglücksboten

Die bekanntesten Unglücksboten sind die schwarze Katze, der Ruf des Käuzchens, der zerbrochene Spiegel und Freitag der 13.

Die schwarze Katze von links ist der bekannteste Unglücksbringer. Seit dem Mittelalter gelten die Katzen als häufigste Erscheinungsform von Hexen. Wer eine schwarze Katze sieht, sollte ihr ausweichen und dreimal ausspucken.

Der Ruf eines Käuzchens soll Unheil ankündigen. Früher hieß es: wenn der Waldkauz schreit, stirbt jemand in der Nachbarschaft. In der Antike hieß es, Käuzchen seien Botschafter der Hexen. Das Käuzchen weiß frühzeitig, wer sterben muss. Und das verkündet er durch seinen schaurigen Schrei.

Fällt ein Bild von der Wand, kündet es Unheil an, das einen nahe stehenden Menschen betrifft. Der Aberglaube wurzelt in der Überzeugung, das Abbild eines Menschen beinhalte einen Teil seiner Seele.

Wenn ein Spiegel zerbricht, hat man sieben Jahre Unglück. Dieser Aberglaube kommt aus einer Zeit, in der ein Spiegel wertvoll war und jeder Haushalt nur einen besaß. Spiegel wurden auch für Zauberei eingesetzt. So hielt man einen Spiegel ins Gewitter, damit die bösen Wetterdämonen am eigenen Anblick erschrecken. Wenn so ein mächtiges Instrument zerbrach, konnte das nur Unglück bedeuten.

Wenn man durch ein Versehen Salz verschüttet, bringt das Unglück. Auch dieser Aberglaube stammt aus einer Zeit, in der Salz etwas sehr Wertvolles war.

CMB, die Dreikönigsformel wird heute noch an die Haustüren geschrieben. Am 6. Januar ziehen die Sternsinger von Haus zu Haus und sammeln Geld für gute Zwecke. Dann schreiben sie mit Kreide die Segensformel CMB zusammen mit Kreuz und Jahreszahl auf die Haustür. Die drei Buchstaben stehen für Caspar, Melchior und Balthasar.

Drei mal auf Holz klopfen soll gegen bösen Zauber schützen. Das Holz ersetzt in diesem Fall den Hausbaum, in dem die guten Geister wohnen. Durch das Anklopfen bittet man sie um Hilfe und Beistand. Außerdem würden durch das Klopfen und den Lärm böse Geister vertrieben.

Über Freitag den 13. habe ich schon ausführlich geschrieben.

Die besonderen Zahlen. Drei ist die vollkommene Zahl. So sagt man zum Beispiel auch toi, toi, toi, oder man macht drei Kreuze. Die Drei zieht sich durch die Religionsgeschichte. Gottvater, Sohn und Heiliger Geist. Die Heiligen Drei Könige. Jesus, der drei Tage im Grab lag. Magische Dreiecke gibt es zur Abwehr von Hexen und Dämonen. Drei ist auch die Zahl der natürlichen Ordnung. Alles hat einen Anfang, eine Mitte und ein Ende.

Die Fünf dient zur Abwehr des Bösen. Die Fünf ist die Zahl der Liebe, die Summe der männlichen Drei und weiblichen Zwei. Das Pentagramm, das schon früher zum Schutz gegen Geister verwendet wurde, hat fünf Eckpunkte.

Sieben ist die heilige Zahl des alten Babylon. Die Babylonier führten den Kalender nach dem Mondjahr ein, der immer nach sieben Tagen in eine neue Phase tritt. Deshalb erklärten sie den 7., 14., 21. und 28. Tag eines jeden Monats zu Unglückstagen, an denen nicht gearbeitet werden durfte. Die Juden übernahmen den siebten Tag als heiligen Tag, an dem Gott geruht hatte. Und schon wurde der Unglückstag zu einem positiven Tag.

Die Neun ist die magische Potenz der heiligen Drei und gilt als perfekte Zahl. Beim Kegeln werfen wir gerne Alle Neune. Der Spruch Ach du grüne Neune erinnert an die neun Kräuter für magische Räucherungen, die man am Johannistag sammeln soll, damit sie besonders wirksam sind.

Die Zölf ist eine Glückszahl. Es gibt 12 Monate, 12 Tierkreiszeichen, 12 Apostel, 12 Geschworene.

Die Unglückszahlen sind die 13 und die 17. Ich war mal in Sizilien im Urlaub. Im Hotel gab es keine Zimmer mit der Nummer 13 und 17.

Ich drück dir die Daumen. Der Daumen ist der dickste und kräftigste Finger. Man glaubt, dass in ihm übernatürliche Kräfte wohnen. Wenn man jemandem Glück wünscht, hält man mit den übrigen Fingern den Daumen fest, damit die Dämonen nicht dazwischen pfuschen können.

Mit dem falschen Fuß aufstehen. Es gilt als schlechtes Omen, wer mit dem linken Fuß zuerst aus dem Bett steigt. Dieser Glauben kommt aus der Antike. Die linke Seite, der linke Fuß, die linke Hand gelten als schlecht. Die rechte Seite immer als gut. Die meisten Menschen sind Rechtshänder. Früher gab es den Glauben, Linkshänder seien entweder Geisteskrank oder kriminell. Lassen wir jemanden links liegen, bedeutet das, wir beachten ihn nicht.

Hals und Beinbruch. Eigentlich wünscht man damit jemandem alles Gute. Man sagt also genau das Gegenteil von dem, was man meint. Damit verwirrt und täuscht man die bösen Geister.

Keinen Schirm in der Wohnung aufspannen. Das bringt Unglück, Zank und Streit. Für diesen Aberglauben ist die Spitze des Schirmes entscheidend. Spitze Gegenstände wie Nadeln oder Messer dienten häufig als Abwehr gegen Dämonen und Hexen.

Beim Gähnen die Hand vor den Mund halten. Auch dies hat seinen Ursprung im Mittelalter. Früher glaubte man, dass jede Körperöffnung von lauernden Dämonen genutzt würde, um in den Körper zu fahren. Man glaubte, dass der Betroffene dann besessen oder geisteskrank würde.

Nun kennen wir auch die Bedeutung, all dieser Dinge - und können uns in Zukunft richtig schützen.

Die spinnen, die Ami's

Im Land der unbegrenzten Möglichkeiten passieren Dinge, die uns verrückt oder irrsinnig erscheinen. Urteilen sie selbst.

Das schaffen nur die Ami's. Im US-Bundesstaat Ohio wurde das Belgische Bier *Manneken Pis* von der *Liquor Control Agency* aus den Regalen verbannt. Die Behörde fand den auf dem Etikett abgebildeten pissenden Jungen als zu anstößig.

Das schaffen nur die Ami's. Manche fragen, wie die Löcher in den Käse kommen. Nicht aber die Ami's. Die wollen die Löcher wieder aus dem Käse herausbekommen, verlangte das US-Landwirtschaftsministerium. In Zukunft wollen diese nur noch Käse zulassen, dessen Löcher nicht mehr als 14mm Durchmesser haben. Der Emmentaler mit seinen bis zu 4cm großen Löchern soll ganz verboten werden. Begründung: *die Verpackung ist zu aufwendig und der Käse bricht zu leicht auseinander.*

Das schaffen nur die Ami's. In Fargo, einer Stadt in North Dakota, wurde einem Blinden die Erlaubnis ausgestellt, eine Schusswaffe tragen zu dürfen. Der Mann hatte der Behörde glaubhaft dargestellt, eine Waffe besitzen zu müssen, da für Blinde die Wahrscheinlichkeit, Opfer eines Verbrechens zu werden, größer ist, als für Sehende.

Das schaffen nur die Ami's. In Louisville, im Bundesstaat Kentucky war die Polizei besonders fleißig. Eine 14-jährige Schülerin wurde vor den Augen ihrer Mitschüler von der Polizei zum Verhör abgeführt. Die Schülerin hatte sechs Jahre zuvor aus einem Geschäft einen Schokoriegel im Wert von 59

Cent gemopst. Zu dieser Glanzleistung kam es, weil die Polizei der Stadt aufgeschobene Fälle aufarbeitete.

Das schaffen nur die Ami's. Noch härter traf es eine 12-jährige in Washington, die von Polizeibeamten in der U-Bahn verhaftet wurde. Sie musste ihre Schultasche ablegen und wurde dann nach Waffen, Drogen und Alkohol durchsucht. Dann legten sie der Minderjährigen Handschellen an und brachten sie zur Wache, wo eine Akte angelegt wurde und ihr Fingerabdrücke abgenommen wurden. Dort musste sie auch bleiben, bis ihre Eltern sie abholten. Was war ihr Verbrechen? Sie hatte in der U-Bahn eine Portion Pommes gegessen, was in öffentlichen Verkehrsmitteln strengstens verboten ist. In dem Distrikt Columbia ist es vorgeschrieben, dass Jugendliche, die bei einer Straftat erwischt werden, in Verwahrung genommen werden müssen. Dabei werden für gewöhnlich immer Handschellen angelegt. Als Strafe musste das Mädchen nun etliche Sozialstunden leisten.

Das schaffen nur die Ami's. In Oklahoma sollte der deutsche Film Die Blechtrommel aufgeführt werden. Wegen einer Sexszene des minderjährigen Hauptdarstellers wurde der Film als anstößig und obszön eingestuft. Darauf führten Polizisten auf Anordnung eines Richters Razzien in Videoverleihgeschäften und Wohnungen durch und begschlagnahmten jede Kopie des Klassikers.

Das schaffen nur die Ami's. Zwei Monate nach den Anschlägen auf das World Trade Center wurde in Virginia eine Deutsche zu einer zweijährigen Haftstrafe auf Bewährung verurteilt. Während ihrer Einreise wurde ihr Koffer durchsucht. Dabei hatte sie scherzhaft gemeint, die Bombe sei in ihrem anderen Koffer. Daraufhin wurde sie verhaftet.

Das schaffen nur die Ami's. Während man sich in Deutschland über das Zwangspfand auf Dosen und Einwegflaschen aufregt, ist man im US-Bundesstaat schon einen Schritt weiter. Hier plant man ein Pfand auf Zigarettenstummel einzuführen, um die Verschmutzung von Parkplätzen und Gehwegen zu beenden. Pro Kippe soll der Käufer 10 Cent berappen, die er bei Rückgabe der Stummel zurückerhält. Eigentlich eine gute Idee, die wir auch übernehmen könnten. Wir übernehmen doch sonst jeden Schwachsinn von den Ami's.

Das schaffen nur die Ami's. In Oklahoma ist vor einiger Zeit ein Esel von einer Farm ausgebüxt und spazierte gemütlich durch die Stadt Norman. Für die Polizisten war es eine Herkules-Aufgabe, den Esel wieder einzufangen. Wenn ein Esel nicht will, reichen auch 10 Männer nicht aus, um ihn zu fangen. Esel sind die stursten Tiere. Die Polizisten waren aber clever und lockten den Esel mit ein paar Süßigkeiten auf die Rückbank ihres Polizeiwagens. Dann schlossen sie die Tür und fuhren mit dem Esel hinten im Wagen, wo sonst nur Kriminelle sitzen, zur Farm, wo er entflohen war. Der Esel sprang sogar freiwillig aus dem Polizeiauto, hinterließ aber auf der Rückbank einen großen duftenden Haufen. Die Süßigkeiten hatten ihm wohl geschmeckt.

Das schaffen nur die Ami's. Jede Stadt hat ihre Sehenswürdigkeiten. Nun gibt es auch in Seattle eine Touristenattraktion. Besucher eines Theaters hatten vor vielen Jahren damit begonnen, eine Hauswand mit ihren Kaugummis zu verzieren. Von Jahr zu Jahr wurden es immer mehr. Inzwischen steht man vor einer Kaugzummiwand. Die vielen Touristen, die Seattle besuchen hinterlasen natürlich auch ihre Kaugummis. Inzwischen sind sogar benachbarte Wände beklebt. Irgendwann besteht ganz Seattle nur noch aus Kaugummi.

Das schaffen nur die Ami's. In der berühmten Militär-Akademie West Point war es Tradition, dass die neuen Kadetten ihr erstes Jahr mit einer Kissenschlacht feierten. Bisher war das ein harmloser Spaß. Doch nun kam der Killerinstinkt bei einigen Soldaten durch. Nach der letzten Kissenschlacht blieben 24 Verletzte mit Gehirnerschütterungen und gebrochenen Nasen zurück. Einige Kadetten hatten Helme und andere harte Gegenstände in den Kissen versteckt. Nun wurde das Spektakel kurzerhand verboten. Die Kadetten müssen sich nun ein anderes Ritual ausdenken, zuvor müssen sie sich aber mit den auferlegten Disziplinarmaßnahmen beschäftigen.

Das ging daneben I

In den Werbeabteilungen der großen Konzerne sind Spezialisten beschäftigt, die sich ständig neue Namen und Slogans ausdenken müssen. Dabei kommt es aber manchmal zu kuriosen Ergebnissen.

Der McDonalds-Konzern erlitt mit einer Werbekampagne in Japan Schiffbruch. Grund dafür war das Maskottchen des Konzerns, der Clown Ronnie-McDonald, der mit seinem weiß geschminkten Gesicht auftrat. In Japan ist das weiß geschminkte Gesicht ein Synonym für den Tod.

Coca-Cola brachte in Spanien die 2-Liter-Flasche auf den Markt. Keiner hatte aber bedacht, dass die Spanier nur kleine Kühlschränke haben, in denen die Flaschen nicht hineinpassen. Und lauwarm will niemand das Zuckerwasser trinken.

Die Firma Electrolux ließ einen Anzeigentext vom schwedischen ins englische übersetzen und in einer koreanischen Zeitung abdrucken. Wenn man den Text nun ins Deutsche übersetzt lautet er: *nichts saugt so hundmiserabel, wie ein Elektrolux-Staubsauger.*

Der US-Konzern General Food wollte in Japan Kuchenbackmischungen verkaufen und erlitt Verluste in Millionenhöhe. Japanische Küchen sind sehr klein und nur 3 % der japanischen Haushalte besitzen überhaupt einen Backofen.

So schnell gab der Konzern aber nicht auf. Er wolte nun die Japaner dazu bringen, den Kuchen in ihren Reiskochern zu backen. Was auch technisch durchaus möglich war. Wieder hat man sich getäuscht. Die Japaner benutzen ihre Reiskocher hauptsächlich dazu, um den ganzen Tag Reis warm zu halten, damit sie jederzeit davon essen können. Damit war auch der Reiskocher zum Kuchenbacken nicht verfügbar.

Auch der Philips-Konzern machte seine Erfahrungen mit den japanischen Miniaturküchen. Er konnte seine Kaffeemaschinen erst verkaufen, nachdem, er sie an die japanischen Küchen angepasst hatte. Mit den Philips-Rasierern verhielt es sich ebenso. Diese waren einfach zu groß für die zierlichen japanischen Hände und mussten verkleinert werden.

Der Suppenkonzern Campbell machte seine Erfahrungen bei der Einführung seines Suppenkonzentrates in England. Das brachte dem Konzern Verluste von 30 Millionen US-Dollar ein. Was war passiert? Niemand klärte die Engländer darüber auf, dass es sich um ein Konzentrat handelt, zu dem man Wasser hinzufügen müsse. Deshalb hielten die Briten die kleinen Dosen mit Suppe einfach für zu teuer.

Auch ein großer amerikanischer Waschmittelkonzern produzierte einenn riesigen Flop. In der arabischen Welt wurde eine Anzeige geschaltet, die links einen Berg Schmutzwäsche, in der Mitte das Waschmittel und rechts saubere Wäsche zeigte. Keiner hatte aber daran gedacht, dass Araber von rechts nach links lesen.

Ein bekannter Parfümkonzern hatte in seinem Programm Irish Mist. Der Name war für den deutschen Markt nicht geeignet. Bei uns kennt man es nun unter dem Namen Irish Moos.

Chevrolet brachte ein Modell mit dem Namen Nova auf den Markt, hatte aber in Spanien damit keinen Erfolg. Der Name klingt in Spanien wie no va und bedeutet: *es läuft nicht, funktioniert nicht*.

Auch der Automobilhersteller American Motor Corporation hatte bei der Markteinführung seines Modells Matador in Spanien Pech. Im spanischen bedeutet Matador soviel wie Mörder.

Warum sollte es FORD besser gehen. Als sie den Lastwagen Fiera nach Spanien exportierten erlebten sie eine Überraschung. Das Wort Fiera heißt übersetzt: *hässliche alte Frau.*

Mit seinem Modell Pinto erlebte FORD sogar einen fürchterlichen Flop auf dem brasilianischen Markt. Als das Modell in den Markt eingeführt wurde, hatte man den Namen nicht vorher überprüft. Pinto bedeutet in der brasilianischen Landessprache: *kleiner Pimmel.* FORD ändert sofort den Namen in Corcel ab, was Pferd bedeutet.

Ähnliches passierte dem Mitsubishi-Konzern mit seinem Modell Pajero. Die Konzernchefs wunderten sich, dass sich das Modell in Spanien und spanisch sprechenden Ländern so gut wie nicht verkaufen ließ. Bis einer auf die Idee kam, das Wort zu übersetzen. In Spanien heit es: *Wichser.* Nun läuft das Modell unter dem Namen Montera.

Der zweitgrößte japanische Reiseveranstalter, Kinki Nippon Tourist Company drängte in den englischsprachigen Markt. Nach einigen Tagen wunderten sich die Manager über die hohe Nachfrage nach außergewöhnlichen Sex-Reisen. Dann stellten sie fest, dass ihr Firmennamen übersetzt: *Reiseagentur für perverse Japantouristen* bedeutet und änderten ihn schnell.

Der japanische Autokonzern, der den Sportwagen MR2 herstellte, musste für den französischen Markt den Namen des Autos ändern. MR2 klingt wie *merde,* was im Deutschen Scheiße bedeutet.

Aber nicht nur Autos, auch Zahnpasta erwischte es. Der Colgate-Konzern führte in Frankreich eine Zahnpasta mit dem Namen *Cue* ein. Was man aber nicht wusste: Cue ist der Name eines in Frankreich sehr bekannten Pornomagazins.

Kuriose Gesetze in den USA Teil 1

Die nachstehenden Gesetze sind zum Teil noch aus dem letzten Jahrhundert und wurden nie geändert oder gestrichen. Besonders in der Sexualität sind die Ami's verklemmt, wie kein anderes Volk.

In New York City ist es Männern verboten, Frauen hinterherzuschauen. Wer gegen dieses Gesetz verstößt, wird gezwungen, Scheuklappen für Pferde zu tragen, wann immer er auch spazieren geht. Dazu muss er auch noch 25 Dollar Strafe zahlen. Wie würde das bei uns wohl aussehen.

In dem Städtchen Brainerd in Minnesota wird von allen Männern gesetzlich verlangt, sich einen Bart wachsen zu lassen.

Im US-Staat Alabama ist es gesetzlich verboten, in Anwesenheit von Frauen auf den Boden zu spucken. Das könnten wir bei uns auch anwenden.

In Tombstone, Arizona ist es Männern wie Frauen über 18 Jahren gesetzlich untersagt, ihren Mund zu einem Lächeln zu öffnen, wenn dabei mehr als ein fehlender Zahn sichtbar wird.

In Arkansas darf ein Mann nach dem Gesetz seine Frau schlagen, allerdings nur einmal im Monat.

Wenn eine Frau in Florida unter einer Trockenhaube einschläft, kann sie eine Geldstrafe bekommen. Es kann aber auch den Friseur treffen.

In Los Angeles darf jeder Mann seine Frau mit einem Lederriemen schlagen, wenn der Riemen nicht breiter als zwei Inches ist. Benutzt er einen breiteren Riemen muss er vorher seine Frau um Erlaubnis fragen.

In Cleveland, Ohio dürfen Frauen keine Lackschuhe tragen, da Männer in der Spiegelung etwas sehen könnten, was sie nicht sehen sollten.

In Oklahoma dürfen Frauen an ihrem eigenen Haar keine Veränderungen vornehmen, es sei denn, sie haben eine Lizenz des Staates.

In Pennsylvania gibt es sogar ein spezielles Reinigungsgesetz, das es Frauen verbietet, Dreck und Staub unter den Teppich zu kehren. Da lob ich mir doch die schwäbische Kehrwoche.

In New York ist es sogar Frauen gesetzlich verboten, auf der Straße zu rauchen.

In Guernee dürfen Frauen mit mehr als 200 Pfund Lebendgewicht, nicht in Shorts auf Pferden reiten. Das macht auch Sinn.

In Florida sind sie besonders prüde. Den Frauen ist es verboten 2/3 ihres Pos am Strand zu zeigen. Tun sie es trotzdem drohen 500 Dollar Strafe oder Gefängnis.

Wenn sich in Morrisville, Pennsylvania eine Frau schminken will, braucht sie eine behördliche Genehmigung.

In West Virginia dürfen Ärzte und Zahnärzte Frauen nur betäuben, wenn eine dritte Person anwesend ist.

In Mobile, Alabama ist es Frauen verboten, Schuhe mit hohen Absätzen (High Heels) zu tragen. Der Grund ist ganz einfach. Eine Frau, die mit ihrem Absatz in einem Gully hängen blieb verklagte die Stadt. Um sich vor weiteren Klagen zu schützen, wurde dieses Gesetz erlassen.

In Tucson, Arizona gibt es einen Verordnung die es Frauen verbietet, Unterhosen zu tragen.

In Clawson, Michigan gibt es ein Gesetz, welches Bauern erlaubt, mit ihren Schweinen, Kühen, Pferden, Ziegen oder Hühnern sexuell zu verkehren. Dort muss es sehr einsam sein.

In Florida ist es sogar ein Verbrechen, nackt zu duschen.

Und in Minnesota ist es sogar verboten, nackt zu schlafen.

In Indiana kann jeder Autofahrer über 18 wegen Vergewaltigung Minderjähriger festgenommen werden, wenn seine Beifahrerin unter 17 ist und keine Socken und Schuhe trägt. Was für ein Irrsinn.

In West Virginia ist es Männern erlaubt, Sex mit Tieren zu haben, wenn die Tiere nicht mehr als 40 Pfund wiegen. Da sind sie in Michigan aber besser dran.

In Glendale, Arizona ist es ungesetzlich, mit dem Auto rückwärts zu fahren.

In Cicero, Illinois dürfen sie sonntags auf öffentlichen Straßen nicht pfeifen.

Wer in Delaware in einem Flugzeug schnarcht, verstößt gegen ein Gesetz.

Überquert ein Fußgänger in Kansas nachts einen Highway, muss er ein Schlusslicht tragen.

In Minneapolis, Minnesota können Autofahrer, die in der zweiten Reihe parken, zu Zwangsarbeit verurteilt werden.

Und in Indiana ist es verboten, rückwärts in eine Parklücke zu fahren.

In West Virginia ist es sogar verboten, in einem Zug zu schlafen.

In Illinois schreibt ein Gesetz vor, dass die Polizei informiert werden muss, wenn ein Autofahrer mit seinem Fahrzeug in eine Stadt fahren will.

Kuriose Gesetze in den USA Teil 2

In Saratoga, Florida ist es verboten, in einem Badeanzug in der Öffentlichkeit zu singen.

In Kentucky darf man sogar im Badeanzug die Straßen der Ortschaften, ohne Polizeischutz, nicht betreten.

In Indiana gibt es eine Gesetz, das es verbietet, während der Wintermonate ein Bad zu nehmen.

In Topeka, Kansas dürfen sogar keine Badewannen installiert werden.

In Florida ist es auch verboten, in einem Badezimmer die Kleider abzulegen.

In Kentucky dagegen, muss mindestens einmal im Jahr gebadet werden.

In Boston, Massachusets ist es nicht erlaubt, am Sonntag ein Bad zu nehmen.

In Cheyenne, Wyoming dagegen darf man an einem Mittwoch nicht duschen.

In Kalifornien sind Badeanstalten gesetzlich verboten. Davon sind alle Arten von Bädern betroffen. Mineralbäder, Whirlpools, Saunen, Dampfbäder, öffentliche Bäder, Schlammbäder und Schwimmbäder. Dieses Gesetz wurde während der ersten AIDS-Hysterie Anfang der 80er Jahre verabschiedet. Man glaubte, dadurch könnte die Krankheit eingedämmt werden.

Wer in Boston öfter als zweimal im Monat badet, macht sich strafbar.

In Vermont aber wird vorgeschrieben, mindestens ein Bad pro Woche zu nehmen, allerdings immer Samstag nachts.

In Pennsylvania ist es verboten, in der Badewanne zu singen.

In Waterville, Maine darf man sich sogar öffentlich nicht laut die Nase putzen.

Wenn man in Louisiana jemanden mit seinen natürliche Zähnen beißt, ist dies lediglich ein einfaches Vergehen. Ein Biß mit den dritten Zähnen dagegen gilt als schweres Vergehen.

In Mahove in Arizona muss jeder, der ein Stück Seife gestohlen hat, sich so lange damit waschen, bis die Seife vollkommen aufgebraucht ist.

Wenn man in Illinois nicht mindestens einen Dollar bei sich hat, kann man wegen Landstreicherei verhaftet werden.

In New York kann ein Selbstmörder, der vom Dach eines Gebäudes springt, zum Tode verurteilt werden.

In Geuda Springs in Kansas muss jeder Bürger eine Schusswaffe samt Munition im Haus haben. Wer keine Waffe hat zahlt 10 Dollar Strafe. Diese Verordnung wurde verabschiedet, weil es in Geuda Springs keine Polizeistation gibt.

In San Francisco wird der Bevölkerung durch eine Verordnung Sonnenschein garantiert.

Wer in Arizona einen Kaktus stutzt oder fällt kann bis zu 25 Jahre Haft bekommen. Da es ein beliebter Zeitvertreib war, auf die Kakteen zu schießen oder sie ganz abzuholzen, wurde das Gesetz erlassen. Damit sollte der Bestand der stark gefährdeten Sanguaro-Kakteen gesichert werden.

In Kansas darf man an einem Sonntag keine Schlangen essen.

In Massachusets ist es verboten, Muschelsuppe mit Tomaten zu verfeinern.

In Kansas gilt jeder Mann und jede Frau so lange als nüchtern, bis er oder sie nicht mehr aufrecht stehen kann.

In Washington sind alle Dauerlutscher verboten. Was wohl Kojak dazu sagt?

In St. Louis, Missouri ist es verboten, in den Straßen auf dem Bordstein zu sitzen und Bier aus einem Eimer zu trinken. Dieser Brauch stammt noch von den italienischen Einwanderern, die an einem bestimmten Tag (Hill Day) Bier aus Eimern tranken.

In North Dakota dürfen Bier und Brezeln nicht zur selben Zeit im Restaurant serviert werden.

In Tulsa, Oklahoma darf eine Flasche mit Mineralwasser nur unter Aufsicht eines staatlich geprüften Ingenieurs geöffnet werden.

In Nebraska dürfen Barbesitzer nur dann Bier ausschenken, wenn sie gleichzeitig einen Topf Suppe kochen.

In Waterlooo, Nebraska dürfen Friseure zwischen 7 Uhr und 19 Uhr keine Zwiebeln essen. Das macht Sinn.

In Carmel, Kalifornien ist es sogar verboten, auf öffentlichen Bürgersteigen Eiscreme zu essen. Dieses Gesetz wurde zu Amtszeiten des Bürgermeisters Clint Eastwood wieder aufgehoben.

In Idaho ist es verboten, auf einem Kamel sitzend zu angeln.

In Alabama ist es verboten, an einem Sonntag Domino zu spielen.

Wird in Florida ein Elefant an einer Parkuhr festgebunden, ist die normale Gebühr für PKW's fällig.

In Cleveland dürfen sie eine Maus nur mit einer gültigen Jagderlaubnis fangen.

Auch in Kalifornien darf nur eine Mausefalle aufstellen, wer eine gültige Jagderlaubnis hat.

In Los Angeles, Kalifornien ist es verboten, an Kröten zu lecken. Dieses Gesetz wurde erlassen, weil eine heimische Krötenart ein Sekret absondert, das eine ähnlich berauschende Wirkung hat, wie Heroin.

In Wyoming darf man im Juni keinen Hasen fotografieren.

Kuriose Gesetze in den USA Teil 3

In Fairfax, Virginia trat ein Gesetz in Kraft, welches Hausbewohnern verbietet, in anderen Räumen ausser dem Schlafzimmer zu schlafen. Grund waren die hohen Mieten im Großraum Washington. Weil viele kein eigenes Haus finden konnten, kamen sie bei Freunden oder Bekannten unter.

In Ashville, North Carolina ist es verboten, auf der Straße zu niesen.

Ein Gesetz des Staates New Hampshire verbietet es, in einem Cafe, einer Kneipe oder einem Restaurant im Takte der Musik mit dem Kopf zu nicken oder mit den Füßen zu klopfen.

In Portsmouth, Ohio stellt ein Gesetz Baseballspieler auf die selbe Stufe wie Stadtstreicher, Diebe und andere zwielichtige Gestalten.

In Newport, Rhode Island darf nach Sonnenuntergang keine Pfeife mehr geraucht werden.

In Texas dürfen nach einer Verordnung nur Personen barfuß gehen, welche vorher eine besondere Erlaubnis für 5 Dollar gekauft haben.

Ein weiteres texanisches Gesetz verbietet den Besitz von Kombizangen.

In Nicholas County, West Virginia ist es Pfarrern gesetzlich untersagt, von der Kanzel aus Witze zu erzählen.

In Chicago dürfen Menschen, die so krank, verstümmelt oder deformiert sind, dass sie als unansehliche oder ekelerregende Objekte bezeichnet werden können, ihre Wohnung nicht verlassen. Ähnliche behindertenfeindliche Gesetze gibt es auch in anderen Städten der USA.

In Florida wird man bestraft, wenn man an einem Donnerstag nach 18 Uhr in aller Öffentlichkeit einen Furz entweichen lässt.

In Montgomery, Maryland kann seit 2001 der Zug an einer Zigarette in der eigenen Wohnung mit einer Strafe von 750 Dollar geahndet werden. Die Strafe wird fällig, wenn der Zigarettenrauch durch Türen, Fenster, Entlüftungsschlitze oder Wandritzen in die Nase des Nachbarn zieht.

In Nogales, Arizona ist es verboten, in der Öffentlichkeit Hosenträger zu tragen.

In Montgomery, Alabama ist es verboten, einen Regenschirm auf offener Straße aufzuspannen. Dieses Gesetz sollte ursprünglich verhindern, dass Pferde sich erschrecken und scheuen.

Wer in Alabama Salz auf Eisenbahnschienen streut erhält die Todesstrafe.

In Lee County dürfen nach Sonnenuntergang keine Erdnüsse verkauft werden.

In Tucson dürfen Frauen keine Hosen tragen.

In Little Rock dürfen Hunde nach 18 Uhr nicht mehr bellen.

Der einzige Gegenstand, welcher in einer Garage erlaubt ist, ist ein Auto. Und wohin mit dem ganzen Werkzeug?

In Los Angeles ist es verboten, im Zeugenstand zu heulen.

In San Diego dürfen hässliche Personen keinen Gehweg benutzen.

In Pensacola dürfen Einwohner sich nur in der Innenstadt aufhalten, wenn sie mindestens 10 Dollar bei sich haben.

In Marietta darf man aus einem Auto oder Bus heraus nicht ausspucken. Wohl aber aus einem LKW.

Wenn sie in Illinois andere heimlich belauschen, können sie aufgrund ihrer eigenen Aussage mit bis zu 3 Jahren Gefängnis bestraft werden.

Wenn man in Galesburg eine Ratte mit einem Baseball-Schläger erschlägt muss man 1000 Dollar Strafe zahlen.

In Indiana darf man zwischen Oktober und März nicht baden.

In Baltimore-Stadt darf man auf die Straße spucken, auf den Gehweg aber nicht.

In Detroit darf ein Schwein nur dann frei herumlaufen, wenn es einen Ring in der Nase hat. Dies soll verhindern, dass es im Boden nach Fressen sucht.

In Nebraska ist es innerhalb ihres Privatgrundstückes erlaubt, jemand aufzuhängen, wenn er ihren Hund erschossen hat.

In Texas wurde die gesamte Encyclopedia Britannica verboten, weil sie eine Formel enthält, die erklärt wie man zuhause Bier braut.

Wenn sie in Port Arthur einen Fahrstuhl benutzen, dürfen sie nicht stinken oder widerliche Gerüche abgeben.

In Seattle dürfen sie das Eigentum eines Anderen nur anzünden, wenn sie vorher eine Erlaubnis erhalten haben.

Alle Bewohner Hawaiis, die kein Boot besitzen, können mit einer Geldstrafe belegt werden.

In Xenia, Ohio ist es verboten, in eine Salatbar zu spucken.

In St. Louis, Missouri hat Furzen in der Küche lebenslängliche Freiheitsstrafe zur Folge.

In Winnetka, Illinois dürfen Theaterintendanten Besucher mit stinkenden Füßen aus dem Theater werfen.

Aber nun genug von den Amerikanern und ihren verrückten Gesetzen. In der nächsten Geschichte lesen sie, wie es im Rest der Welt zugeht.

Kuriose Gesetze aus der ganzen Welt

Nicht nur in den USA gibt es irre Gesetze, auch in Deutschland und der übrigen Welt gibt es kuriose Verordnungen.

Deutschland. Radfahren ist auf der Insel Helgoland nach der StVO (Straßenverkehrsordnung) verboten.

Deutschland. 1896 wurde gesetzlich festgelegt, dass ein Fußballfeld baumfrei sein muss.

Deutschland. In Deutschland ist es verboten, mit einer Pappnase, einem falschen Bart oder einem bemalten Gesicht an einer öffentlichen Veranstaltung teilzunehmen. Ein Verstoß gegen dieses Vermummungsverbot kann sie bis zu zwölf Monate ins Gefängnis bringen. Das gilt auch für den Fasching.

Uruguay. Ein Ehemann, welcher seine Ehefrau im Bett mit einem Liebhaber erwischt hat nach dem Gesetz zwei Möglichkeiten. Möglichkeit eins: Er darf den Liebhaber sowie seine Ehefrau umbringen. Möglichkeit zwei: er darf seiner Ehefrau die Nase abschneiden und den Liebhaber kastrieren.

Tasmanien. Ein altes tasmanisches Gesetz verlangt von Witwen, den abgeschnittenen Penis ihres Mannes an einer Kette um den Hals zu tragen.

Großbritannien. Britischen Taxifahrern ist es auf öffentlichen Straßen verboten, ihr Fahrzeug zu verlassen. Sollte ein natürliches Bedürfnis es jedoch erfordern, dürfen sie laut Gesetz gegen das Heck ihres Fahrzeuges strullern, dabei muss sich jedoch eine Hand auf dem Fahrzeug befinden.

London. Jeder Taxifahrer ist per Gesetz verpflichtet, im Heck seines Taxis einen Heuballen aufzubewahren. Als dieses Gesetz verabschiedet wurde, wurden die Londoner Droschken noch von Pferden gezogen. Das Gesetz hat heute noch Gültigkeit.

Großbritannien. Strafmandate wegen Falschparkens sind nur gültig, wenn der Parküberwacher bei der Ausstellung eine Uniformmütze trägt.

China. In der Stadt Kanton ist Fahrradfahren verboten, Autofahren dagegen erlaubt. Es gibt in Kanton nur wenige Autos, aber Millionen von Fahrrädern.

China. In China dürfen ertrinkende Menschen nicht gerettet werden, da man nicht in ihr Schicksal eingreifen darf.

China. In China sollten sie auf keinen Fall in der U-Bahn die Schuhe auf den Sitzpolstern ablegen. Im Extremfall drohen bis zu 9 Monate Gefängnis.

China. In China ist es gesetzlich vorgeschrieben, wer die Universität besucht muss intelligent sein.

China. In China sollten sie nicht mit gesenktem Kopf herumlaufen. Frauen könnten sonst denken, sie starren ihnen auf die nackten Füße. Es droht eine Gefängnisstrafe.

Hongkong. In Hongkong darf geschwätzigen Schülern der Mund mit Pflastern zugeklebt werden.

Peking. Fahrer von motorbetriebenen Fahrzeugen können bestraft werden, wenn sie an einem Fußgängerüberweg anhalten.

Uruguay. Ein Gesetz legalisiert Duelle, wenn beide Teilnehmer Blutspender sind.

Japan. Hier ist Sonnenschein gesetzlich garantiert. Deshalb durfte ein Hochhaus nicht gebaut werden, da der Schatten zu lang wäre.

Uzbekistan. In Uzbekistan ist Billard-Spielen gesetzlich verboten. Das Spiel wurde 2002 von den Behörden verboten, da es angeblich die Moral schwäche. Auch das nationale Billard-Team darf nicht mehr trainieren oder an Wettbewerben im Ausland teilnehmen.

Russland. Das Parlament verabschiedete 2000 ein Gesetz, welches Haustierbesitzern verbietet, ihre Lieblinge zu essen.

Ägypten. Im Altertum wurde ein Gesetz erlassen, das besagt, dass einem Arzt beide Hände abgehackt werden müssen, wenn ein Patient während einer Operation stirbt.

Irland. Wer im altertümlichen Irland einen Haselstrauch oder einen Apfelbaum fällte, wurde mit dem Tode bestraft. Beide Gewächse galten als heilig.

Frankreich. Die Gemeinde Le Lavandou an der Cote d'Azur hat im Jahr 2000 ihren Bewohnern kurzerhand das Sterben verboten. Grund für diese Anordnung war die Überfüllung des lokalen Friedhofs. Sterben darf nur noch, wer einen reservierten Platz auf dem Friedhof vorweisen kann.

Australien. In Victoria ist es nur staatlich lizensierten Elektrikern erlaubt, eine Glühbirne auszuwechseln.

Griechenland. Das Victory-Zeichen ist in Griechenland zwar nicht illegal, aber äußerst beleidigend. Hier bedeutet es nämlich: *Fahr zur Hölle.*

Schweiz. In der Schweiz ist man sehr um die Nachtruhe besorgt. Klospülungen nach 22 Uhr sind verboten.

Schweiz. Um den Touristen ein natürliches Alpenpanorama zu bieten, ist es am Sonntag verboten, Wäsche zum trocknen aufzuhängen.

Schweiz. Auch mit der Nacktheit hat man ein Problem. Im Kanton Appenzell werden für FKK-Alpinisten 130 Euro Strafe fällig.

Singapur. Kaugummikauer haben es in Singapur schwer. Für das Ausspucken auf der Straße hagelt es eine saftige Strafe. Auch das Wegwerfen von Müll wird geahndet. Wer seinen Unrat nicht ordnungsgemäß entsorgt wird mit öffentlicher Demütigung bestraft. Der Verbrecher muss auf der Straße fremden Müll aufsammeln und dazu eine Weste tragen mit der Aufschrift: *Ich habe Abfall auf die Straße geworfen.* Auf Graffiti reagieren die Ordnungshüter besonders streng. Dafür droht Gefängnis.

Singapur. In Singapur ist es verboten, in den Fahrstuhl zu pinkeln.

Italien. Männer dürfen in Italien keinen Rock tragen. Auch in Venedig ist nicht alles erlaubt. Tauben füttern, oben ohne herumsitzen oder zur Abkühlung in den Brunnen springen ist nicht gestattet. Die Carabinieri passen genau auf. Wird man erwischt sind Strafen bis zu 450 Euro möglich.

Italien. In der Öffentlichkeit ist fluchen generell verboten. Kein Italiener hält sich daran.

Kenia. In Kenia ist Viehdiebstahl ein absolutes Tabu. Klaut man ein Hühnchen bekommt man bis zu einem Jahr Freiheitsentzug. Bei einer Ziege gibt es zwei Jahre. Bei einer ausgewachsenen Kuh sogar bis zu sechs Jahre. Auch FKK-Baden kann in den Knast führen.

Indonesien. Drogenbesitz wird in Indonesien mit dem Tode bestraft. Reisenden, die mit Drogen erwischt werden, droht die Todesstrafe, egal woher sie kommen.

Indien. Kühe sind in Indien heilig. Auch in der Verfassung wird ihr Schutz garantiert. Wer also vorhat, in Indien eine Kuh zu schlachten, kann sich auf bis zu fünf Jahre Gefängnis einstellen.

Bhutan. In Bhutan nimmt man es mit dem Nichtrauchergesetz besonders genau. Wird man in der Öffentlichkeit beim qualmen erwischt, kostet das um die 170 Euro. Der Verkauf von Zigaretten wird noch härter bestraft. Darauf steht Gefängnis.

Israel. Das Anschauen von Sexfilmen in Hotels ist strafbar. Wer erwischt wird, kann bis zu drei Jahre im Gefängnis landen.

Australien. In Australien dürfen Kinder zwar Zigaretten nicht kaufen, aber sie dürfen sie rauchen.

Zum Schluss noch eine kuriose Geschichte aus South Bend. Im Jahr 1924 musste sich ein Affe vor Gericht verantworten, weil er eine Zigarette geraucht hatte. Er wurde zu einer Geldstrafe und zur Zahlung der Gerichtskosten verurteilt. Dar arme Affe.

Unglaubliche Geschichten Teil 1

Bei Fußball-Länderspielen werden in der Regel die Nationalhymnen beider Nationen gespielt. Als vor einigen Jahren die Mannschaften von Griechenland und China in Athen aufeinander trafen gab es ein Mißverständnis. Kurz vor dem Anpfiff ertönte Musik aus allen Lautsprechern des Stadions. Die Zuschauer standen auf und die griechischen Spieler nahmen Haltung an. Es galt der Hymne der chinesischen Gäste die Ehre zu erweisen. Auch die chinesischen Spieler standen stramm. Sie glaubten, was da dudelt sei die griechische Nationalhymne. Aber alle irrten sich. In die Musik hinein platzte plötzlich die Stimme einer freundlichen Dame und fordert zur Verwendung einer bestimmten Zahnpasta auf. Die vermeintliche Hymne war teil eines Werbespots.

Unglaubliches wurde auch aus New York berichtet. Die Glühlampen im New Yorker U-Bahn-System werden entgegen dem Uhrzeigersinn, also links herum eingeschraubt und rechts herum wieder herausgedreht. Also genau umgekehrt, wie es in der ganzen Welt üblich ist. Das ist aber kein Versehen sondern Absicht. Falls die Glühlampen geklaut werden, kann der Dieb damit nichts anfangen.

Bei den alten Römern gab es schon Lotterien, in denen man verrückte Preise gewinnen konnte. So gab es zum Beispiel ein edles Kistchen zu gewinnen. Aus dem Kistchen flog beim öffnen dem unglücklichen Gewinner ein Schwarm wütender Wespen ins Gesicht.

Die wandelnde Bibliothek. Der persische Großwesir Abdul Kassem Ismael, der im 10. Jahrhundert lebte, führte bei seinen Reisen immer seine gesamte Bibliothek mit sich. Die 117.000 Bände wurden auf 400 Kamelen transportiert, die darauf trainiert waren, in alphabetischer Reihenfolge zu laufen.

Der Erfinder Alexander Graham Bell hat, wie jeder weiß, das Telefon erfunden. Aber nicht jeder weiß, dass er sich weigerte, selbst eines zu benutzen. Ihn störte die Klingel zu sehr.

Auf einem verlassenen Straßenbahndepot in Frankfurt stand eine Pizzeria. Leichtes Spiel und fette Beute versprachen sich zwei Ganoven, die bei Nacht und Nebel die schwere Eingangstür aufstemmten. Sie wunderten sich aber, als sie plötzlich wieder im Freien standen. Die Pizzeria war nur eine Kulisse, die für einen Film aufgebaut worden war.

Lustiges aus der Tierwelt. Hasen können beim rennen auch nach hinten sehen. So behalten sie beim Hakenschlagen Hunde und andere Verfolger immer im Auge. Allerdings hat die Sache einen Haken. Während sich die Langohren nach hinten absichern, knallen sie vorne nicht selten gegen einen Baum.

Auch über Briefmarken gibt es kurioses zu berichten. England war das erste Land der Welt, das Briefmarken herausbrachte. Doch bis heute wurde auf ihren Marken noch nie der eigene Landesname abgedruckt.

Im Englischen Garten in München stürzte ein Schwan vom Himmel, direkt auf einen 15-jährigen Jungen. Der Junge wurde verletzt und an seinem Fahrrad entstand Totalschaden. Der Schwan war durch Überfütterung so schwer geworden, dass er sich nicht mehr in der Luft halten konnte. Im Gegensatz zu dem Jungen überstand der fliegende Mops die

Notlandung unverletzt und entfernte sich unverzüglich vom Unfallort. Zu Fuß, versteht sich.

In einer sibirischen Stadt soll eine Katze zum Bürgermeister gemacht werden. Die Einwohner der Stadt Barnaul hatten in der Vergangenheit stark unter korrupten Politikern zu leiden. So veruntreute unter anderem der zurückgetretene Bürgermeister 144.000 Euro an Steuergeldern. Die Einwohner von Barnaul haben inzwischen jedes Vertrauen in Politiker verloren und setzen ihre Hoffnungen bei der kommenden Bürgermeisterwahl deshalb auf einen ungewöhnlichen Kandidaten. Eine Katze namens Barsik. Bei einer inoffiziellen Wahl auf dem sozialen Netzwerk VKontake (die russische Version von Facebook) setzte sich Barsik mit 91% der Stimmen gegen alle anderen Kandidaten durch. Nun sollen mit Hilfe von Spenden Wahlplakate finanziert werden, damit Kater Barsik auch bei der offiziellen Bürgermeisterwahl antreten kann. Das ist schon bemerkenswert, da Barsiks Kandidatur bei der Internetwahl eigentlich als Scherz gedacht war.

In Japan haben sich schlaue Köpfe etwas einfallen lassen - die Servietten-Hose. Sie kennen das Problem? Nach dem Toilettengang haben sie sich pflichtbewusst die Hände gewaschen und suchen nun die Umgebung nach einer Trockenmöglichkeit ab. Es gibt keine Papiertücher mehr. Das Handtuch fehlt. Das Handtuch ist da, aber doppelt so nass wie ihre Hände. Der Heißlufttrockner trocknet zwar ihre Hände, bläst ihnen aber Millionen Bakterien auf dieselben. Nun haben sich die Japaner die Serviettenhose einfallen lassen. Die Hose ist mit zwei Servietten ausgestattet, die an den Hosentaschen auf der Rückseite angebracht sind. Mit dieser Hose sparen sie Zeit und Nerven und sind unterwegs jederzeit unabhängig von der Ausstattung der Sanitäranlagen.

Im Dorf San Pedro Huamelula ist es Tradition, dass der amtierende Bürgermeister mit einer Krokodildame verheiratet wird. Allerdings ist die Familie der Braut zu der Zeremonie nicht eingeladen. Natürlich nimmt man dazu kein ausgewachsenen Krokodil, sonst wäre auch der stärkste Bürgermeister überfordert. Hintergrund dieser ungewöhnlichen Hochzeit ist die Hoffnung, dass die Krokodile, die zu den schärfsten Konkurrenten der ansässigen Fischer gehören, den Fischern volle Netze gewähren. Da kommen einem doch gleich die Krokodilstränen.

Neues vom Frauenfußball. Aus der iranischen Frauennationalmannschaft wurden vier Spielerinnen ausgeschlossen, als sich herausstellte, dass es sich um Männer handelte. Allerdings handelte es sich um Transsexuelle, die noch auf ihre Geschlechtsumwandlung warten. In Zukunft sollen schärfere Kontrollen eingeführt werden. Die vier dürfen jedoch nach ihrer Geschlechtsumwandlung in die Nationalmannschaft zurückkehren. Warum es den Kolleginnen nicht aufgefallen ist, bleibt ein Rätsel. Schließlich geht man doch nach dem Training oder einem Spiel gemeinsam unter die Dusche.

Dass etwas ins Werk zurückgerufen wird, ist nichts Neues. Meistens handelt es sich um Autos. In diesem Fall musste eine Möbelhauskette jedoch Kaffeetassen zurückrufen, da auf ihnen Adolf Hitler abgebildet war. Zwischen Rosen, Schmetterlingen und einem englischen Liebesgedicht war eine 30-Pfennig-Briefmarke mit dem Abbild Hitlers zu sehen. Dazu auch noch ein Poststempel mit dem Hakenkreuz. Wochenlang fiel das niemand auf. Offenbar war dem chinesischen Designer nicht bekannt, wer da abgebildet war. Bisher wurde keine Tasse zurückgegeben.

Wer denkt, dass nur Menschen gefeuert werden können, irrt sich gewaltig. In den USA wurde einem Polizeihund gekündigt. Fred, so heißt der Hund, arbeitete für das Gulfport Police Department in Mississippi. Fred war faul und ließ sich leicht ablenken. Im Dienst spielte er lieber mit einer Getränkedose, als seine Arbeit zu verrichten. Fred wurde seinem Vorbesitzer in Louisiana zurückgegeben. Das Schimpfwort Fauler Hund war hier passend.

Auch in China gab es einen Lebensmittelskandal. Die Supermarktkette Wal-Mart musste Produkte aus Eselsfleisch zurückrufen, weil darin Fuchsfleisch enthalten war. Esel gelten in China als Delikatesse, im Gegensatz zum Fuchs. Füchse werden wegen ihres Pelzes gezüchtet, das Fleisch gilt jedoch als Abfallprodukt, weil es stinkt. Um den ranzigen Geruch zu überdecken, wurde zusätzlich jede Menge Chemie in die gepanschten Lebensmittel gepackt.

Auf das deutsche Reinheitsgebot wird in einer japanischen Brauerei im wahrsten Sinne des Wortes geschissen. Ihr spezielles Bier wird aus Elefantenkot gebraut. Nur die Ausscheidungen von Elefanten aus einer bestimmten Region in Thailand werden verwendet. Dadurch erhält das Bier ein besonders frisches Aroma. Die aktuelle Produktion wurde im Internet angeboten und war in wenigen Minuten ausverkauft. Zum Wohlsein.

In Berlin bestieg ein Ingenieur einen Bus und hatte eine verpackte türkische Pizza zum Mitnehmen dabei. Der Busfahrer beschwerte sich über den Gestank und verlangte von dem Mann, das Fahrzeug zu verlassen. Dieser packte die in Alufolie verpackte Pizza weg, weigerte sich aber auszusteigen. Darauf alarmierte der Busfahrer wegen eines angeblich randalierenden Fahrgastes die Zentrale und die verständigte die Polizei. Nun rückten ein Mannschaftswagen, ein Minibus und zwei Streifenwagen mit insgesamt 14 Beamten an. Sie zerrten den Fahrgast auf die Straße und verboten die Weiterfahrt, da der Konsum von Essen und Getränken in BVG-Fahrzeugen verboten ist. Allerdings hatte der Mann ja nicht gegessen, sondern nur sein Essen transportiert. Und so mancher Fahrgast stinkt deutlich mehr als so eine eingepackte Pizza. Wer zahlt nun diesen übertriebenen Polizeieinsatz?

Bei der Weltmeisterschaft im Fahrrad-Straßenrennen musste das russische Team die Teilnahme absagen, da ihnen alle Fahrräder geklaut wurden. Das Rennen war aber nicht in Polen, sondern in Italien. Es ging von Lucca nach Florenz über eine Distanz von 272,3 Kilometern. Die Polizei hat bereits Ermittlungen aufgenommen.

Im englischen Sherston wollte sich ein Brautpaar die Trauringe von einer Eule bringen lassen. Dazu waren die Ringe mit Bändern an den Beinen des Vogels befestigt. Doch die Eule hielt nicht viel von ihrer Aufgabe, sondern flog mit den Ringen in das Dachgebälk der Kirche und schlief dort prompt ein. Zur Erinnerung, Eulen sind nachtaktive Tiere und keine dressierten Haustiere. Die Hochzeit musste verschoben werden, bis die Eule wieder erwachte.

In der Schweiz erscheint jedes Jahr der populäre Bauernkalender, der die schönsten Bauern und Bäuerinnen des Landes zeigt. In der letzten Ausgabe sahen die abgebildeten Personen verdächtig nach Models aus. Auf Nachfrage musste der Verlag zugeben, dass die Hälfte der Bauern in Wahrheit keine Bauern sondern professionelle Models sind. Die Entrüstung bei den Bauern war groß, anscheinend bringt die Bauernriege doch nicht so viele umwerfende Geschöpfe hervor, wie erhofft.

In der amerikanischen Mini-Gemeinde Dorset gibt es nur 25 Einwohner. Deshalb wurde sie von der nächstgrößeren Stadt eingemeindet und hat keine formelle Regierung mehr. Im Rahmen eines Dorffestes wurde symbolisch eine Bürgermeisterwahl durchgeführt. Den Wahlzettel konnte man für einen Dollar kaufen und seinen Wunschkandidaten eintragen. Es gewann der vierjährige Bobby Tufts, gegen seine Herausforderer, ein Hund und ein Hahn.

Armee und Militär sind von Natur aus paranoid. Aber was der indischen Armee passierte, schießt den Vogel ab. Das indische Militär hielt die Planeten Jupiter und Venus für chinesische Drohnen. Sechs Monate lang protokollierte die Armee die beiden ungewöhnlichen Flugkörper, die sie am Himmel entdeckten. Das Ergebnis der monatelangen Arbeit war ein Bericht mit 329 Seiten. Als sie schließlich Astronomen zur genauen Identifizierung heranzogen stellte sich heraus, dass die beiden Objekte die Planeten Venus und Jupiter sind und keine Überwachungsdrohnen der Chinesen.

Unglaubliche Geschichten Teil 2

In Japan sollen seit neuestem in alle Fahrstühle des Landes Toiletten eingebaut werden. Die meisten Japaner können sich allerdings einen besseren Ort vorstellen, in dem sie ihre kleinen und großen Geschäfte verrichten. In einem überfüllten Fahrstuhl wird sich wohl keiner auf den Thron setzen und fremde Menschen an seinem Geschäft teilhaben lassen. Und doch steckt ein berechtigter Grund hinter dieser kuriosen Installation. In Japan kommt es oft zu Erdbeben und überall bleiben die Fahrstühle stehen. Da kann es schon einige Stunden dauern, bis die Menschen befreit werden. In diesem Fall würden die Leute bei einem dringenden Notfall doch die Toiletten vorziehen.

Während die Europäer viel Milch trinken, läuft das Milchgeschäft in Japan ziemlich schlecht. Es ist bekannt, dass die Asiaten keine Milch oder Milchprodukte vertragen. Das liegt an der Laktoseintoleranz. Europäer sind davon, mit wenigen Ausnahmen, nicht betroffen. So kam es immer wieder vor, dass zuviel produzierte Milch in Japan vernichtet werden musste. Doch ein kluger Kopf machte sich Gedanken, was man sonst noch mit der Milch anfangen könnte. Er erfand Bilk, eine Mischgetränk aus Bier und Milch. Das neue Getränk war ein voller Erfolg. Es wurde ihm förmlich aus der Hand gerissen.

Eine der Hauptaufgaben von Zoos ist es, gerade bei seltenen und vom Aussterben bedrohten Tierarten für Nachwuchs zu sorgen. Im Chemnitzer Zoo hatten sie zwei Exemplare des stark gefährdeten Cinesischen Riesensalamanders. Seit 1995 versuchten die

Chemnitzer es mit dem Nachwuchs. Doch der blieb aus. Die Mitarbeiter vermuteten eine Unfruchtbarkeit eines der beiden Tiere. Nun entschied sich die Zooleitung zu einer eingehenden Untersuchung der Tiere. Dabei stellte man fest, dass beide Reptilien Männchen sind. Dies lässt sich per Ultraschall feststellen, aber darauf hätte man auch schon vor Jahren kommen können.

China ist für die Massenproduktion von Plagiaten bekannt. Nun musste sogar ein chinesisches Museum schließen, weil es sich herausstellte, dass fast alle Exponate Fälschungen waren. In dem Museum sind zwölf Räume mit tausenden Exponaten. Die wohl raffinierteste Fälschung war eine Vase aus der Qing-Dynastie. Bei näherer Betrachtung stellte man fest, dass die Vase mit modernen Comic-Figuren bemalt war.

Autoreparaturen sind teuer und gerade bei älteren Autos fallen diese öfter an. Deshalb nehmen viele Autobesitzer das gerne selbst in die Hand. Ein Auto fiel der Polizei jedoch besonders auf. Als Glas für den Außenspiegel wurde eine CD verwendet. Auf einer Felge war statt eines Reifens ein Gartenschlauch gewickelt. Anstelle des fehlenden Rades war eine Sackkarre am Wagen befestigt. Die gebrochene Achse war mit Kabelbindern fixiert. Der Scheibenwischermotor war kaputt und wurde per Hand mit zwei Seilen ersetzt. Der Kofferraumdeckel fehlte, dafür waren zwei Sperrholzplatten angeschraubt. Der Airbag hatte irgendwann einmal ausgelöst und der Lenkradbezug wurde einfach wieder zugetackert. Das durchlöcherte Auspuffrohr wurde einfach mit alten Getränkedosen ummantelt und abgedichtet. Das

Fahrzeug wurde natürlich sofort aus dem Verkehr gezogen. Aber die Polizisten waren von dem Einfallsreichtum des Besitzers so beeindruckt, dass sie ihn nicht bestraften.

Jeder kennt das Problem. Der Paketbote kommt und der Empfänger ist nicht zuhause. Wenn es möglich ist, nimmt ein Nachbar das Paket ab und der Zusteller wirft eine Benachrichtigung in den Briefkasten. So funktioniert es aber nicht immer. Manche kommen aber auf seltsame Ideen. Ein beliebtes Versteck für das Paket ist die Mülltonne. Auf der Benachrichtigungskarte steht dann, wo der Empfänger das Paket findet. Schlecht ist es aber, wenn an diesem Tag die Müllabfuhr unterwegs ist. Es gibt aber noch andere Verstecke. *Paket liegt hinterm Baum im Gebüsch*, stand auf einem Zettel. Ein weiteres Paket lag zwei Tage unentdeckt im Hasenstall. Eine Empfängerin fand ihr extrem großes Paket direkt vor der Haustür, abgedeckt mit einer kleinen Fußmatte, als Tarnung. Bei einer Familie flog das Paket sogar durch das offene Fenster ins Schlafzimmer im ersten Stock. Auf dem Paket stand: *Vorsicht Glas.* Ich selbst erwartete ein Paket von einer Versandapotheke. Normal kommt es 2 Tage nach der Bestellung. Als ich das Paket nach vier Tagen immer noch nicht erhalten hatte, ging ich zur Poststelle und fragte nach. Dort war es auch nicht. Als ich zurückkam lief mir ein Hausmitbewohner über den Weg und meinte: ich habe für sie vor zwei Tagen ein Paket abgenommen. Er ging in die Wohnung und gab mir das Paket. Leider hatte der Zusteller keine Benachrichtigung in meinen Briefkasten geworfen und ich konnte nicht ahnen, dass mein Paket einen Stock tiefer im Flur einer Wohnung schlummert.

In Norwegen nehmen sie es mit der Hygiene sehr genau. Fünf Restaurants von McDonald's wurden untersucht. Das Ergebnis verblüffte sogar die Inspektoren. Die Toiletten waren sauberer als die Tische im Restaurant. Vielleicht sollten die Leute in Zukunft ihren Burger lieber auf dem Klo essen.

Eine wohlhabende Witwe aus England vermachte in ihrem Testament über 100.000 Euro einem Tierverein. Sie hoffte, dass ihr treuer Hund Henry dort nach ihrem Tod ein neues Heim finden würde, in dem er gut versorgt wird. Nur wenige Stunden, nachdem die Verstorbene gefunden wurde, empfahl der Tierarzt dieses Vereins, dass Henry eingeschläfert wird. Diese Anordnung wurde auch gleich am nächsten Tag vollzogen. Henry war erst acht Jahre alt und hatte nur eine leichte Arthritis. Angesichts dieser Tierliebe wird sich die Frau wohl im Grabe umdrehen.

Ein Dachdecker stand in Koblenz vor Gericht, weil er in einem Mehrfamilienhaus ein Hakenkreuz auf das Dach geziegelt hatte. Das Kreuz ist 4 Meter breit und 4 Meter hoch. Erst eine Nachbarin entdeckte das Symbol (rot auf schwarzem Grund) aus 20 Metern Entfernung. Der Dachdecker bestreitet jedoch, wissentlich ein Nazi-Symbol angbracht zu haben. Er erklärte vor Gericht: *das ist kein Hakenkreuz. Es sollte ein vierblättriges Kleeblatt werden*. Ein Mieter des Hauses war schwer erkrankt und das Kleeblatt sollte ihm Glück bringen. Das Gericht war aber von der Aussage nicht überzeugt, denn auf vorgelegten Fotos sah man eindeutig das Hakenkreuz. Der Dachdecker wurde verurteilt.

In einem Asylantenheim wurde auf der Toilette ein Plakat entdeckt auf dem in verschiedenen Sprachen folgende Sätze abgebildet waren:

- Bitte im Sitzen pinkeln - es sieht keiner.
- Klorollen wachsen nicht automatisch nach.
- Die Klobürste ist nicht nur zur Dekoration.
- Bitte die Tür schließen und Mitbewohner vor Vergiftungen schützen.
- Die Spülung kann gerne auch bei einem kleinen Geschäft betätigt werden.
- Händewaschen schadet nicht der Gesundheit.

Keiner weiß, woher das Plakat kommt. Nun ist man am Überlegen, ob man solche Plakate nicht auch an anderen Flüchtlingsunterkünften anbringen soll.

Unglaubliche Geschichten Teil 3

In Tasmanien hat man endlich die Wahrheit über die rätselhaften Kornkreise herausgefunden. Auf der größten Insel Australiens tauchten diese Kreise vor allem in Mohnfeldern auf. Nun haben australische Ärzte herausgefunden, dass Kängurus für die Kreise auf den Feldern verantwortlich sind. Die Tiere kommen zu den Feldern und fressen die Mohnkapseln weg. Der Inhalt der Kapseln wirkt wie eine Droge und in ihrem Rausch hüpfen die Kängurus einfach im Kreis herum. Die Mohnbauern beobachteten, dass die Kängurus immer wieder zu den Feldern zurückkehren und die Kapseln fressen, als wüssten sie um die berauschende Wirkung.

Doch in Argentinien und Brasilien wurden auf den Maisfeldern erneut Kornkreise mit einem Durchmesser von 12 bis 14 Metern entdeckt. Dort gibt es aber keine Kängurus und Mais wirkt auch nicht berauschend. Also doch Außerirdische Besucher?

Nachdem nun auch in Holland wiederholt solche Kreise gesichtet wurden, hat ein Bauer in seinem Kornfeld ein Verbotsschild mit einem durchgestrichene UFO aufgestellt. Er wollte damit verhindern, dass in seinem Kornfeld Kreise oder andere geometrische Figuren auftauchen. Der Bauer erklärte: *so etwas will ich nicht.* Die Aliens sind also gewarnt.

Raucher aufgepasst. In der Chinesischen Provinz Hubei ist das Rauchen nicht verboten sondern wird von den Behörden verlangt. Um die örtliche Zigarettenindustrie anzukurbeln wurde von der Behörde angeordnet, dass die Mitarbeiter pro Jahr 230.000 Schachteln der dort produzierten Zigaretten rauchen müssen. Wenn eine Abteilung ihr Soll nicht erfüllt gibt es Strafen. Inspektoren sollen deshalb spontane Kippenkontrollen der Aschenbecher durchführen. Ziel dieser Verordnung ist es, die örtlichen Zigarettenhersteller zu unterstützen und höhere Tabaksteuer einzunehmen. Da kommt es auf jede einzelne Kippe an.

In Holland gibt es einen neuen Freizeitspaß. Jugendliche in Amsterdam haben einen neuen Trend für sich entdeckt, welcher der Polizei und Kleinwagenbesitzern eine Menge Sorgen bereitet. Im Wochenende machen sich Jugendliche einen Spaß daran, Kleinwagen in eine der zahlreichen Grachten zu schubsen. Bevorzugt wird von den Jugendlichen die Marke Smart. Deshalb ist der Trend auch unter dem Namen Smart smijten (Smart schmeißen) bekannt.

In der Steiermark haben Polizisten kein Verständnis für Darmwinde. Wer hier fahrlässig einen fahren Lässt wird zur Kasse gebeten. Bei einem Zeltfest in Frohnleiten passierte es. Einem 20-jährigen Besucher entfleuchte ein Wind. Das große Pech, ein Polizist war zugegen, der den überraschten Mann prompt zur Kasse bat. Die Strafe waren 50 Euro. Die offizielle Begründung lautete wörtlich: *Sie haben einer Amtshandlung der Polizei als Unbeteiligter beigewohnt und neben dem Beamten und den beteiligten Personen einen Darmwind (Furz) gelassen, was unter den Anwesenden zu großem Gelächter geführt hat.*

Auch in Australien gab es wegen Fürzen große Aufregung, diesmal aber durch ein furzendes Schwein. Die Feuerwehr rückte bei einem Bauern in Axedale, Victoria mit einem Löschfahrzeug und 15 Mann an. Der Bauer hatte wegen dem fürchterlichen

Gestank die Helfer alarmiert. Er befürchtete eine lecke Gasleitung. Die Feuerwehrmänner konnten kein Leck feststellen, fanden aber vor dem Haus ein Schwein, das offensichtlich unter schweren Blähungen litt und immer wieder furzte. Die Männer wussten nicht, was das Schwein gefressen hatte, die Geräusche waren aber nicht zu überhören. Nach einem Schnüffeltest wurde der Übeltäter überführt. Dem Bauer war das alles sehr peinlich, aber dem Schwein konnte man helfen, indem man es mit kaltem Wasser abspritzte.

Wo wir gerade beim Gestank sind, in Peking sind stinkende Mülldeponien momentan ein großes Problem. Weil sich einige Anwohner über den Geruch einer Müllhalde beschwerten, entschloß man sich den Gestank mit einem speziellen Duftspray zu beseitigen. Ein gewöhnliches Parfümfläschchen reichte dafür natürlich nicht aus. Es mussten Hochdruckpistolen eingesetzt werden. Wenn es hilft sollen in Zukunft auch deutsche Müllhalden parfümiert werden.

Bleiben wir beim Müll. In Singapur haben die Behörden eine Frau aus ihrer staatlich geförderten Wohnung gewiesen, nachdem sie Müll aus dem Fenster geworfen hatte. Sie ist die erste Einwohnerin, gegen die ein neues scharfes Gesetz zur Eindämmung des Killer-Mülls angewendet wurde. Die Frau war schon vorher zu drei Monaten Gefängnis verurteilt worden, weil sie Ziegelsteine und Blumentöpfe aus dem Fenster ihrer Hochhauswohnung geworfen hatte. In Singapur gibt es regelmäßig Beschwerden, dass Fahrräder, Fernseher, Flaschen und Kaffeetassen von ihren Besitzern aus den Fenstern geworfen und so entsorgt werden.

In Palermo haben die Behörden kein Müllproblem sondern ein Mäuseproblem. Die Mäuse, die im Stadtzentrum von Dach zu Dach springen, fallen plötzlich vom Himmel. Es geht ihnen so gut, dass sie zu dick geworden sind und die Sprünge nicht mehr schaffen. Manche Maus landet dabei auf einem Fußgänger. Bilder aus der Stadt zeigen mit Mäusen überfüllte Straßen und Menschen, die ungläubig auf die Mäuse starren.

Nicht mit Mäusen, aber mit Affen haben die Behörden in Neu-Delhi in Indien ein Problem. Im Regierungsviertel und in der Nähe des Präsidentenpalastes tummeln sich über 10.000 Affen. Die Affen hüpfen ohne Probleme zwischen den einzelnen Ministerien hin und her und klauen wertvolle Dokumente. Selbst in Hochsicherheitszonen dringen sie ein, erschrecken die Bürokraten und klauen deren Essen. Eine Lösung für das Affenproblem ist noch nicht in Sicht.

In Rio de Janeiro haben sie kein Problem mit Affen. Dort wurde sogar ein Affe zum König gewählt. Aus Protest gegen ihre Politiker wählten die Einwohner der Großstadt den Schimpansen Pipo zum neuen König der Stadt. Die Wahl gewann Pipo knapp vor seinem Widersacher und Artgenossen Polinko. Die Krönung verlief aber nicht königlich. Bevor man Pipo die Obstkrone aufsetzen konnte, hatte er sie aufgefressen. Pipo wird Nachfolger von Tiao der verstorben ist. Dieser war berühmt geworden, als er den früheren Bürgermeister mit Kot bewarf.

Ganz andere Probleme haben sie in Vietnam mit Ratten. Dies könnte nun vielen Katzen das Leben retten. Um der Rattenplage Herr zu werden hat das

Landwirtschaftsministerium die Schließung aller Katzenfleisch-Restaurants veranlasst. Katzen dürfen auch nicht mehr exportiert werden. Die natürlichen Feinde der Ratten, Katzen und Schlangen, gelten in Vietnam als Delikatesse. Nun empfiehlt das Ministerium den Menschen statt Katzen- und Schlangenfleisch lieber Ratten zu essen. In einigen Gegenden wurde das bereits erfolgreich praktiziert.

Unglaubliche Geschichten Teil 4

In Russland wurden Politiker beobachtet, die bei den Sitzungen übermüdet eingeschlafen sind. Nun wurde in Nowosibirsk eine Schlafbrille entwickelt, die es den Politikern ermöglicht, bei Marathonsitzungen ungestraft ein Nickerchen zu machen. Die getönten Brillengläser täuschen durch Holographien weit geöffnete Augen vor. Der Chef des Brillenunternehmens hofft nun auf das Interesse der deutschen Regierung. Obwohl, man sieht selten einen Abgeordneten im Plenarsaal schlafen, weil nämlich keiner da ist.

Das italienische Gesundheitsministerium richtet sich auch nach Statistiken. Nun wurde eine Statistik vorgelegt, aus der hervorgeht, dass es in Italien fünfmal so viele Behinderte gibt wie in anderen europäischen Ländern. Das konnte einfach nicht sein. Nach einer Stichprobenfahndung gab es erstaunliche Erkenntnisse. Ein blinder und bettlägeriger Mann, der Invalidenrente bekam, wurde beobachtet wie er mit dem Fahrrad zum Einkaufen fuhr. Ein anderer Blinder arbeitete als Taxifahrer und ein Lahmer spielte in einem Fußballclub.

In der Ukraine muss man auf Ämtern und bei Behörden stundenlang warten. Nun hatte ein Ukrainer eine Geschäftsidee. Er verleiht Ersatzansteher, die für ein paar Euro die Stunde den Warteplatz übernehmen und den Kunden anrufen, wenn er an der Reihe ist. Das war eine gute Geschäftsidee.

Unter den amerikanischen Kellnern gibt es Hygienemuffel. Nun soll ihnen der Kampf angesagt werden. Eine Firma entwickelte ein System auf Infrarotbasis, das Alarm schlägt, wenn der Mitarbeiter eines Restaurants ohne Händewaschen die Toilette verlässt. Jeder Angestellte trägt einen Sticker, der einen Sensor aktiviert, sobald er den Toilettenraum betritt. Ein zweiter Sensor am Seifenspender wird angesprochen, wenn der Mitarbeiter mindestens 15 Sekunden am Waschbecken stehenbleibt. Wer sich die Hände nicht ordentlich mit Seife wäscht, den verrät bei der Rückkehr das grelle Blinken des Stickers. Das System soll bald auch in Hotels getestet werden. Man könnte aber auch den Gästen solch einen Sticker anstecken, solange sie im Restaurant sind. Die Möglichkeiten dieser Erfindung sind noch lange nicht ausgereizt.

Bei den Namen für neue Automodelle kann man manche Überraschung erleben. Da die meisten bekannten Namen bereits von Firmen geschützt wurden müssen sich die Sprachdesigner der Autobauer immer neue Begriffe einfallen lassen. Dabei kommt es manchmal zu kuriosen Peinlichkeiten.

- Der Mitsubishi Pajero verkaufte sich in Spanien sehr schlecht. Schließlich kamen sie dahinter, dass Pajero in Spanien *Wichser* bedeutet.

- Auch der Audi e-tron machte auf sich aufmerksam. Im französischen bedeutet etron *Kothaufen*.
- Der Toyota M-R deux klingt im französischen ausgesprochen wie merde *(Scheiße)*.
- Auch mit dem Ford Pinto gab es in Spanien Schwierigkeiten. Pinto bedeutet im spanischen *kleiner Pimmel*.
- Der Mazda Laputa war in Spanien auch nicht sehr erfolgreich. La puta steht im spanischen für *Hure*.
- Auch der Nissan Moco verscherzte es sich mit den Spaniern. Moco lässt sich spanisch mit *Schleim*, *Rotze* oder *Popel* übersetzen.
- Der Ford Kuga war in Slowenien auch nicht beliebt. Kuga ist das dortige Wort für *Pest*.

Die Sprachdesigner sollten in Zukunft auch mal in ausländische Wörterbücher schauen.

Der USA-Geheimdienst investierte 20 Millionen Dollar, um Katzen als Spione auszubilden. Tatsächlich wurden Katzen ausgebildet, um wichtige Zielpersonen in Parks und Häusern auszuspionieren. Nach jahrelangem Training scheiterte jedoch das Projekt daran, dass die Katzen von anderen Tieren abgelenkt oder einfach überfahren wurden, bevor sie ihren Einsatzort erreichten. Für diesen Unsinn wurden 20 Millionen Dollar zum Fenster hinausgeworfen.

Aber nun etwas Lustiges aus der Schweiz. Die Schweizer gelten ja nicht als die Schnellsten, aber in diesem Fall? In St. Moritz sollte eine schweizer Baufirma die Olympia-Skischanze abreissen. Da sie schon mal dabei waren waren, rissen sie die danebenstehende kleine Skischanze auch gleich mit ab. Nach einem halben Tag fiel das Missgeschick aber auf, so dass nur die halbe Schanze im Eimer war. Nun bekam die Baufirma einen weiteren Auftrag, die Schanze wieder aufzubauen.

Bleiben wir doch einfach bei der Schweiz für die nächste Geschichte. Die Aare im schweizerischen Bern wird im Sommer gern zur Abkühlung genutzt, auch wenn der Fluss nicht beaufsichtigt ist und eine starke Strömung hat. Pro Jahr gibt es deshalb durchschnittlich 100 Verletzte und ein Todesopfer. Um unvorsichtige Badegäste abzuschrecken hat die Stadt nun Piranha-Warnschilder aufgestellt. Damit sollen auch Touristen abgeschreckt werden, im Fluss zu baden. Ob es etwas nützte, werden wir wohl nie erfahren.

Kaum zu glauben, aber wahr

In Israel wurden Bonbontüten mit dem Bild Hitlers und einem Hakenkreuz verkauft. Die Bonbons stammten aus der Türkei. In der Packung waren Karikaturen von Diktatoren aus aller Welt enthalten. Darunter Hitler und Saddam Hussein. Nach Beschwerden von Überlebenden des Holocaustes wurden die Bonbons vom Markt genommen.

In Hohenstaufen bei Göppingen gab es eine mysteriöse Diebstahlserie von Terrakotta-Figuren. Aus einem Vorgarten verschwanden regelmäßig kleine Figuren. Weil die Besitzerin Diebe vermutete, schaltete sie die Polizei ein und erstattete Anzeige. Das Rätsel wurde aber bald gelöst. Ein junger Jagdhund wurde von einem Nachbarn mit einem Igel aus Ton im Mund erwischt. Der Besitzer von Sammy, so heißt der Hund, fand auch schnell das Versteck, in dem Sammy bereits zwei Schildkröten und einen Frosch gebunkert hatte. Natürlich gab er die Figuren zurück. Sammy muss sich nun neue Spielzeuge suchen.

In Köln hatte ein japanischer Tourist das Bürgerfest besucht und sein Auto in einer Seitenstraße geparkt. Er notierte sich auch den Namen der Straße: *Einbahnstraße.* Als er vom Fest zurückkam suchte er verzweifelt nach seinem Auto. Er wandte sich an zwei Polizisten und bat um Hilfe. Nach einem längeren Fußmarsch fand das Trio den Wagen in einer kleinen Seitenstraße.

In Rom werden falsch geparkte Autos abgeschleppt. Das ist nichts außergewöhnliches. Das passiert in anderen Städten auch. Aber in Rom stehen inzwischen auf 60 Parkplätzen rund 50.000 Autos.

Manche davon schon seit mehr als 20 Jahren. Sie werden einfach nicht abgeholt. Nun verkündete der Grünen-Abgeordnete, dass in Zukunft jedes Auto, das in 90 Tagen nicht abgeholt wird, in der Schrottpresse landet. Ob das hilft?

In der brasilianischen Metropole Rio de Janeiro steht das legendäre *Maracana-Stadion.* Da viele Fans, die Wände des Stadions als Toiletten mißbrauchen, löst sich der Beton mit der Zeit auf. Nun wurden zahlreiche Ingenieure und Architekten mit der Renovierung des einst größten Stadions beauftragt. Was das wohl kosten wird?

An einer roten Ampel zu stehen nervt jeden. Besonders wenn die Rotphase lange dauert. Aber was sind schon 2 bis 5 Minuten Wartezeit. In Dresden steht eine Ampel seit 1987, also seit fast 30 Jahren permanent auf Rot. Die Ampel zeigt niemals Gelb oder Grün. Allerdings gibt es da einen grünen Pfeil, der das Abbiegen auch bei Rot erlaubt und an der Kreuzung darf man sowieso nur rechts abbiegen. Diese Ampel ist absolut sinnlos, kostet aber im Jahr über 5000 Euro an Wartung und Strom.

Wem ist es noch nicht passiert? Man sitzt stundenlang am Computer und irgendwann setzt der Sekundenschlaf ein. Man hat gerade den Finger auf der Tastaturrrrrrrrrrrrrrrrrrrrrrrrrrrrrrrrrrrrrr. Hoppla, jetzt ist es mir auch passiert. Das passierte auch einem Mitarbeiter in einer Frankfurter Bank. Er machte gerade eine Überweisung an einen Pensionär. Als er den Finger auf der 2 hatte, setzte der Sekundenschlaf ein. Er überwies dem Pensionär sagenhafte 222.222.222,22 Euro, also über 222 Millionen Euro. Die Überweisungen werden von einer anderen Angestellten ge-

genkontrolliert, aber diese übersah den Fehler. Sie wurde sofort entlassen. Die Kündigung wurde durch das Landgericht Frankfurt wieder aufgehoben, da die Datenmenge von der Frau nur stichprobenweise kontrolliert werden konnte. Es bleibt aber ungeklärt, warum es in dem Rechner keine Plausibilitätskontrolle gab. Dieses Programm hätte die Überweisung erst gar nicht ausgeführt.

Da wir gerade bei Computern sind - die NSA warnte das US-Amt für wirtschaftliche Entwicklung, dass ihre Systeme von einem Virus befallen sind. Der Schaden wurde behoben und die infizierten Systeme gesäubert. Allerdings wurde das betroffene Amt nicht darüber informiert. Der IT-Chef dieser Behörde, ließ alle Hardware zerstören. Computer, Mäuse, Desktops und Kameras. Dabei entstand ein Schaden von über 170.000 Dollar. Für die Wiederbeschaffung der Geräte wurden nun 2,5 Millionen Dollar ausgegeben.

Noch ein Bürokratie-Wahnsinn. Der Amerikaner Donald Miller wurde vermisst. Nach acht Jahren wurde er für tot erklärt. Als er wieder auftauchte und einen Führerschein beantragen wollte, erfuhr er, dass er offiziell nicht mehr lebt. Dagegen klagte er vor Gericht und verlor. In Ohio, wo das alles passierte, kann ein Toter nach Ablauf von drei Jahren nicht mehr für lebend erklärt werden. Jetzt hat Donald aber freie Hand. Er kann alles anstellen, als Toter kann er ja nicht verurteilt werden. Da eröffnen sich doch grandiose Aussichten.

In Finnland hatte es ein Autofahrer eilig und er fuhr innerhalb einer Ortschaft mit 77 km/h, statt der erlaubten 50 km/h. Er wurde geblitzt und erhielt nun einen Bußgeldbescheid über sagenhafte 95.000 Euro. Auch wenn es auf den ersten Blick kurios erscheinen mag, ist es korrekt. In Finnland gibt es für dieses Vergehen keinen festen Sätze. Das Bußgeld wird an der Höhe des Einkommens des Täters errechnet und der Fahrer war ein schwerreicher Unternehmer. Bei uns wäre er wohl mit 100 Euro und drei Punkten davongekommen.

In Italien geht es ziemlich korrupt zu. Aber in der Rentenkasse sind sie dafür sehr genau. Ein Rentner erhielt über 5 Jahre monatlich 1 Cent zuviel Rente. Dies macht in 5 Jahren immerhin 60 Cent aus. Diese unverschämt hohe Fehlzahlung stellte die Rentenkasse nun fest und forderte den Rentner auf, das unrechtmäßig erhaltene Geld zurückzuzahlen. Allerdings gewährte sie dem Mann die Rückzahlung in mehreren Raten. Das schlägt sogar die deutsche Bürokratie um Längen.

Aber auch bei den Banken gibt es Bürokraten. Ein Engländer verstarb an Krebs. Da seine Hausbank immer noch Geld von dem Toten forderte, ging die Tochter zur Bank und legte den Totenschein vor. Unglaublich, die Bank erkannte die Todesurkunde nicht an. Das machte die Tochter so wütend, dass sie mit der Urne samt Asche des Verstorbenen zur Bank fuhr und dem Angestellten die Asche über den Schreibtisch streute. Die Bank entschuldigte sich und verzichtete großzügig auf ihre Forderung.

Jeder muss für seinen Strom bezahlen. Tatsächlich jeder? Ein Stromanbieter in Neuseeland nahm dies ganz genau und schickte einer Straßenlaterne eine Rechnung. Er drohte der Laterne sogar damit, den Strom abzustellen, wenn nicht unverzüglich bezahlt wird. Der Brief landete im Briefkasten des Nachbarhauses und sorgte dort für große Erheiterung. Schließlich stellte sich heraus, dass kein Angestellter des Stromanbieters schuld war, sondern der Computer. Na klar, jetzt schiebt man es wieder auf den Computer.

Unglaubliche Zufälle

Als die Alliierten die Invasion in der Normandie vorbereiteten, wurden alle Einzelheiten des Angriffs natürlich streng geheimgehalten. Darunter auch die Kodebezeichnungen für die verschiedenen Küstenabschnitte, die für die Landung vorgesehen waren. Die Namen waren *Omaha, Utah, Mulberry, Neptune* und *Overlord.* Zwei Wochen vor der Invasion erschienen all diese Kodewörter in einem Kreuzworträtsel des Londoner *Daily Telegraph.* Die schockierten Geheimdienstleute verhörten den Urheber des Rätsels sehr gründlich. Aber der Mann war ohne Zweifel kein Verräter und kein Agent. Es gab keine Erklärung für die geheimen Wörter in dem Rätsel.

Als der Schriftsteller *Norman Mailer* an seinem Buch *Barbary Shore* arbeitete, hatte er das Gefühl, er brauche noch einen russischen Spion. Zunächst hatte der Spion im Roman nur eine Nebenrolle. Doch beim Schreiben drängte sich der erfundene Spion immer mehr in den Vordergrund. Am Ende drehte sich in dem Roman alles nur noch um den Agenten. Nach Veröffentlichung des Buches stürmte das FBI in Normans Haus und verhaftete in der Wohnung unter ihm einen Mann. Es war *Oberst Abel* vom sowjetischen Geheimdienst KGB, ein Spitzenagent.

Im Jahr 1898 erschien der Roman *Futility* von *Morgan Robertson.* Darin wird beschrieben, wie im Nordatlantik ein Schiff gegen einen Eisberg kracht. Dieses erfundene Schiff nannte der Autor *Titan.* 1912 stieß in genau diesem Teil des Atlantiks wirklich ein Schiff gegen einen Eisberg - die berühmte *Titanic.* 1939 passierte dasselbe einem anderen Schiff mit dem Namen *Titanian.*

1911 wurden in Großbritannien drei Männer wegen der Ermordung von *Sir Edmund Berry zu Greenburry Hill* hingerichtet. Die Männer hießen: *Green*, *Berry* und *Hill.*

Das Ehepaar *Ralph* und *Carolyn Cummins* aus Clintwood, Virginia bekam zwischen 1952 und 1966 fünf Kinder: *Catherine, Carol, Charles, Claudia* und *Cecilia.* Alle fünf kamen jeweils am 20. Februar zur Welt.

Bereits am 5. Dezember 1664 versank ein Atlantiksegler vor der walisischen Küste. An Bord waren 81 Menschen. Nur einer überlebte, *Hugh Williams.* Am 5. Dezember 120 Jahre später versank ein anderes Schiff mit 60 Passagieren an Bord. Es gab nur einen Überlebenden. Sein Name war *Hugh Williams*. Als am 5. Dezember 1860 ein weiteres Schiff mit 25 Passagieren versank, hieß der einzige Überlebende *Hugh Williams.*

Große Irrtümer

Die Freiheitsstatue steht in New York. Das ist ein Irrtum. Die Freiheitsstatue steht auf der Insel Liberty Island. Umgeben ist sie vom US-Bundesstaat New Jersey. Aber auch zu diesem Staat gehört sie nicht. Die Insel Liberty Island ist eine der amerikanischen Bundesregierung unterstellte Enklave, die vom National Park Service verwaltet wird. Sie untersteht allerdings der Jurisdiktion des Staates New York und ihre Adresse ist in der Stadt New York.

Die Menschen glaubten früher, die Erde sei eine Scheibe. Das ist ein Irrtum. Schon in der Antike wussten die Gelehrten, dass die Erde eine Kugel ist. Auch zu Kolumbus' Zeiten zweifelte kaum noch jemand daran. Nur weil er glaubte, der Weg über den Atlantik nach Indien sei zu lang, nahm Kolumbus einen andere Route. Das Gerücht, dass die Menschen an eine flache Erde glaubten, wurde erst im 19. Jahrhundert verbreitet.

Albert Einstein war ein schlechter Schüler. Das ist ein Irrtum. Auf seinem Zeugnis standen zwar fünf Sechsen, aber in der Schweiz war die Sechs die beste zu erreichende Note. Das Benotungssystem der Schweiz war genau entgegengesetzt zu dem deutschen. Einsteins erster Biograf hatte das nicht beachtet und das Gerücht in die Welt gesetzt.

Nochmal Albert Einstein. Es wird behauptet, er bekam den Physik-Nobelpreis für die von ihm entwickelte Relativitätsthorie. Tatsächlich bekam er den Preis für die allgemein weniger bekannte Erklärung des photoelektrischen Effektes. Die Nobelpreis-Jury verstand die Relativitätstheorie schlichtweg nicht und verweigerte die Preisvergabe. Im Nachhinein wurde die Theorie jedoch anerkannt und zur Wahrung ihres Gesichtes vergaben die Jurymitglieder den Nobelpreis an Einstein für den von ihm entdeckten photoelektrischen Effekt.

Hitler ließ die erste Autobahn bauen. Das ist ein Irrtum. Die erste deutsche Autobahn führte von Köln nach Bonn (Heute die A 555). Sie wurde am 6. August 1932 eröffnet, also vor Hitlers Machtergreifung. Die ersten Pläne zu dieser Straßenform stammten bereits aus den 1920er Jahren, genau wie die Idee, den Autobahnbau zur Arbeitsbeschaffung zu nutzen. Hitler hat diese Pläne allerdings umgesetzt.

Stiere reagieren äußerst heftig auf rote Farbe. Das ist ein Irrtum. Stiere erkennen die Farbe Rot überhaupt nicht, sie sind nämlich rot-grün-blind. Allerdings gehen sie auf alles los, was sich bewegt, also auch auf das Tuch des Toreros.

Hornissen sind giftiger als Bienen und Wespen. Das ist ein Irrtum. Im Volksmund heißt es: *ein Hornissenstich tötet ein Kind, sieben Stiche ein Pferd.* Mit dieser falschen Behauptung sind wir aufgewachsen und hatten gehörigen Respekt vor Hornissen. Hornissengift besteht aus den gleichen Wirkstoffen wie Bienen- und Wespengift. Toxisch gesehen ist es aber weniger giftig. Der Irrglaube kommt daher, weil ein Hornissenstich stärker schmerzt. Tödlich wären nur 500 Stiche gleichzeitig.

Eintagsfliegen leben nur einen Tag. Auch das ist ein Irrtum. Die adulte (Erwachsene) Fliege lebt tatsächlich nur sehr kurz, um sich fortzupflanzen. Sie hat aber eine lange Kindheit. Das Larvenstadium dauert bis zu drei Jahre.

Die Menschen waren früher kleiner und wurden nicht so alt. Das stimmt nur zum Teil. Adelige und reiche Kaufleute, die nicht hungern mussten, erreichten auch früher schon ähnliche Körpermaße wie heutige Menschen. Unter den Päpsten, die keine körperliche Arbeit verrichten mussten, gab es sogar einige 90-Jährige.

James Watt hat die Dampfmaschine erfunden. Das wurde uns in der Schule erzählt, stimmt aber nicht. Die erste Dampfmaschine hat der Engländer Thomas Newcomen gebaut. Das war 20 Jahre vor Watts Geburt. Allerdings erfand Watt ein Sicherheitsventil für Dampfmaschinen.

Teflon ist ein Nebenprodukt der Raumfahrt. Das wird gerne und oft behauptet, stimmt aber nicht. Teflon wurde bereits 1938 vom Chemiker Roy Plunkett entdeckt. Die Raumfahrt gibt es aber erst seit 1957.

Eskimos haben hundert Wörter für Schnee. Auch das stimmt nicht. Tatsächlich haben die Inuit nur zwei Wörter für Schnee. *Aput* für Schnee der fällt und *Quanik* für Schnee der liegt. Alle weiteren Begriffe sind zusammengesetzt. Der Irrtum beruht auf einem Artikel in der New York Times aus dem Jahr 1984. Dort hatte ein Forscher die falsche Behauptung aufgestellt.

Noch ein Eskimo-Irrtum. Eskimos leben in Iglus. Das stimmt nicht. Schon in alten Zeiten lebten die Inuit vorwiegend in Hütten oder Zelten. Iglus bauen sie nur, wenn sie bei der Jagd länger auf dem Eis unterwegs sind.

Zecken lassen sich von Bäumen auf ihre Opfer fallen. Auch das stimmt nicht. Zecken lauern am Gebüsch oder auf langen Grashalmen, bis ein Warmblüter vorbeistreift. An den krallen sie sich dann mit ihren Vorderbeinen, die Widerhaken besitzen, fest. Oft wird an Flussufern das Gras nicht gemäht und erreicht damit die ideale Höhe für die Zecken.

Das Nordkap ist der nördlichste Punkt Europas. So haben wir es in der Schule gelernt. Wieder ein Irrtum. Die Landzunge Knivskjellodden ragt noch ein Stück weiter gegen den Norden, exakt 1380 Meter. Auch die von Norwegen verwalteten Svalbard-Inseln (Spitzbergen) ligen nördlich vom Nordkap.

Im Süden gibt es denselben Irrtum. Das Kap der guten Hoffnung ist nicht der südlichste Punkt Afrikas. Kap Agulhas liegt noch einige Kilometer weiter südlich. Aber das Kap der guten Hoffnung ist natürlich bekannter.

Unterm Rock trägt ein echter Schotte nichts. Die Antwort ist: *mal so, mal so.* Nötig ist Unterwäsche nicht. Der Kilt-Stoff hält warm und die festgenähten Falten verhindern, dass der Träger bei einem Windstoß plötzlich *im Freien* steht. Aber schon die alten Schotten trugen unter dem Kilt ein langes Hemd, das im Schritt verknotet wurde. Heute bevorzugen aber die meisten Schotten Boxershorts.

Und nun noch zwei Behauptungen aus der EU. Die EU schreibt den Krümmungsgrad der Bananen vor. Dies wird uns gerne von Kritikern der EU erzählt. Eine solche Verordnung existiert aber nicht.

Die EU-Verordnung zur Einfuhr von Karamellbonbons hat 25.911 Wörter. Stimmt das? Die Zehn Gebote haben 279 Wörter. Die amerikanische Unabhängigkeitserklärung hatt 300 Wörter. Die EU-Verordnung zur Einführung von Karamellbonbons hat 25.911 Wörter, behauptete ein deutscher Journalist.

Diese Behauptung hat sich verselbstständigt und wird immer wieder als Beispiel für den Bürokratiewahnsinn der EU angeführt. Tatsächlich hat die Verordnung deutlich weniger Wörter. Nämlich gar keines. Diese Verordnung hatte nie existiert und ist eine reine Erfindung.

Das unbekannte Land

Ich nahm mir vor, nicht mehr zu verreisen. Dafür gibt es viele vernünftige Gründe. Aber manchmal reagiert der Verstand anderst. So träumte ich, ich sei in ein unbekanntes Land gereist. Dort passierten seltsame Dinge:
- Auf den Telefonleitungen sah ich Eichhörnchen herumspazieren.
- Alligatoren watschelten über stark befahrene Straßen.
- In den Gärten der Häuser ringelten sich Schlangen.
- Alle Häuser hatten Klimaanlagen und wurden durch Ventilatoren gekühlt.
- Getränke und Benzin wurden in Gallonen verkauft. Eine Gallone sind 3,78 Liter.
- Straßen hatten keine Namen, nur Zahlen und Bezeichnungen nach Himmelsrichtungen.
- Kurven gab es auch keine. Die meisten Straßen führten ewig geradeaus.
- Auf Autoschildern waren Bilder, wie Seekühe, Schildkröten, Orangen usw.
- Die Briefkästen hatten Fahnen, die anzeigten, ob Post gekommen ist.

Als ich aufwachte dachte ich, solch ein Land gibt es doch gar nicht. Dann schaltete ich den Fernseher ein um Nachrichten anzusehen. Es kamen Bilder aus den USA und plötzlich fiel mir ein, wo ich im Traum gewesen bin.

Picasso und Van Gogh

Das teuerste Bild der Welt ist von Picasso. Das Bild *les femmes d'Alger* wurde bereits 1955 für 179,4 Millionen Dollar verkauft.

Pablo Picasso wurde 1881 in Malaga geboren und starb 1973 im Alter von 92 Jahren in Mougins in Frankreich. Sein vollständiger Geburtsname ist: *Pablo Diego Jose Francisco de Paula Juan Nepomuceno Maria de los Remedios Cipriano de la Santisima Trinidad Martyr Patricio Clito Ruiz y Picasso*. Bei solch einem Namen musste er ja Künstler werden. Er signierte seine Werke jedoch nur mit Picasso.

Im Laufe seines Lebens schuf er unzählige Bilder und Skulpturen. Die genaue Zahl ist nicht bekannt. Es wird aber geschätzt, dass es sich um über 50.000 Werke handelt. Das ist eine phantastische Zahl. Andere Künstler haben in demselben Zeitraum zwischen 1000 und 2000 Werken geschaffen. Eine Erklärung gibt es: Picasso hat manche Bilder mit nur wenigen Pinselstrichen gefertigt. Dafür brauchte er nur Minuten. Es wird berichtet, dass er gegen Ende seines Lebens nicht mehr malte, sondern nur noch Bögen und Leinwände signierte, die dann von seinen Schülern bemalt wurden. Picasso ist einer der am meisten kopierten Maler. Die Zahl der Fälschungen, die im Umlauf sind, kann nur geschätzt werden. Es dürften aber zehnmal soviel Werke sein, wie er selbst geschaffen hat.

Ölfarben waren teuer, deshalb verwendete Picasso für viele seiner Bilder herkömmliche Wandfarbe.

Picasso war auch für seinen Humor bekannt. Er schenkte der Stadt Chicago eine 15 Meter hohe Skulptur mit dem Namen *Chicago Picasso.* Bis heute rätselt man darüber, ob es sich um eine Frau, ein Pferd oder einen Vogel handelt.

Bei Kunsträubern sind seine Bilder beliebter als die aller anderen großen Künstler. Berichten zufolge sind über 550 seiner Gemälde offiziell als gestohlen gemeldet.

Unter den 100 teuersten Werken der Welt ist Picasso 16 mal vertreten:

1. Les femmes d'Alger 179,4 Millionen Dollar
2. Akt mit grünen Blättern und Büste 106,5 Millionen Dollar
3. Junge mit Pfeife 104,2 Millionen Dollar
4. Dora Maar mit Katze 95,2 Millionen Dollar
5. Buste de femme 67,4 Millione Dollar
6. La Gommause 67,4 Millionen Dollar
7. Frau mit verschränkten Armen 55,0 Millionen Dollar
8. Porträt von Angel Fernandez de Soto 51,8 Millionen Dollar
9. Pierettes Hochzeit 51,6 Millionen Dollar.
10. Sitzende Frau im Garten 49,5 Millionen Dollar.
11. Yo, Picasso 47,9 Millionen Dollar.
12. Femme assise pres d'une fenetre 44,8 Millionen Dollar.

13. Nature morte aux tulipes 41,5 Millionen Dollar
14. Au Lapin Agile 40,7 Millionen Dollar
15. La Lecture 40,7 Millionen Dollar
16. Akrobat und junger Harlekin 38,4 Millionen Dollar

Die meisten Bilder wurden durch die bekannten Auktionshäuser Sotheby's und Christie's versteigert. Die Namen der Käufer sind natürlich nicht bekannt.

Neben Picasso ist Van Gogh wohl der bekannteste Maler. Vincent Willem van Gogh wurde 1853 in Zundert, Niederlande geboren und starb 1890 in Auvers-sur-Oise in Frankreich. Er malte nur die letzten zehn Jahre seines Lebens, aber während dieser Zeit schuf er mehr als 1.700 Gemälde und Zeichnungen.

Fälscher trauten sich nicht an den schwierigen Pinselstrich und die komplizierte Malweise Van Goghs heran. Sonst würden heute noch viel mehr Werke des Künstlers in Frage gestellt. Van Gogh mischte die Farben bereits auf der Palette und nicht auf der Leinwand.

Unter den 100 teuersten Werken ist Van Gogh mit 10 Werken vertreten.

1. Porträt des Dr. Gachet 82,5 Millionen Dollar.
2. Selbstbildnis ohne Bart 71,5 Millionen Dollar
3. L'Allee des Alyscamps 66,33 Millionen Dollar
4. Vase mit Kornblumen und Klatschmohn 61,7 Millionen Dollar
5. Getreidefeld mit Zypressen 57 Milllionen Dollar
6. Wiese mit Blumen unter Gewitterhimmel 54 Millionen Dollar

7. Schwertlilien 53,9 Millionen Dollar
8. Junge Bäuerin mit Strohhut vor einem Weizenfeld sitzend 47,5 Millionen Dollar
9. Die Arlesierin 40,3 Millionen Dollar.
10. Fünfzehn Sonnenblumen in einer Vase 39,9 Millionen Dollar

Wie bei Picasso wurden auch diese Bilder bei den bekannten Auktionshäusern Sotheby's und Christie's versteigert. Die Käufer sind weitgehend unbekannt. Van Gogh hatte in seinem Leben nur ein einziges Bild verkauft und lebte in bitterster Armut.

Die anderen Künstler

Unter den 100 teuersten Werken der Welt finden wir noch folgende Namen:

Modigliani, Bacon, Pollock, De Kooning,
Klimt, Munch, Lichtenstein, Rothko,
Monet, Johns ,Renoir, Rubens,
Tizian, Eakins, Manet, Still,
Cezanne, Malewitsch, Freud, Warhol,
Mondrian, Basquiat, Richter, Newman,
Guardi, Twombly, Schiele, Gauguin,
Miro, Stubbs, Alma Tadema, Turner,
Pontormo.

Auch ihre Bilder erzielten Erlöse von über 35 Millionen Dollar.

Amadeo Clemente Modigliani:
Nu couche 170,4 Millionen Dollar
Nu assis sur un divan 68,9 Millionen Dollar
Paulette Jourdain 42,8 Millionen Dollar
Jeanne Hebuterne 42,3 Millionen Dollar

Francis Bacon:
Three studies of Lucian Freud 142,4 Millionen Dollar
Tryptichon, 1976 - 86,3 Millionen Dollar
Study from Innocent X 52,7 Millionen Dollar
Porträt of Henrietta Moraes 47,7 Millionen Dollar
Figure Writung Reflected in Mirror 44,8 Millionen Dollar
Three Studies for Portrait of Lucian Freud 37,3 Millionen Dollar

Paul Jackson Pollock (Spitzname Jack the Dripper):
No. 5 -1948 - 140 Millionen Dollar
No. 19 - 1948 - 58,3 Millionen Dollar
Number 4 - 1951 - 40,4 Millionen Dollar

Willem de Kooning:
Woman III - 137,5 Millionen Dollar
Police Gazette 63,5 Millionen Dollar

Gustav Klimt:
Adele Bloch-Bauer I - 135 Millionen Dollar
Adele Bloch-Bauer II - 87,9 Millionen Dollar
Litzlberg am Attersee - 40,4 Millionen Dollar
Birkenwald - 36 Millionen Dollar

Edvard Munch:
Der Schrei - 119,9 Millionen Dollar
Vampir - 38,1 Millionen Dollar

Roy Fox Lichtenstein:
Nurse - 95,3 Millionen Dollar
Woman With Flowered Hat - 56,1 Millionen Dollar
Sleeping Girl - 44,8 Millionen Dollar
I Can See the Whole Room! ...and There's Nobody in it! - 43.2 Millionen Dollar.
Ohhh... Alright... - 42,6 Millionen Dollar
The ring (Engagement) - 46,4 Millionen Dollar

Mark Rothko:
Orange, red, Yellow - 86,9 Millionen Dollar
No. 10 - 81,9 Millionen Dollar
No. 1 (Royal Red and Blue) - 75,1 Millionen Dollar
White Center (Yellow, Pink and Lavender on Rose, 1950) - 72,8 Millionen dollar
Untitled (Yellow and Blue) - 46,4 Millionen Dollar
No. 36 (Black Stripe) - 40,4 Millionen Dollar

Claude Monet:
Seerosenteich - 80,5 Millionen Dollar
Nympheas - 54 Millionen Dollar
Nympheas - 43,7 Millionen Dollar
Die Eisenbahnbrücke von Argenteuil - 41,5 Millionen Dollar
Le Parlement, soleil couchant - 40,4 Millionen Doller

Jasper Johns, jr.:
False Start - 80 Millionen Dollar

Pierre-Auguste Renoir:
Tanz im Mouline de la Galette - 78,1 Millionen dollar

Peter Paul Rubens:
Das Massaker der Unschuldigen - 76,7 Millionen Dollar

Tizian:
Diana und Actaeon - 71,3 Millionen Dollar

Thomas Cowperthwait Eakins:
Die Klinik Gross - 68 Millionen Dollar

Edouard Manet:
Der Frühling - 65,1 Millionen Dollar

Wang Meng:
Umzug Zhichuans - 62,1 Millionen Dollar

Clyfford Still:
1949-A-No. 1 - 61,7 Millionen dollar

Paul Cezanne:
Stillleben mit Vorhang, Krug und Obstschale - 60,5 Millionen Dollar
Les Pommes - 41,6 Millionen Dollar
La Montagne Sainte-Victoire - 35 Millionen Dollar

Kasimir Sewerinowitsch Malewitsch:
Suprematistische Komposition - 60 Millionen Dollar
Mystischer Suprematismus - 37,7 Millionen Dollar

Lucian Freud:
Benefits Supervisor Resting - 56,1 Millionen Dollar

Andrej Warhola (Andy Warhol):
Colored Mona Lisa - 56,1 Millionen Dollar.

Pieter Cornelis Mondriaan (Piet Mondrian):
Komposition Nr. III mit Rot, Blau, Gelb und Schwarz - 50,5 Millionen Dollar

Gerhard Richter:
Abstraktes Bild (599) - 46,4 Millionen Dollar

Barnett Newman:
Onement VI - 43,8 Millionen Dollar
Domplatz Mailand -37,1 Millionen Dollar

Francesco Guardi:
Venedigansicht mit Rialtobrücke - 42,7 Millionen Dollar

Cy Twombly:
Untitled - 42,7 Millionen Dollar

Egon Schiele:
Häuser mit bunter Wäsche - 39,8 Millionen Dollar

Eugene Henri Paul Gauguin:
Te Poipoi - 39,2 Millionen Dollar

Jean-Michel Basquiat:
Dustheads - 48,8 Millionen Dollar
The Field Next to the Other Road - 37,1 Millionen dollar

Joan Miro i Ferra:
Blauer Stern - 36,9 Millionen Dollar

George Stubbs:
Gimcrack mit einem Reitknecht auf Newmarket Heath - 36,1 Millionen Dollar

Lawrence Alma-Tadema:
Die Auffindung des Moses - 35,9 Millionen Dollar

William Turner:
Giudecca, La Donna della Salute and San Giorgio - 35,8 Millionen Dollar

Jacopo da Pontormo:
Der Hellebardier - 35,2 Millionen Dollar

Neben diesen bestätigten Verkäufen gibt es noch ungesicherte Verkäufe:

Paul Gauguin - Nafea faa ipoipo - 300 Millionen Dollar.
Paul Cezanne - Die Kartenspieler - 250 bis 275 Millionen Dollar
Hans Holbein der jüngere - Darmstädter Madonna - 70,3 Millionen Dollar

Tizian - Porträt des Alfonso d'Avalos mit einem Pagen - 70 Millionen Dollar.

Das wertvollste Bild ist jedoch immer noch die Mona Lisa von Leonardo da Vinci.

Kurioses aus der Welt der Malerei

Inzwischen malen auch Tiere erfolgreich Bilder. Bereits in den 1950er Jahren malte der Schimpanse *Congo* in einer Fernsehshow. Seinem Beispiel folgten andere.

Künstler *Bakhari* vermischte leuchtend wirkende Gelbtöne zu energetisch wirkenden Knoten. Kunstkenner versuchten seine abstrakten Werke zu interpretieren. US-Maler *Bakhari* ist ein Schimpanse.

Gorilla *Samantha* aus dem Erie-Zoo in Pennsylvania bevorzugt durchscheinende Pastelltöne auf dem Papier. Sumatra Orang-Utan *Baka* aus dem Cheyenne-Mountain-Zoo in Colorado bevorzugt kräftige Farben.

Bei den Orang-Utans ist es schon schwieriger. Baka aus einem Zoo in Colorado musste man den Pinsel jedesmal in die Hand drücken, schon mit der Farbe darauf. Ausserdem verlangte er nach jedem Pinselstrich ein Leckerchen, sonst machte er nicht weiter.

Neben der Kunst von Schimpansen, Gorillas und Orang-Utans werden auch Gemälde von Elefanten ausgestellt.

Elefanten haben jedoch kein Kunstverständnis und müssen trainiert werden. Man gibt ihnen den Pinsel, den sie mit dem Rüssel festhalten. Wenn ihnen der Wärter über das Ohr streicht malen sie einen

Strich auf das Papier. Je nachdem, in welche Richtung und an welcher Stelle das geschieht, malen sie an einem anderen Punkt auf dem Papier. So entstehen sogar erkennbare Formen.

Der Heidelberger Zoo brauchte dringend Geld für ein größeres Löwengehege. Dafür ließ sich der Zoodirektor etwas einfallen. Er ließ Tiere Bilder malen. Inzwischen wurden 16 tierische Bilder versteigert, die von Schimpansen, Menschenaffen und Elefanten gemalt wurden. So kamen rund 2.500 Euro zusammen.

Na ja, wenn man das Gekleckse als Bild und das wilde und planlose Herumschwingen eines Pinsel als malen bezeichnen will, okay. Aber der Elefant weiß nicht, was er da tut. Er hat einfach Spaß daran, Farbe auf eine Leinwand zu klecksen. Das kann auch ein zweijähriges Kind.

Aber die abstrakten Bilder sind oft nicht schlechter, als Bilder moderner Maler. Jeder kann ein paar Pinselstriche auf das Papier zaubern. Oder man nimmt eine Tapetenbürste und verteilt die Farbe großflächig. Einfach drauflosschmieren und schon ist das Kunstwerk fertig.

Picasso wurde einmal gefragt, warum er die Nasen auf seinen Bildern schief malt. Er meinte: *ich male die Nasen absichtlich schief, damit die Leute gezwungen sind, meine Bilder anzusehen.*

Als Picasso noch arm und jung war, verbrannte er seine eigenen Gemälde, damit er es warm in der Bude hatte. Bei den heutigen Preisen hat er damals Millionenwerte vernichtet.

Als Picasso schließlich erfolgreich war, bekam er auch einen Sinn für das Geschäftliche. Er zahlte kleine Beträge auch gerne mit Schecks. Die Leute behielten die Schecks wegen der berühmten Unterschrift und lösten sie nicht ein. Picasso genoss es, berühmt und reich zu sein. Er war witzig und provozierte gern. Am liebsten führte er die Öffentlichkeit an der Nase herum.

Ein Beispiel für seinen Humor ist seine Aussage: *Wenn ich mir keine Ölfarbe mehr leisten kann, kaufe ich Wasserfarben. Wenn ich auch für Wasserfarben kein Geld mehr habe, nehme ich Bleistifte. Wenn die Bleistifte aufgebraucht sind und man mich ins Gefängnis wirft, spucke ich mir auf den Finger und bemale die Wand.*

Die Schweizer Bürokraten

Unsere Nachbarn, die Schweizer haben auch einige seltsame Verordnungen.

Hunde dürfen in der Schweiz verspeist werden, jedoch nur zum Eigengebrauch. Sobald man Gäste zum Essen einlädt, verstösst man gegen das Gesetz.

Wenn sie eine Tasche haben, auf der Werbung für Alkoholika gemacht wird, darf die Tasche nur zum Transport dieser Alkoholika verwendet werden. Ausschließlich.

Wer sein parkendes Auto umparkt, ohne zwischendurch kurz im fliessenden Verkehr gefahren zu sein, kann mit einer Buße von 40 Franken bestraft werden.

Rasen mähen ist am Sonntag verboten. Das liebste Hobby müssen sie also am Samstag ausüben.

In einem Reihenhaus ist es untersagt, nach 22 Uhr die Toilette zu benutzen, zu duschen oder zu baden. Wie wird das wohl kontrolliert?

In Appenzell Innerrhoden ist das Nacktwandern verboten. Immerhin dürfen sie noch Hunde essen.

An Sonntagen ist es verboten, im Freien die Wäsche aufzuhängen. Das schöne Bergpanorama soll für die Touristen nicht verschandelt werden.

Meerschweinchen darf man nicht allein halten, da sie sich sonst einsam fühlen. Haben sie ein Pärchen, sind sie bald nicht mehr allein.

In Bern darf man nicht mehr als drei Hunde mit sich herumführen. Haben sie mehr als drei Hunde brauchen sie eine Sondergenehmigung. Und da lachen sie über die deutsche Bürokratie?

Die 1950er Jahre

Es ist schon lange her und vieles habe ich vergessen. Aber einige Dinge blieben in Erinnerung.

Als Kinder durften wir zum Spielen hinaus, unter der einzigen Bedingung, wenn es dunkel wurde mussten wir zu Hause sein. Es gab kein Handy und niemand wusste, wo wir uns herumtrieben.

Wenn wir Durst hatten tranken wir aus dem Gartenschlauch oder aus dem Fluss, nicht aus Plastikflaschen. Fahrradhelme gab es auch noch nicht.

Wir hatten Schürfwunden, mancher hatte auch eine gebrochene Hand oder Schlüsselbein. Manchmal auch eingeschlagene Zähne. Ja, es gab schon Raufereien, aber niemand wurde verklagt. Schuld hatten wir selbst. Wir hatten auch keine Gewichtsprobleme, weil wir den ganzen Tag draußen waren und uns ständig bewegten. Wir hatten keine Playstation, Videospiele, Kabelfernsehen, Smartphones oder Computer. Wir hatten Freunde.

Damals haben wir viel unternommen und heute? Heute sitzen wir vor der Glotze und werden verdummt.

Wir waren als Kinder arm, aber zufrieden mit dem was wir hatten. Wir mussten frisches Obst essen, anstatt Smoothies zu trinken.

Die meisten Familien hatten mehr als drei Kinder, manche hatten sechs, acht oder zehn Kinder. Solche Familien sind heute seltener anzutreffen, dafür hört man schon wieder die alten Begriffe: Asoziale, Sozialschmarotzer und Lumpenproletariat. Alles Begriffe aus der NS-Zeit.

Das Angebot an Essen war noch sehr überschaubar. Aber Mitte der 50er Jahre begann das Wirtschaftswunder und mit den steigenden Einkommen kam auch die Fresswelle. Nach den harten Kriegsjahren war das Bedürfnis nach gutem Essen unter der Bevölkerung groß.

Plötzlich gab es in den deutschen Küchen Mayonaise und Buttercreme. Ananas und Mandarinen gab es aus der Dose. Die ersten Italienreisenden lernten, wie man Spaghetti mit Gabel und Löffel isst.

Die größte Erfindung aus dieser Zeit war der Toast Hawaii. Eine Scheibe Toastbrot, belegt mit Schinken, einer Scheibe Ananas aus der Dose, danach wurde alles mit einer Scheibe Schmelzkäse überbacken und mit einer Cocktailkirsche garniert. Die beliebteste Speise im Lokal waren Russische Eier. Die Köche waren aber davon nicht begeistert.

Doch irgendwann sehnten sich die Menschen nach einem einfachen und schnellen Essen. Ein gewisser Friedrich Jahn aus Österreich erkannte das und eröffnete ein Restaurant, das zuerst *Linzer Stüberl* hieß und an seine Heimat erinnern sollte. Dort kochte man am liebsten Hühnersuppe. Aber die Leute wünschten sich das Huhn mal anders und nicht in der Suppe verkocht. So kam der findige Geschäftsmann auf die Idee, das Huhn zu grillen. Heraus kam das *Grillhendl.* Da er aus Österreich stammte nannte er sein Lokal nun *Wienerwald.* Bald gab es in ganz Deutschland Wienerwald-Restaurants und den Werbespruch kannte jeder: *Heute bleibt die Küche kalt, wir gehen in den Wienerwald.* In der DDR zog man sofort nach und erfand den *Broiler.*

Aber es gibt auch etwas, was ich verabscheute - den Lebertran. Als Kind bekam ich jeden Tag einen Löffel voll zum schlucken und es war ein Esslöffel. Das Zeug war so eklig, dass mir heute noch schlecht davon wird.

Heute haben es die Kinder besser. Sie bekommen fast nur noch Fastfood. Jeder kennt McDonald's, Burger King, Pizza Hut oder Kentucky Fried Chicken. Döner Kebab, Bratwurst, Currywurst und Leberkäse gehören auch zum schnellen Essen, schmecken gut und sind preiswert, aber auf Dauer nicht gesund.

Jeder Fastfood-Kunde hat schon den Spruch gehört: *Hier essen oder mitnehmen?* Das ist keine Laune sondern hat für den Anbieter eine Bedeutung. Wenn der Kunde das Essen in der Filiale verspeist muss der Verkäufer 19% Mehrwertsteuer zahlen. Nimmt der Kunde das Essen mit, sind nur 7% fällig.

Deshalb sind die Geschäfte darauf ausgerichtet, dass der Kunde sein Essen mitnimmt. Der Begriff *to go* hat sich inzwischen überall durchgesetzt.

Doch genug vom Essen. Auch an andere Dinge aus den Fünfzigern erinnere ich mich. Auf die deutschen Straßen kam auch wieder Bewegung. Genauso wie heute sah man plötzlich überall Motorroller. Die italienische Firma Piaggio verkaufte die Vespa und Innocenti brachte die Lambretta auf den Markt.

Die typische Form stammte von Motorrollern alliierter Luftlandetruppen aus dem zweiten Weltkrieg.

Auch die Deutschen bauten Roller. Der erste hieß Walba, danach kamen Maicomobil, Heinkel Tourist, Zündapp Bella und Dürkopp Diana. Von 1954 bis 1957 baute DKW den Motorroller DKW Hobby in einer Auflage von über 45.000 Einheiten. In der DDR kamen die Modelle Schwalbe, SR 50, Wiesel, Berlin und Troll.

Als die Kunden immer häufiger ein Dach über dem Kopf forderten kamen die Motorradhersteller in eine Krise. Nun entwickelte der Landmaschinenhersteller Hans Glas in Dingolfing das *Goggomobil*. Es gab bereits verschiedene Versionen. Der Name *Goggo* war der Kosename seines Enkels und wurde zum Markennamen. Und bald danach tauchten auch die ersten Käfer auf. Damit begann die Reisewelle nach Italien.

In Plochingen gab es das Unternehmen von Wilhelm Gutbrod. Dort wurden Motorräder, Automobile, Dreirad- und Vierrad-Lieferwagen hergestellt. Die Motorräder errangen national und international zahlreiche Erfolge bei Rennen und Langstreckenfahrten.

In den Fünfzigern tauchten auch die ersten Halbstarken auf. Sie trugen meistens Haartolle, Jeans, karierte Hemden und Lederjacken. Sie grenzten sich bewusst von der deutschen Jugendkultur ab. Beliebt waren Mopeds und Motorräder, mit denen sie als Banden durch die Gegend fuhren. Durch das Wirtschaftswunder hatten Jugendliche erstmals genügend Geldmittel zur Verfügung, um sich die Maschinen leisten zu können.

Mit den amerikanischen Besatzungssoldaten tauchten auch die ersten Straßenkreuzer auf den Straßen auf. Diese Fahrzeuge waren zwar Spritfresser, aber die Soldaten zahlten für Benzin nur ein paar Pfennige.

In jeder Gaststätte, meistens im Hinterzimmer, stand eine Jukebox (Musikbox), die nach dem Einwurf von zwei Groschen die neuesten Schlager spielte. Deshalb trafen wir Jugendlichen uns im Hinterzimmer, wo meistens auch noch ein Tischfußball stand.

Obwohl es noch kein Fernsehen gab, wurde es uns nie langweilig. Wir unternahmen viel miteinander, bis wir in die Lehre kamen. Das war aber dann ein neuer Lebensabschnitt.

Berühmte Worte und Ereignisse

Noli turbare circulos meos (Störe meine Kreise nicht) soll Archimedes 212 v. Chr. gesagt haben, bevor er von einem römischen Legionär erschlagen wurde. Nach anderen Berichten kam Archimedes aber bei einem Unfall ums Leben. Ob er diese Worte jemals gesagt hatte ist fraglich. Aber die Geschichte mit dem römischen Soldaten ist interessanter und hat sich verselbstständigt.

Das Märchen von Harun al-Raschid. Er war der 5. Kalif der Abbasiden und regierte bis 809 n. Chr. Unter Muslimen galt er als brutaler Gewaltherrscher. Das passt auch zu der folgenden Geschichte. Harun al-Raschid mischte sich als Bettler verkleidet unter das Volk. Dort konnte er hören, was man über ihn erzählte und womit das Volk unzufrieden war. Er stellte aber die Mißstände nicht ab, sondern ließ alle, die schlecht über ihn geredet hatten, in seinen Palast bringen - und köpfen.

Mao tse Tung sagte in seiner berühmten Rede 1956 sinngemäß übersetzt: *Lasst hundert Blumen blühen und hundert Lehren miteinander wetteifern.* Damit rief er zur Kritik an der Partei auf. Diesem Aufruf folgten Zigtausende, protestierten und kritisierten die Partei. Darauf wurden alle festgenommen und hingerichtet. Auf einen Schlag hatte damit Mao die gesamte Opposition ausgeschaltet. Nur einige Wenige, die vorsichtiger und mißtrauischer waren überlebten.

Martin Luther King jr. sagte in seiner berühmten Rede 1963: *I have a dream* (Ich habe einen Traum). Er predigte Gleichheit und Versöhnung zwischen schwarz und weiß. 1964 erhielt er den Friedensnobelpreis. Seine Gegner antworteten aber mit Gewalt. Am 4. April 1968 wurde er ermordet.

1937 gab es in der Dominikanischen Republik für Einwanderer einen tödlichen Sprachtest. Wem es nicht gelang, *Perejil (Petersilie)*, spanisch mit gerolltem R auszusprechen, wurde sofort hingerichtet. Das kostete ca. 20.000 Einwanderern aus Haiti das Leben.

Japanische Sitten und Gebräuche

Wer vorhat, nach Japan zu reisen sollte sich vorher genau über die japanischen Sitten und Gebräuche informieren. Diese unterscheiden sich erheblich von unseren.

Wenn wir jemand begrüßen strecken wir die Hand zum Händedruck aus. Tun sie das auf keinen Fall in Japan. Die traditionelle japanische Art der Begrüßung ist die Verbeugung. Damit bekundet man Respekt. Dabei verbeugt sich die in der Hierarchie tiefer gestellte Person länger und tiefer als die höher gestellte.

Wenn sie etwas nicht wollen, auf keinen Fall Nein sagen. Umschreiben sie höflich, dass sie etwas nicht wollen. Sollten sie doch einmal Nein sagen, entschuldigen sie sich gleich darauf und erklären sie die Ablehnung. Japaner weichen einem klaren Nein lieber aus, um nicht unhöflich zu wirken. Aber auch, damit der andere sein Gesicht nicht verliert.

Wenn sie jemand kennenlernen unbedingt die Visitenkarte überreichen. Die Karte des anderen durchlesen, Interesse heucheln und die Karte sorgfältig verstauen oder in der Hand behalten. Auf keinen Fall zusammenfalten oder nachlässig einstecken.

Beim Essen, die Suppe und Nudeln schlürfen. Dies ist ein Zeichen des Genusses. Tun sie es nicht glaubt der Gastgeber, dass ihnen das Essen nicht schmeckt. Rülpsen dagegen finden Japaner ekelhaft. Noch widerlicher finden die Japaner es, wenn sich jemand öffentlich die Nase putzt. Besser hochziehen, oder auf die Toilette gehen.

Wenn sie in einer Gesellschaft trinken, nicht das Glas selber nachschenken. Der Tischnachbar ist dafür verantwortlich, dass man immer ein volles Glas hat. Also immer darauf achten, dass der Mensch neben ihnen nicht auf dem Trockenen sitzt. Wenn man nichts mehr trinken möchte, einen kleinen Rest im Glas lassen. Dann wird nicht mehr nachgeschenkt. Es ist fester Bestandteil japanischer Tischsitten, dass man sich gegenseitig Getränke nachschenkt und ein Zeichen der Wertschätzung. Wer sich selbst einschenkt gilt als gierig und unhöflich.

Im Restaurant auf keinen Fall Trinkgeld geben. Es ist üblich, dass der Gastgeber nicht nur das Essen für seine Gäste bestellt, sondern auch die ganze Rechnung übernimmt. Trinkgeld ist in Japan unüblich, lassen sie sich das Wechselgeld bis auf den letzten Yen herausgeben. Trinkgeld ist verpönt, denn man geht in Japan ganz selbstverständlich davon aus, dass einem der beste Service geboten wird. Das muss nicht extra belohnt werden, sondern ist normal.

Wenn sie zu einem Japaner eingeladen werden, nie ohne Geschenk auftauchen. Gute Geschenk sind Schokolade oder kleine Törtchen. Das Geschenk sollte schön verpackt und mit beiden Händen überreicht werden. Geschenke werden aber nicht vor den Augen des Gastes geöffnet, um keinen Gesichtsverlust des Gastes zu riskieren. So muss niemand Freude über ein Geschenk heucheln, das ihm nicht gefällt.

Bevor sie das Haus des Gastgebers betreten Flurpantoffel anziehen. Auf keinen Fall die Straßenschuhe anlassen. Für Bad und Toilette gibt es spezielle Toilettenpantoffel. Mit diesen sollten sie wiederum nicht die Wohn- oder Essräume betreten.

Wenn sie baden wollen, nicht ungewaschen in die Wanne steigen. Vorher einseifen und abduschen. Erst dann, wenn der Körper vom Schaum befreit ist, in die Wanne steigen. In Japan dient das Bad nicht zur Reinigung des Körpers, sondern zur Entspannung. Außerdem war es früher üblich, dass die ganze Familie dasselbe Wasser zum baden verwendete. Teilweise ist es auch heute noch so. Duschen vor dem Baden gilt auch für den Besuch von öffentlichen Badehäusern.

Zum Schluß noch der Aberglaube. Die Zahl Vier ist Tabu. Also nichts im Viererpack verschenken. Die Zahl Vier ist in Japan ein Hinweis auf den Tod, denn sie wird *shi* ausgesprochen, das ist gleichlautend mit Tod. In Hotels gibt es kein Zimmer mit der Nummer Vier und kein viertes Stockwerk.

Niemals etwas Weißes anziehen, weiße Blumen verschenken oder weißes Geschenkpapier auswählen. Weiß ist die Farbe der Trauer und des Todes.

So, nun steht ihrer Reise nach Japan nichts mehr im Wege.

Schwäbisch für Fortgeschrittene

Bei den Schwaben haben manche Wörter eine andere Bedeutung als im Hochdeutschen. Einige Beispiele zum besseren Verständnis lesen sie hier:

Anatomie - sagt der Schwabe *Fuaß* meint er das ganze Bein. Sagt er *Kreiz* meint er den Rücken. In seltenen Fällen werden Hand, Unterarm, Ellbogen und Oberarm bis zur Schulter kurz als Hand zusammengefasst. Und der Bauch umfasst den ganzen Rumpf.

Tiere - zur Stubenfliege sagt der Schwabe *Mugg* und zur Stechmücke *Schnog*. Die Fliegenklatsche heißt beim Schwaben *Mugggebatschr*. Und etwas sehr kleines nennt er *Muggeseggele*.

Bewegungen - Gehen heißt beim Schwaben *laufe*, Laufen heißt *springe*, schnelles Laufen heißt *renna* und jucken heißt *beißa*.

Zeitmaß - früh heißt *bald*, noch früher heißt *baldr* und geschwind heißt *gschwend*.

Tätigkeiten - halten heißt im schwäbischen *heba*, heben heißt *lupfa*, Aufbewahren heißt *Uffheba*. Sitzen heißt *hogga*. Arbeiten heißt *schaffa* und machen heißt *dua*.

Farben - Für die Farben helles Orange, Ocker und Hellbraun kennt der Schwabe nur ein Wort *gäal* (Gelb).

Wir heißt beim Schwaben *mir*. Mit *Deppich* bezeichnet er auch eine Wolldecke zum Zudecken.

Ja oder nein - *Ha no* heißt ja und *Ha noi* heißt nein.

KLebstoff wird allgemein als *Bäbb* bezeichnet, wird aber auch für Unsinn verwendet (Schwätz koin Bäbb). Der *Bäbber* ist ein Aufkleber.

Essen - zu Marmelade sagt er *G'sälz* und zu Erbsen *Brockela*.

Auch der Einfluß der französischen Sprache reicht bis ins Schwabenland. Die Zimmerdecke ist das *Blaffo* (le plafond). Der Gehweg ist das *Troddwar* (le trottoir). Das Sofa heißt *Schässloh* (Chaise longue).

Fisimadenda (Visitez dans ma Tente) sind unüberlegte Handlungen. Biffe (Buffet) ist der Geschirrschrank. Bagasch (Bagage) ist menschliches Pack.

Bodschamber (Pot de chambre) ist der Nachttopf. Ragall (Racaille) ist ein böses Weib. Schenant (Genant) ist peinlich und wief (Vif) ist pfiffig.

Der Batscher (Battre) ist der Teppichklopfer und die Gautsche (couche) ist die Schaukel. Präsannt (pressant) sagen wir, wenn wir es eilig haben und ratzeputz (rasibus) heißt restlos.

Für die Worte Gerümpel, Schrott, Unbrauchbares und Minderwertiges hat der Schwabe nur ein Wort - *Glump*.

Zum Pinkeln sagt der Schwabe *bronza* und zum regnen *soicha*. Halblautes Schimpfen nennt er *bruddla*. Zu hinunter sagt er *nondr* und zu hinauf *nuff*.

Aber auch unsere Nachbarn, die Österreicher haben einige sonderbare Ausdrücke. Zu einer Tüte sagen sie *Sackerl*. Zum schwarzen Kaffee mit Sahne sagt der Össi *Einspänner*. Zum Gerichtsvollzieher = *Exekutor* und zur Pfändung = *Exekution*. Und ein kleiner Mensch ist ein *Zwutschgerl*

Besuch bei den Chinesen

Bei den Chinesen ist es ähnlich, wie bei den Japanern. Auch hier gibt es Regeln, die man unbedingt beachten muss.

1. Ja - Begrüßung: Verbeugung und Zurückhaltung
2. Nein - Enger Körperkontakt
3. Ja - Angemessene Kleidung
4. Nein - Mit dem Finger auf eine Person zeigen
5. Ja - Mit den Stäbchen essen
6. Nein - Am Tisch die Nase putzen
7. Ja - Gastgeschenk mitbringen
8. Nein - Nicht ungeduldig werden
9. Ja - Bescheidenheit und Zurückhaltung
10. Nein - Niemals Blumen schenken

1. Das erste Kennenlernen, besonders in Asien ist gar nicht so einfach. Gerade die Begrüßung ist oft in China die größte Hürde. Es ist eine angemessene Verbeugung angebracht. Dabei sollte man nie die Visitenkarte vergessen. Diese wird mit beiden Händen überreicht. Wichtig, Pünktlichkeit wird in China ganz groß geschrieben. Damit dürften wir Deutsche aber kein Problem haben.
2. Nur nicht auf Tuchfühlung gehen. Enger Körperkontakt, sowie Umarmungen machen keinen guten Eindruck. Das inzwischen in Deutschland übliche Bussi links, Bussi rechts wäre in China eine Katastrophe. Auch ein zu fester Händedruck gilt hier als unfein. Direkter Augenkontakt ist ein absolutes Tabu. Chinesen sehen lieber verschämt zur Seite.

3. Die richtige Kleidung öffnet Türen. Ein dunkler Anzug mit passender Krawatte ist immer richtig. Auch wenn es heiß ist und die Sonne brennt, keine Sandalen oder Flipflops anziehen. Ordentliche geschlossene Schuhe sind ein Muss. Weiß ist in China die Farbe der Trauer und deshalb für die Kleidung ungeeignet.

4. Nie mit einem Finger auf eine Person zeigen. Das sollte man mit der flachen Hand tun. Jemanden herbeiwinken ist zwar erlaubt, aber dann sollte die Handfläche nach unten, nicht nach oben zeigen. Wichtig, bei jeder Gelegenheit lächeln.

5. Wer geübt hat, mit Stäbchen zu essen, sammelt Pluspunkte. Die Essstäbchen aber niemals in den Reis stecken, sondern so neben den Teller legen, dass die Griffseite auf dem Tisch aufliegt. Am Ende des Essens wird immer frisches Obst gereicht, damit ist das gemeinsame Essen auch beendet. Eine Speise sollte man niemals ablehnen. Wer fürchtet, auf dem Teller liegt Hunde- oder Katzenfleisch, kann sich auch als Vegetarier zu erkennen geben. Allerdings muss er das dann bis zum Ende der Reise durchhalten.

6. An der gedeckten Tafel niemals das Taschentuch zücken. Es gehört sich nicht, am Tisch die Nase zu putzen. Der beste Ort dafür ist die Toilette. Raucher aufgepasst. Die Chinesen sind den Genussmitteln nicht abgeneigt. Holen sie aber auf keinen Fall die eigene Zigarettenschachtel heraus, zünden sich eine an und stecken die Packung wieder weg. Jeder Raucher ist gut beraten, wenigstens seinem Nachbarn eine anzubieten. Egoismus wird in China nicht geschätzt.

7. Das richtige Geschenk macht Eindruck und bereitet Freude. Achten sie darauf, dass das Geschenk in rotes, gelbes oder rosafarbenes Papier eingepackt ist. Diese Farben stehen für Fröhlichkeit und Lebensfreude. Wer nichts falsch machen möchte bringt Pralinen, Bonbons oder alkoholische Spezialitäten seines Landes mit. Auch Füllfederhalter und Kugelschreiber machen Eindruck. Wundern sie sich nicht, wenn das Geschenk erstmal zur Seite gestellt und später geöffnet wird.

8. Nicht ungeduldig werden. Auf Hektik oder Stress reagieren Chinesen äußerst empfindlich. Das Wort Nein bei Geschäften gilt als unhöflich. Die bessere Wahl ist: *das könnte schwierig werden* oder *ich versuche es.* Und keine Diskussionen über Politik. Das könnte zu einem Gesichtsverlust des Gegenübers führen.

9. Mit Bescheidenheit und Demut kommt man zum Ziel. Chinesen mögen kein überhebliches oder arrogantes Verhalten. Hier drängt sich niemand in den Vordergrund.

10. Niemals Blumen mitbringen. In Deutschland gehört das inzwischen zum guten Ton. In China werden Blumen grundsätzlich nur bei Todesfällen geschenkt und sind somit als Präsent ungeeignet. Genauso verpönt sind Uhren. Schon das Ticken einer Uhr wird in China mit dem Gang zum Grab in Verbindung gebracht. Die Gabe einer Uhr würde bedeuten: *deine Zeit ist abgelaufen.*

Die Wörter Bitte und Danke werden in China nicht so oft verwendet. Chinesen denken, dass es oberflächlich klingt. Bestimmte Dinge werden als Selbstverständlichkeit hingenommen und bedarfen keines Dankes. Anstatt Danke zu sagen klopft der Chinese mehrmals mit den Fingerkuppen auf den Tisch.

Die Fuß- oder Schuhsohlen gelten als niederster Teil des Körpers. Man zeigt deshalb nicht mit dem Fuß auf etwas, oder schiebt Gegenstände damit vor sich her. Betritt man ein Privathaus oder eine religiöse Stätte lässt man die Schuhe vor der Tür stehen.

Aberglaube und Zahlen spielen in China eine wichtige Rolle. Glück bringende Zahlen sind die Zwei, die Drei, die Sechs, die Acht und die Neun. Die Unglückszahlen sind viele ungerade Zahlen und vor allem die Vier, denn sie hat denselben Laut wie das Wort Tod. Dies gilt auch für Farben. Rot und Gold sind positive Farben, Schwarz und Weiß genau das Gegenteil.

Wenn man all diese Dinge beachtet schafft man es vielleicht, nicht bereits am ersten Tag aufzufallen.

Es gibt noch DDR-Produkte

Nun sind es bereits 26 Jahre nach der Wiedervereinigung und ich wollte mal sehen, welche ehemaligen DDR-Produkte überlebt hatten. Ich habe mich in den Supermärkten umgeschaut und tatsächlich, es gibt noch einige, aber nicht mehr viele Produkte.

Rotkäppchen-Sekt. Der Sekt aus Freyburg an der Unstrut war in der DDR heiß begehrt. Heute sind die Freyburger Marktführer in ganz Deutschland und haben inzwischen sogar die Marke *Mumm* übernommen.

Halberstädter Würstchen gab es schon vor der DDR. Bereits 1896 wurden sie in der Konserve produziert und es gibt sie heute noch.

Bautz'ner Senf gehörte zu den Würstchen. Das Rezept und die Optik blieb erhalten. Heute bekommt man ihn auch im Supermarkt.

Radeberger Bier wurde zu DDR-Zeiten für den Export gebraut und war nur sehr schwer zu haben. Heute ist es im Westen bekannt, ebenso wie andere Biermarken aus dem Osten wie *Hasseröder, Köstritzer* oder *Wernesgrüner.*

Waschmittel Spee. Spee hat ähnlich wie Rotkäppchen die Supermarktregale im Westen erobert. Inzwischen gehört es zu Henkel in Düsseldorf.

Nudossi war das Nutella des Ostens. In der DDR gab es Nudossi nur in den teuren Delikat-Läden zu kaufen. Inzwischen wird es wieder produziert und ließ sogar Nutella hinter sich.

Filinchen war ein Waffelbrot und zu DDR-Zeiten heiß begehrt, vor allem bei Kindern. Noch heute wird es produziert.

Tangermünder Nährstange. In der DDR war sie eine Seltenheit aber sehr beliebt. Der Schokoriegel wurde in Handarbeit gefertigt, aber wegen des hohen Aufwandes wurde die Produktion 1970 eingestellt. Inzwischen gibt es die Nährstange wieder.

Tempo-Linsen. Der Name war Programm. Die Linsen sind vorbehandelt und müssen nicht mehr eingeweicht werden. In 10 Minuten sind sie zubereitet. Die Retro-Packung steht auch heute noch im Supermarkt.

Fit - Geschirrspülmittel, damals gelb, heute grün, steht auch im Regal. In der DDR kannte jeder das

Produkt. Man nannte jedes Geschirrspülmittel Fit, genauso wie im Westen jedes Papiertaschentuch Tempo genannt wird.

Vita-Cola war in der DDR sehr beliebt. Während der Wende wurde aber die Produktion eingestellt. Doch inzwischen gibt es die Cola wieder und sie ist auf Rang zwei im ostdeutschen Limonadenmarkt.

Halloren-Kugeln. Diese stammen aus Deutschlands ältester noch produzierender Schokoladenfabrik in Halle. 2014 übernahmen sie sogar die belgische Pralinenfabrik *Bouchard* und verkaufen inzwischen nach Südkorea und in die USA.

Rondo-Melange war eine beliebte Kaffeemarke. Nach der Wende verschwand sie jedoch vom Markt. Inzwischen hat sie der Hersteller Röstfein aus Magdeburg wiederbelebt, auch andere Marken wie *Mocca Fix, Mona* und *im nu.*

Spreewaldgurken gibt es auch nach der Wende überall zu kaufen.

Einkaufsnetze. Mit den Ostprodukten verbunden sind die dehnbaren bunten Einkaufsnetze. Diese werden heute wieder hergestellt. Zu DDR-Zeiten hatte jeder Haushalt solch ein Netz.

Hier noch ein paar Produkte, die im Westen kaum einer kennt:

1. Bombastus Mundwasser
2. Dederon
3. Mokka-Fix
4. Schlager Süßtafel
5. Ata
6. Konsum Brot

7. Duosan Rapid
8. Blauer Würger
9. Klapp-Fix
10. Lipsi

Das ging daneben II

Peinliche Namen aus allen Bereichen, speziell aus der Automobilbranche tauchen immer wieder auf. Oft bedeuten harmlose Bezeichnungen in einer anderen Sprache Anstößiges.

Fiat Regata und **Uno**. Mit diesen Modellen stieß Fiat in Skandinavien auf Kopfschütteln und Absatzschwierigkeiten. Regata heißt auf schwedisch: *streitsüchtige Frau.* Uno heißt auf finnisch: *Idiot.*

Toyota Fiera. Mit diesem Modell hatte Toyota in Spanien Schwierigkeiten. Fiera heißt auf spanisch so viel wie *scheußlich.*

Opel Ascona. Opel erging es nicht besser. Das weibliche Geschlechtsteil heißt auf spanisch *Cona*.

Mazda Laputa. Auch bei Mazda ist spanisch fremd. La puta heißt dort *Die Hure.*

Nissan Moco. Auch Nissan hatte es nicht mit dem spanischen. Moco bedeutet auf spanisch *Rotz.*

Kia. Der Name der Automarke ist identisch mit der amerikanischen Abkürzung für *killed in action,* also im Einsatz getötet.

Fiat Cinquecento. Für Nicht-Italiener ist das Wort schwer auszusprechen. Ursprünglich wollten die Italiener den Nachfolger des Fiat 500 *Topolino* (Mäuschen) nennen. Disney hat das erfolgreich verhindert.

Nissan Serena. Der Name führte zu Verwechslungen mit einer in mehreren europäischen Ländern vertriebenen gleichnamigen Damenbinde.

Rolls Royce Silver Mist. Was hatten sich die Hersteller bei diesem Namen wohl gedacht. Silver Mist kann man mit Unrat oder Jauche aber nicht mit silbernem Nebel gleichsetzen.

Lancia Dedra. Der Name erinnert an *dead* (tot) was dazu führte, dass das Auto auf dem englischen Markt tot war.

Porsche Cayenne. Der feurig klingende Name wird von der gleichnamigen Pfeffersorte abgeleitet. In Frankreich wird er aber auch für ein Arbeitslager verwendet.

Renault Coleos. Der französische Geländewagen bedeutet im Griechischen so viel wie *Vagina*. Peinlich, peinlich.

Daihatsu Dash. Der Autoname erinnert an das gleichnamige Waschmittel. Ob er auch beim waschen eingeht. Er ist ja jetzt schon klein.

Aber nicht nur die Autohersteller tappen ins Fettnäpfchen, anderen Firmen ging es nicht besser.

Die Firma *Clairol* führte ihren Lockenhaarstab mit seinem amerikanischen Namen in Deutschland ein. Der Lockenstab mit dem Namen **Mist Stick** fand aber in Deutschland wenig Käufer.

Als **Coca-Cola** auf den Chinesischen Markt kam machte man sie darauf aufmerksam, dass es für den Namen Coca-Cola einen ähnlich klingenden chinesischen Wortlaut gibt, er lautet: *beiss in die Wachs-Kaulquappe.*

Eine finnische Firma wollte einen Türschlosenteiser mit dem Originalnamen in den USA einführen. Sein name war **Super Piss.**

Die amerikanische Firma **Gerber** führte ihre Baby-Nahrung in verschiedenen afrikanischen Ländern ein. Wie in den USA üblich, klebte auf dem Glas ein Bild von einem Baby. Da in vielen afrikanischen Ländern die Menschen nicht lesen können, ist es üblich, auf dem Etikett das abzubilden, was im Glas drin ist.

Der amerikanische Milchprodukteherstseller **Pet** wollte seine Produkte in Quebec vermarkten. In Quebec wird aber französisch gesprochen und Pet bedeut im französischen *Furz*.

Die ägyptische Fluglinie **Misair** machte in französischsprachigen Ländern eine Bauchlandung. Der Firmenname bedeutet im französischen *Elend*.

Die finnische Brauerei die das Bier **Koff** herstellte, blamierte sich bei der Einführung in den USA. Koff bedeutet *Husten*.

Nintendo Wii. Der Name der Spielkonsole erinnert im Englischen an eine umgangssprachliche Bezeichnung für *Urin*.

Punica sollte auch in Ungarn verkauft werde. Der Name ist aber in Ungarn ein ziemlich öbszöner Ausdruck.

Der Japanische Gemüsehersteller **Kagome** blamierte sich auf der iberischen Halbinsel. Dort bedeutet Kagome - *ich habe mir in die Hose geschissen*.

Nestle hatte mit seinem **Nescafe** in Portugal keinen Erfolg. In Portugal bedeutet n'es cafe - *ist kein Kaffee*.

Warum eine australische Fluggesellschaft sich **Emu** nennt, bleibt ein Rätsel. Der Emu ist zwar ein Vogel, aber er kann nicht fliegen.

Persil von Henkel löste in Frankreich Verwunderung aus. Dort bedeutet Persil eine Petersilie. Henkel änderte den Namen und verkauft das Waschmittel nun unter *Le Chat.*

Rockford ist ein italienisches Aftershave, das bei Franzosen überhaupt nicht ankam. Die Ähnlichkeit mit dem stark riechenden *Roquefort-Käse* war der Grund.

Die Parma-Firma Merck wollte in Italien das Schlafmittel **Phanodorm** verkaufen. Im italienischen Bedeutet aber fa no dorm - *lässt dich nicht schlafen.*

Der Fensterhersteller **Roto** hatte in Spanien erhebliche Schwierigkeiten. Dort bedeutet Roto so viel wie *kaputt.*

Das Finanzamt wollen wir nicht vergessen. Seine Elektronische Steuererklärung hat den namen **Elster**. Wer da nicht an eine diebische Elster denkt?

Redewendungen

Wir haben sie alle schon mal gehört, aber woher kommen sie?

Etwas abklappern - alles absuchen. Bei einer Treibjagd wurde das Wild mit Holzklappern aus dem Unterholz gejagt.

Etwas abkupfern - nachahmen, kopieren. Der Kupferstich war in der früheren Neuzeit die führende Technik zum Verfielfältigen von Bildern.

Mit Ach und Krach - gerade eben noch. Verkürzung von mit Ächzen und Krächzen.

Sich vom Acker machen - sich davonstehlen. Bei den Soldaten wurde das Übungsgelände auch Acker genannt. Wer sich vom Acker machte, der drückte sich und war nicht selten fahnenflüchtig.

Das ist ein Armutszeugnis für ihn - das zeigt, wie unfähig er ist. Das Armenrecht ermöglichte nach Vorlage einer Bescheinigung der Wohngemeinde, Armutszeugnis genannt, und bei Erfolgsaussicht, das kostenlose führen eines Zivilprozesses.

Am Arsch der Welt - abseits der Zivilisation. Umschrieben auch, wenn die Welt einen Einlauf brauchte, dort würde er gemacht.

Das geht mir am Arsch vorbei - das ist mir egal. Vulgär betonte Form der Gleichgültigkeit.

Etwas ausbaden müssen - für etwas ungerechtfertigt bestraft werden. Früher war es üblich, dass mehrere Personen nacheinander das gleiche Badewasser benutzen mussten. Der letzte in der Reihenfolge bekam das kühlste und schmutzigste Badewasser und musste auch noch ausbaden, das heißt die Wanne reinigen.

Ich verstehe nur Bahnhof - nichts verstehen oder nichts verstehen wollen. Das hat seinen Ursprung im ersten Weltkrieg. Die Soldaten waren vom jahrelangen Grabenkrieg so ermüdet, dass sie nur noch das Wort Bahnhof hören wollten. Das war für sie gleichbedeutend mit einer Heimfahrt.

Mit harten Bandagen kämpfen - unerbittlich und hart kämpfen. Vor der Zeit der Boxhandschuhe kämpften die Boxer mit Bandagen um die Fäuste. Je fester die Bandagen gewickelt waren, desto härter traf der Fausthieb.

In die Binsen gehen - verloren gehen. Das kommt aus der Jägersprache. Wenn Wildgeflügel sich ins rettende Schilf flüchtete, wohin der Jagdhund nicht folgen konnte, dann ging es in die Binsen.

Ach du heilig's Blechle - schwäbischer Ausruf von Überraschung. Betteln war einst in Württemberg verboten, außer man hatte zum Zeichen der amtlichen Erlaubnis einen entsprechende Blechmarke. Heute meint der Schwabe jedoch mit dem Ausruf sein Auto.

Einen Bock schießen - einen Fehler, eine Dummheit machen. Der Ausspruch kommt aus der Schützensprache. Ein Fehlschuss wurde als Bock bezeichnet.

Den Bock zum Gärtner machen - den Ungeeignetsten für eine Aufgabe auswählen. Der Ziegenbock ist nicht gerade zimperlich und frißt die schönsten Pflanzen.

Ein Brett vor dem Kopf haben - etwas Offensichtliches nicht verstehen. Das kommt aus dem Mittelalter, wo die Menschen den als dumm geltenden

Ochsen Bretter vor die Köpfe hängten, damit sie nicht erschreckt oder abgelenkt werden.

Wie ein Buch reden - ununterbrochen reden. Als würde man pausenlos aus einem Buch vorlesen.

Auf den Busch klopfen - etwas vorsichtig zu ergründen versuchen. Das kommt aus der Jägersprache, wo die Treiber durch Schläge gegen die Gebüsche das Wild aufscheuchten und vor die Flinte des Jägers trieben.

Eulen nach Athen tragen - etwas Unsinniges, Überflüssiges tun. Die Münzen des antiken Athen trugen auf der Rückseite das Abbild einer Eule, deshalb nannte man sie auch Eulen. Da die Stadt Athen als sehr reich galt, erschien es unsinnig und überflüssig, noch mehr Geld dahin zu bringen.

Sich eine Eselsbrücke bauen - komplexe Vorgänge durch gedankliche Umwege leichter einprägen. Speziell für störrische Esel wurden Brücken an der schmalsten Stelle eines Flusses eingerichtet.

Einem geschenkten Gaul schaut man nicht ins Maul - man soll Geschenke nicht bemängeln oder kritisieren. Scherzhaft wird auch gesagt: *einem geschenkten Barsch schaut man nicht in die Kiemen.*

Ins Gras beißen - sterben. Aus der Soldatensprache. Schwer verwundete Soldaten bissen vor Schmerzen buchstäblich ins Gras.

Nochmal dasselbe in grün - wieder dasselbe oder fast dasselbe. Opel produzierte nach dem ersten Weltkrieg 1924 den Opel Laubfrosch in grün. Eigentlich war es eine Kopie des gelben Citroen 5 CV von 1921.

Etwas in den falschen Hals bekommen - etwas missverstehen. Wer beim essen etwas statt in die

Speiseröhre versehentlich in die Luftröhre (den falschen Hals) bekam, drohte zu ersticken.

Mein Name ist Hase, ich weiß von nichts. Geht zurück auf den Juristen Victor von Hase, der einmal selbst angeklagt, seine eigene Vernehmung einleitete mit dem Satz: *Mein Name ist Hase, ich verneine die Generalfrage, ich weiß von nichts*.

Das geht aus wie das Hornberger Schießen - ein groß angekündigtes Unternehmen geht klanglos zu Ende. Die Bürger von Hornberg erwarteten hohen Besuch. Dafür übten sie wiederholt das Salutschießen. Als der hohe Besuch eintraf hatten sie bereits alles Pulver verschossen.

Holzauge sei wachsam - aufpassen. Stadtmauern hatten früher Wehrgänge. Darin waren mehrere kreisrunde Löcher in der Mauer, mit Holz umkleidet, Holzaugen genannt. Diese erlaubten den wachhabenden Soldaten einen prüfenden Blick nach draußen, ohne selbst von dort gesichtet zu werden.

Das geht über die Hutschnur - das geht zu weit. Nach einer Urkunde von 1356 aus Eger sollte dort der Strahl aus einem Wasserhahn nicht dicker als eine Hutschnur sein, um der Vergeudung von Wasser vorzubeugen.

Etwas auf die hohe Kante legen - etwas sparen, zurücklegen für schlechte Zeiten. Die hohe Kante war ein Platz im Baldachin eines Bettes, an dem früher wohlhabende Menschen ihr Erspartes versteckten. Häufig befand sich in einem Balken des Baldachins zu diesem Zweck ein Geheimfach.

Ab nach Kassel - verschwinde oder scher dich. Der Landgraf von Hessen-Kassel vermietete Landeskinder an die britische Krone, die als Söldner im amerikanischen Freiheitskrieg eingesetzt wurden. Sammelstation war Kassel.

Etwas auf dem Kerbholz haben - etwas verbrochen oder ausgefressen haben. Als die Menschen noch nicht schreiben konnten, wurden Schulden häufig durch Kerben in einem Holzstab dokumentiert. Ähnlich wie heute im Restaurant die Getränke auf dem Bierdeckel vermerkt werden.

Bei jemandem in der Kreide stehen - Schulden haben. Wirte und Krämer pflegten Forderungen mit Kreide auf eine Tafel zu schreiben, bis sie erfüllt wurden.

Leine ziehen - das Feld räumen, verschwinden. Kommt aus der Binnenschifffahrt, als Schiffe stromaufwärts von den Treidelpfaden aus mit Pferdegespannen gezogen wurden. Zieht Leine, war das Kommando, das Schiff in Bewegung zu setzen.

Einen Metzgersgang machen - etwas erfolglos unternehmen. Fleischer gingen früher von Hof zu Hof auf der Suche nach Arbeit. Kehrten sie am Abend ohne Auftrag zurück, hatten sie einen Metzgersgang gemacht.

Das schmeckt nach Muckefuck - das ist geringerwertiger Kaffee, Ersatzkaffee. Das kommt aus dem französischen Mocca faux = falscher Mokka, für einen Kaffee, der keine oder kaum Kaffeebohnen enthält.

Sich etwas unter den Nagel reißen - sich etwas aneignen. Raubtiere pflegten ihre Beute unter ihre Krallen zu nehmen - sich etwas zu krallen.

Die Nagelprobe bestehen - eine entscheidende Prüfung bestehen. Früher prüfte man damit, ob ein Trinkgefäß auch leergetrunken war. Man drehte das

Gefäß so um, dass ein verbliebener Inhalt auf den Daumennagel tropfte. Kam mehr heraus, als auf dem Nagel Platz hatte, so galt das Gefäß als nicht ausreichend leergetrunken und die Probe nicht bestanden.

Oberwasser haben - im Vorteil sein, die Oberhand gewinnen. Dies kommt aus der Müllersprache. Das im Mühlteich angestaute Wasser trieb als Oberwasser das Mühlrad an. Das abfließende Unterwasser war weniger kraftvoll.

Seinen Obulus entrichten - einen kleinen Beitrag zahlen. Die Redewendung geht auf die altgriechische Münze Obolos zurück, die man Toten als Fährlohn für den Fährmann Charon in den Mund legte.

Ins Schwabenalter kommen - 40 Jahre alt werden. Im schwäbischen gilt das Sprichwort: *Ein Schwabe wird mit vierzig gscheit, die anderen nicht in Ewigkeit.*

Hinter schwedischen Gardinen - im Gefängnis. Schwedischer Stahl war besonders robust und wurde gerne für Gitterstäbe verwendet.

Etwas auf Vordermann bringen - etwas verbessern, in Ordnung bringen. Der Begriff atammt aus dem Militär, wo man beim Antreten und Ausrichten in Reih und Glied sich nach dem Vordermann richten musste. Wenn die Reihe schief war, wurde sie auf Vordermann gebracht.

Den großen Zampano spielen - die Fäden ziehen, nach denen die Puppen zu tanzen haben. In dem Film La Strada spielte Anthony Quinn den Zigeunerhauptman *Der große Zampano.*

Lasst euch nicht verrückt machen

Spinnen die jetzt alle? Im Fernsehen wurden wir gewarnt, dass unter den Flüchtlingen auch Terroristen ins Land gekommen sind. Es soll sogar Terroristen geben, die schon länger im Ruhrgebiet leben und von den deutschen Behörden nicht erkannt wurden.

Glaubt denn irgend jemand, dass Terroristen nicht ins Land kämen, wenn es keine Flüchtlinge gäbe? Natürlich kämen sie ins Land und niemand würde es auffallen.

Es ist aber schon ein starkes Stück, dass diese Terroristen sich nicht bei den Behörden melden und erklären: *Ich bin Terrorist und lebe hier in dieser Stadt. Meinen Anschlag habe ich in vier Wochen geplant.*

Da geht ein Mann (kein Terrorist) in den Baumarkt. Er sieht aber nicht wie ein Deutscher aus und kauft Chemikalien, mit denen man Brandsätze herstellen kann, sehr verdächtig. Der Leiter des Baumarktes informiert die Polizei und diese leitet die Fahndung ein.

Fast täglich hören wir jetzt von geplanten Anschlägen und Hausdurchsuchungen. Aber ein Terrorist wurde bisher nicht gefasst. Dafür werden unbescholtene Bürger verdächtigt.

Übrigens Brandsätze die gegen Asylbewerberheime fliegen werden auch aus Chemikalien hergestellt. Man bekommt sie ganz einfach an jeder Tankstelle.

Wir brauchen inzwischen keine Terroristen mehr, wir reagieren auch so schon panisch. Sicher gibt es unter Deutschen nicht mehr oder weniger Kriminelle, als bei Asylsuchenden.

Trotzdem wird die Terroristengefahr im Fernsehen und in den Medien täglich geschürt. Dazu möchte ich einen Spruch von Erich Kästner zitieren:

Was auch immer geschieht,
nie dürft ihr so tief sinken,
von dem Kakau, durch den man euch zieht,
auch noch zu trinken.

Mein Versprechen

Es gibt Wendepunkte, die unser Leben verändern. Bei mir war der erste Wendepunkt, als ich mir vornahm, keinen Alkohol mehr zu trinken. Das war vor 26 Jahren und ich halte mich immer noch daran.

Der zweite Wendepunkt war, als ich mir vornahm, nicht mehr zu rauchen. Das war vor 16 Jahren und ich halte mich immer noch daran.

Nun kommt ein weiterer Wendepunkt und ich habe mir einiges vorgenommen.

Ich werde andere öfter fragen, wie es ihnen geht. Auch wenn es mich nicht interessiert.

Wenn sie antworten werde ich sogar zuhören und Interesse heucheln. Auch wenn die ganze Krankheits- oder Lebensgeschichte erzählt wird.

Ich werde nur noch ehrlich sein und niemand mehr anlügen. Auch wenn mir das sicher Ärger einbringt.

Ich werde immer noch Fehler machen oder etwas vermasseln. Ich lerne ja nie aus.

Ich werde gesünder essen, nur noch Gurken, Tomaten und Salat. Mal sehen, wie lange ich das durchhalte.

Ich werde mich mehr bewegen, jeden Tag in die Stadt gehen und so meinen Bauch abtrainieren.

Ich werde öfter Obdachlose besuchen und ihnen ein paar Euro spenden.

Alkohol und Zigaretten habe ich ja schon aufgegeben. Vielleicht fällt mir noch etwas ein, auf das ich ebenfalls verzichten könnte.

Ich werde mir weiterhin meine eigene Meinung bilden und nichts mehr glauben was in der Zeitung steht, oder im Fernsehen berichtet wird.

Ich werde Menschen, die im Mülleimer wühlen, meine leeren Pfandflschen geben.

Ich werde immer Ohrhörer tragen, damit ich das Gejammere der Menschen nicht mehr ertragen muss.

Ich werde weniger Fernsehen. Das ist meine leichteste Übung. Inzwischen kommt auf allen Sendern nur noch Mist. Bevor ich verblöde, schalte ich lieber ab.

Ich werde an drei Tagen der Woche kein Fleisch mehr essen.

Wenn ich ein Gerücht höre, werde ich es für mich behalten und nicht weitertratschen.

Ich werde zugeben, dass ich etwas nicht weiß. Ich weiß zwar vieles, aber nicht alles.

Ich werde weniger lästern. Nur noch über Ausländer, Migranten, Asylanten und Einwanderer.

Ich werde nicht mehr über das Wetter sprechen. Das überlasse ich den anderen.

Ich werde keine Plastiktüten mehr benutzen. Nur noch Stofftaschen. Eigentlich mache ich das schon lange.

Ich werde mehr Fahrrad fahren. Ich muss mir nur noch ein E-Bike mit einem starken Motor kaufen.

Ich werde mir ein echtes Bild von einem Maler kaufen. Bei mir hängen nur Drucke herum. Es ist Zeit für ein echtes Kunstwerk.

In zehn Jahren werde ich diese Geschichte hervorholen und sehen, ob ich mein Versprechen eingehalten habe.

Beleidigungen

Manchmal rufe ich anderen Menschen Beleidigungen hinterher. Oft stehe ich an einer roten Ampel und warte auf grün. Läuft einer an mir vorbei über die Straße rufe ich ihm hinterher: *Kanake*. Ist es eine Dame rutscht mir schon mal heraus: *Schlampe*.

Bisher ging das gut und ich wurde nicht angezeigt. Aber wenn ich mal an einen Polizisten in zivil gerate? Was dann?

Ich habe mich informiert, was solche Beleidigungen eigentlich kosten. Nun, für Beleidigungen gibt es keine Regelsätze. Deshalb gibt es auch keinen Schimpfwortkatalog, aus dem man ersehen kann, welches Schimpfwort wieviel kostet.

Bei Beamten oder Polizisten gibt es jedoch genug Urteile, nach denen man sich richten kann. Im deutschen Recht gibt es zwar keine Beamtenbeleidigung, aber darauf würde ich mich nicht verlassen.

Hier einige Beispiele, was man auf keinen Fall zu einem Polizisten sagen sollte und was es sonst kostet:

- Mädchen, zu einem Polizisten - 20 Euro
- Leck mich doch - 300 Euro
- Armes Schwein, du hast doch eine Mattscheibe - 250 Euro
- Wegelagerer - 450 Euro
- Blödes Schwein - 475 Euro
- Was willst du, du Vogel - 500 Euro
- Asozialer - 550 Euro
- Einen Polizisten duzen - 600 Euro
- Dir hat wohl die Sonne das Gehirn verbrannt - 600 Euro
- Holzkopf - 750 Euro
- Bei dir piept's wohl - 750 Euro
- Verfluchtes Wegelagerergesindel - 900 Euro
- Kasperleverein - 1000 Euro
- Wichtelmann 1000 Euro
- Wichser - 1000 Euro
- Idiot - 1500 Euro
- Raubritter - 1500 Euro
- Trottel in Uniform - 1500 Euro
- Spinner - 1600 Euro
- Am liebsten würde ich jetzt Arschloch zu dir sagen - 1600 Euro

Bei Politessen ist es auch nicht billiger:
- Dumme Kuh - 300 Euro
- Du bist doch zu dumm zum Schreiben - 450 Euro
- Hast du blödes Weib nichts Besseres zu tun? - 500 Euro
- Sie sind ja krankhaft dienstgeil - 800 Euro
- Schlampe - 1900 Euro
- Fieses Miststück - 2500 Euro
- Alte Sau - 2500 Euro

Auch mit Gesten sollte man vorsichtig sein:
Zunge herausstrecken - 150 Euro
Einen Kreis aus Daumen und Zeigefinger bilden - 675 Euro
Einen Vogel zeigen - 750 Euro
Mit der Hand vor dem Gesicht wedeln (Scheibenwischer) - 1000 Euro
Den Mittelfinger zeigen - 4000 Euro.

Das zeigen des sogenannten Stinkefingers gilt vor deutschen Gerichten immer noch als schlimmste Beleidigung und kostet zwischen 600 und 4000 Euro. Die Strafen richten sich nach dem Einkommen. In der Regel werden zwischen 10 und 30 Tagessätzen verhängt.

Neben einem Eintrag im Bundeszentralregister wird eine Verurteilung nach einer Beleidigung im Straßenverkehr auch im Verkehrszentralregister vermerkt und mit 5 Punkten in Flensburg belohnt.

Auch international ist der Stinkefinger die schlimmste Beleidigung. Bei einigen Gesten ist es jedoch anders. Wenn man etwas für gut befindet zeigt man den Daumen hoch. Manche bewegen den Daumen auch auf und ab. Hier ist man in anderen Ländern bereits auf dünnem Eis. In Mittelmeerländern, in Russland, im Mittlerern Osten und in Teilen Afrikas und Australiens ist dies eine obszöne Beleidigung und Aufforderung zum Sex. In der Türkei gilt die Geste als Einladung zu homosexuellen Praktiken.

In Deutschland kostet das Tippen an die Stirn, das Vogelzeigen, 750 Euro Strafe. In Nordamerika dürfen sie es ohne Bedenken tun. Es siganlisiert dem

Mitmenschen, dass er klug gehandelt hat und für intelligent gehalten wird.

Das bei uns in Europa und Nordamerika geltende OK-Zeichen, bei dem Daumen und Zeigefinger einen Ring bilden, bedeutet in Südeuropa und Russland einfach *Arschloch*. Inzwischen wurden aber dafür auch schon in Deutschland 750 Euro Strafe verhängt, weil es falsch gedeutet wurde.

In Belgien, Frankreich und Tunesien, wird diese Geste so aufgefasst, dass der Gegenüber eine Null und wertlos ist.

Wer Polizisten oder Politessen beleidigt, beleidigt auch den Staat. Hier sind die Richter besonders streng und es kann auch noch Schmerzensgeld verhängt werden. Es wird also noch teurer.

Bei Privatprozessen, geht es bedeutend harmloser zu. Hier wird in der Regel auch kein Schmerzensgeld gewährt.

Am besten verzichtet man ganz auf Beleidigungen. Man spart viel Geld.

Außen Hui - Innen Feng Shui

Seit einiger Zeit geht es mir nicht gut. Ich bin müde, abgespannt und kraftlos. Außerdem schlafe ich sehr schlecht. Liegt es vielleicht am Alter?

Ein Bekannter klärte mich auf: *Es liegt an der Wohnung. Die Möbel stehen falsch und die Energie fließt nicht richtig.* Er meinte dann: *Du solltest deine Möbel umstellen, ich zeichne dir auf wie das aussieht.* Nun war mir klar, mein Bekannter war Feng-Shui-Experte.

Nun, an dem was er erzählte war schon etwas dran. Bevor ich anfing umzuräumen informierte ich mich über Feng Shui. Dabei kam Erstaunliches zum Vorschein.

Feng Shui ist ursprünglich die Kunst, Gräber nach chinesischer Tradition korrekt auszurichten. Man wollte den Verstorbenen einen guten Start ins Jenseits ermöglichen, aber auch verhindern, dass die Geister der Toten zu den Lebenden zurückkehren und dort Unheil anrichten.

Vieles an Feng Shui ist nichts anderes als Aberglaube. Natürlich kann man leere Ecken mit einer Lampe oder einer Pflanze aufwerten. Natürlich kann man verhindern, dass die Tür blockiert ist. Manche Sachen sind einfach logisch und werden von Innenarchitekten praktiziert, ganz ohne Feng Shui.

Aber das Feld für Esoteriker ist mit Feng Shui weit geöffnet. Weder der Begriff Feng Shui ist geschützt, noch der Begriff Feng-Shui-Berater. Jeder kann sich so nennen und allen möglichen Humbug als Feng Shui bezeichnen. Manchmal geht es bis zur Grenze des Betruges.

Die Regeln des Feng Shui sind wissenschaftlich nicht bestätigt, entsprechen aber der fernöstlichen Mentalität.

Auch die gesundheitsfördernde Wirkung oder die Vermehrung von Glück sind reine Spekulation. Natürlich gibt es Regeln, denen ein Architekt sofort zustimmen würde. So soll man den Raum nicht mit Fenstern an gegenüberliegenden Wänden ausstatten. Den Schreibtisch sollte man so aufstellen, dass man nicht mit dem Rücken zur Tür sitzt. Auch sollte die Tür nicht falsch herum gesetzt werden. Das sind jedoch logische Regeln, die nichts mit fernöstlicher Raumkunst zu tun haben.

Bevor ich meine Möbel umstellte studierte ich die Lehre des Yin Yang, die Grundlage für Feng Shui. Ich grübelte über der Lehre der fünf Elemente. Die Energie wird auf fünf Ebenen verteilt und ausgeglichen. Auf Erde, Metall, Wasser, Holz und Feuer.

Feuer großes Yang
Holz kleines Yang
Wasser großes Yin
Metall kleines Yin
Erde neutral

Und schließlich das Bagua im Feng Shui. Hier wird die Wohnung in neun Bereiche aufgeteilt:
Oben - Reichtum - Ruhm - Partnerschaft
Mitte - Familie - Tai Chi - Kinder
Unten - Wissen - Karriere - Hilfreiche Freunde

- Reichtum symbolisiert den Wohlstand, Grün und Rot passen hier besonders gut,

- Ruhm symbolisiert, wie man von anderen wahrgenommen wird. Hier passen Licht und helle Enrichtungsgegenstände hinein.
- Partnerschaft. Hier sollte eine Sitzecke und ein runder Tisch stehen.
- Familie. Hier ist Platz für Bilder und Erbstücke aus der Familie.
- Thai Chi. Das Zentrum symbolisiert Gesundheit und Ausgewogenheit. Dieser Bereich sollte freigelassen werden.
- Kinder. In diesem Teil wird die Kreativität gefördert. Ein heller Arbeitsplatz, ein Klavier, Bilder mit Blumen sollten hier stehen.
- Wissen. Hier ist Platz für ein Bücherregal. Hier sollten grüne und rote Farben dominieren.
- Karriere. Hier steht die Lebensaufgabe und der Lebensweg und die Farbe blau könnte sich günstig auswirken.
- Hilfreiche Freunde. Dieser Bereich steht für Unterstützung und Schutz. Hier passen frische Blumen, Edelsteine oder Metallobjekte.

Nachdem ich dies alles studiert hatte, tauchten die ersten Probleme auf. Ich wohne in einer Einzimmerwohnung und die Aufteilung in neun Bereiche ist nicht möglich. Und wie stelle ich die Möbel um? Ich habe ja kaum Platz zum Laufen.

Nun, einiges konnte ich ja ändern, vielleicht hilft das. Ich verstellte die Stehlampe, die Sitzecke, die Zimmerpflanzen und sonst noch Dinge die sich bewegen ließen. Dann wartete ich ab.

Es vergingen vier Wochen und mir ging es nicht besser. Irgendetwas musste den Energiefluss stören.

Ich bat meinen Bekannten vorbeizukommen und sich mein Werk anzusehen.

Er kam noch am selben Tag und schaute sich meine Wohnung gründlich an. Dann schlug er die Hände über dem Kopf zusammen und rief: *Im Beziehungseck liegt deine Schmutzwäsche, im Reichtumseck steht eine vergammelte Zimmerpflanze, im Bereich Karriere ist deine Toilette, im Bereich Wissen steht dein Kleiderschrank, im Bereich Familie steht dein Bücherregal und im Bereich Karriere dein Fernseher.* So geht das nicht.

Dann sprach er weiter: *Eine freistehende Couch mitten im Zimmer, das geht gar nicht. Und das Bett steht zwischen Tür und Fenster, hier ist der Energiefluss zu stark und führt zu Schlafstörungen.*

Dann schaute er sich das Bad an und meinte: *durch die Wohnungstür kommt die meiste Energie herein. Gegenüber ist die Badezimmertür. Die musst du immer geschlossen halten, sonst fließt die Energie direkt durch den Abfluss wieder hinaus. Und du musst an der Badezimmertür einen Spiegel anbringen, das ist der Wächter, der wirft die Energie in den Raum zurück.*

Dann öffnete er meinen Kleiderschrank und wurde leichenblaß: *mein Gott, da liegen ja schwarze Socken neben weißen Socken. Das geht überhaupt nicht. Das stört den Energiefluss zu den Oberhemden. Irgendwann fängt das alles an zu brennen.*

Jetzt hatte ich genug und warf ihn hinaus. Meine Wohnung bleibt nun wie sie ist. Wenn ich weiter nicht schlafen kann, liegt es nicht am Energiefluss, sondern am schlechten Fernsehprogramm oder an etwas anderem. Ich werde versuchen, ohne Feng Shui auszukommen. Auch wenn es schwer wird.

Tai Chi

Mein Arzt meinte, ich brauche unbedingt Bewegung. Nicht den ganzen Tag vor dem Fernseher sitzen, rausgehen und laufen, sagte er. Nun ich habe es versucht, joggen geht nicht mehr. Aber gehen mit den Stöcken, das geht schon noch, ist aber langweilig.

Zur Zeit sind ja Entspannungstechniken aus Fernost in Mode. Vielleicht finde ich da etwas passendes.

Reiki, Shiatsu und Thai-Massage sind Massagetechniken. Die sind zwar angenehm, kommen aber in meinem Fall nicht in Frage. Eher Yoga, Qigong oder Tai Chi.

Als ich mal wieder durch den Stadtgarten ging sah ich ältere Menschen (so um die 40 Jahre) auf der Wiese stehen und seltsame Bewegungen machen. Einige Leute schauten zu. Ich fragte einen der Zuschauer was die Leute da machen? Er antwortete: *Das soll wohl Tai Chi sein, aber die Figuren stimmen nicht.*

Nun stellte sich heraus, dass er Tai-Chi-Experte war und er begann auch schon die einzelnen Figuren zu erklären. Wir sehen jetzt die zehn wichtigsten Figuren aus dem Tai Chi, passen sie auf:

- Die erste Figur soll wohl die Peitsche sein, sieht aber eher aus wie eine Fliegenklatsche.
- Die zweite Figur kennt jeder, der Kranich, was wir hier aber sehen ist eine schwangere Ente.

- Die dritte Figur sollten Wolkenhände sein, was wir hier sehen kann auch ich nicht erklären.
- Die vierte Figur heißt Spiele die Laute. Was machen die Leute dort, sie sägen Holz.
- Die fünfte Figur ist das Kreuz. Na das bringen sie gerade noch hin.
- Die sechste Figur ist die Weberin. Was sehen wir? Eine Spinnerin.
- Die siebte Figur ist die tiefe Schlange. Was die uns zeigen ist eher ein Regenwurm.
- Die achte Figur ist der Goldene Hahn. Das sieht eher nach einem Gummiadler aus.
- Die neunte Figur ist die fliegende Taube. Na ja, mit viel Phantasie kann man das noch gelten lassen.
- Die zehnte Figur heißt den Bogen spannen. Wenigstens das kriegen sie hin.

Ich hatte die ganze Zeit den Leuten zugesehen und dachte, das ist leicht, das kann ich auch zu Hause machen. Dann fragte ich doch vorsichtshalber den Spezialisten: *wieviele Figuren gibt es und wieviele muss man in einer Stunde machen? Über 50* sagte er, *die muss man auswenig lernen.*

Was? sagte ich, *über 50 Figuren? Das ist ja der Wahnsinn. Das kommt für mich nicht in Frage.*

Jetzt habe ich doch etwas gefunden. Es heißt PMR oder Progressive Muskelrelaxation nach Jacobson. Man liegt auf dem Rücken und macht nacheinander 8 Muskelentspannungsübungen. Dazu gibt es eine spezielle Musik die beruhigt. Die habe ich mir besorgt und lasse sie zu den Übungen laufen. Allerdings gibt es ein Problem. Nach der dritten Übung bin ich meistens eingeschlafen. Wenn ich wieder aufwache weiß ich nicht mehr, ob ich alle Übungen gemacht habe. Also fange ich nochmal von vorne an - und schlafe wieder ein. Also PMR und Tai Chi kommen nicht in Frage. Hilft nur noch Nordic Walking ohne Stöcke - Spazierengehen.

Das Glück bleibt aus

Seit Wochen steht bei mir im Regal die japanische Winkekatze *Maneki Neko*. Sie winkt Tag und Nacht, aber das Glück ist bisher ausgeblieben.

Nun habe ich herausgefunden, warum die Katze bei mir versagte und fand die Erklärung. Winkt die Katze mit der rechten Pfote, bringt das allgemein Glück. Winkt sie mit der linken Pfote verspricht das gute Geschäfte. Ich habe die falsche Katze, meine winkt mit der linken Pfote.

Nun habe ich von einer Glücksbringerin aus Thailand gelesen. Die *Nang Kwak* - die schöne winkende Dame. In Thailand gibt es kaum ein Geschäft, ein Restaurant oder eine Bar, in der nicht mindestens eine Nang Kwak sitzt

Die Nang Kwak ist eine hübsche Dame, die Kunden herbeiwinken soll. Sie trägt ein rotes Gewand und auf dem Kopf eine goldene Krone. Sie hebt die rechte Hand und winkt. So eine Glücksbringerin werde ich mir auch noch besorgen. Auf die Maneki Neko kann ich mich ja nicht mehr verlassen.

Auch eine Kranichfigur brauche ich noch. der *Kranich* ist der Vogel des Glücks und steht in China und Japan für ein langes Leben.

Auch die japanischen Zierkarpfen *Koi* stehen für Stärke und langes Leben und sollen ihrem Halter Glück und Wohlstand bringen. Aber in der Wohnung kann ich keinen Koi halten.

Auch der Elefant gilt in Asien als Glücksbringer. Wer unter seinem Bauch hindurchschlüpft beschwört das Glück. Oder wer ihn dazu bringt, seinen Rüssel zu heben. Das gilt auch als Wink des Glücks. Ich habe nur einen schweren Holzelefanten und der hat mit bisher noch kein Glück gebracht.

Vielleicht versuche ich es mal mit einem islamischen Glücksbringer. Die *Hand der Fatima* ist dort sehr beliebt. Es ist eine Hand aus Silber, in deren Mitte ein Auge sitzt. Die Hand soll böse Geister abhalten.

In Russland sind Mammutknochen sehr beliebt. Sie sollen ihre Besitzer vor Krankheit und Unglück schützen. Aber wo bekomme ich einen Mammutknochen her?

In der asiatischen Kultur gilt der *Glücksbambus* als einer der ältesten Glücksbringer überhaupt. Er wird zu allen möglichen Anlässen verschenkt. Selbst das Rauchen soll man sich damit abgewöhnen können. Da ich nicht mehr rauche kann ich auf den Bambus verzichten.

Auf Bali gelten Fledermäuse als Glücksbringer und eine rote Fledermaus bedeutet sogar großes Glück. Also auf nach Bali und Fledermäuse fangen.

Wenn ich mir das genau überlege, ist doch alles nur Aberglaube und man braucht diese Dinge überhaupt nicht. Wozu brauche ich Glück? Es reicht doch, wenn ich kein Pech habe.

Was ich nicht mag

- Ich mag keine Katzenscheisse.
- Ich mag keine Zecken.
- Ich mag keine Besserwisser.
- Ich mag keinen humorlosen Menschen.
- Ich mag kein Anstehen bei Behörden.
- Ich mag keine Lügen.
- Ich mag keine Unpünktlichkeit.
- Ich mag keine Raucher.
- Ich mag keine Frauen mit Bart.
- Ich mag keinen Telefonterror von zweifelhaften Marktforschungsinstituten.
- Ich mag keine Banker, die Milliarden verzocken und Millionenabfindungen bekommen.
- Ich mag keine Politiker die Steuergelder verschwenden.
- Ich mag keine Politiker die nach der Wahl das Gegenteil von dem tun, was sie versprochen haben.

Es gibt auch vieles was ich an Deutschland nicht mag. Hier einige Beispiele:

Es ist nicht erwünscht irgendetwas zu kritisieren.
Es gibt hier zu viele Idioten.
Viele Menschen BILDen sich falsch.
Die Deutschen verblöden immer mehr.
Das Bildungssystem wird immer schlechter.
Alles wird überreglementiert.
Die ärztliche Versorgung wird immer schlechter.
Die Deutschen überwachen sich selber.
Die Deutschen lästern über alles und jeden.

In den Großstädten gibt es zuviele Ausländer.
Bei wichtigen Dingen wird das Volk nicht gefragt.
Die Deutschen werden immer fetter.

Deutschlands Bevölkerung nimmt immer weiter zu, doch nicht in der Anzahl sondern an Gewicht. Die Lebens-, Arbeits- und Ernährungsweise hat sich in den letzten Jahrzehnten drastisch verändert.

Früher mussten die Menschen hart arbeiten und Essen gab es nicht im Überfluss. Durch die ständig hohe Anstrengung wurden soviele Kalorien verbraucht, dass es kaum Übergewichtige gab.

Inzwischen gibt es Essen im Überfluss und körperliche Arbeit wurde deutlich weniger. Durch falsche Ernährung und zu wenige Bewegung sind in Deutschland schon mehr als 50% Übergewichtig. Das betrifft vorwiegend die Männer.

In den einzelnen Bundesländern gibt es keine großen Unterschiede mehr.
In Baden-Württemberg sind 60% der Männer zu dick.
In Hessen sind ebenfalls 60% der Männer zu dick.
In Mecklenburg-Vorpommern sind es auch 60%.
In Bayern sind 50% der Bevölkerung zu dick, aber 60% der Männer, davon 15% sogar schwer übergewichtig.
In Sachsen-Anhalt sind es nur 59,4% der Männer.
In Nordrhein-Westfalen sind 62% der Männer zu dick.
An der Spitze liegt jedoch Thüringen mit 65%.

Diese Zahlen sind schon 1 Jahr alt und haben sich inzwischen bestimmt weiter erhöht. Allerdings gibt es Hoffnung. Durch die Einwanderung von Millionen unterernährter Asylanten wird der Durchschnitt in den Bundesländern wieder gesenkt. Wenn genug nach Baden-Württemberg kommen erreichen wir bald wieder Zahlen, wie wir sie kurz nach dem Krieg hatten. So bringen die Einwanderer wenigstens für die Statistiken etwas positives.

Nimm doch ab und zu mal ab

Nach der Geschichte über die dicken Deutschen stellte ich mich auf die Waage und siehe da - ich bin auch zu dick.

Seit Jahren versuche ich abzunehmen und werde immer dicker. Ich habe noch nicht alles versucht, aber schon einige Diäten.

Zuerst versuchte ich es mit Zitronensaft. Das brachte in einer Woche zwar 3 Kilo, aber als ich keine Zitrone mehr sehen konnte, nahm ich wieder zu.

Dann versuchte ich es mit Kohlsuppe. Auch das wirkte nur kurzfristig. Nach einer Woche war beim Gewicht Stillstand und ich konnte Kohl nicht mehr riechen.

Dann las ich die Werbung von verschiedenen Anbietern. In vier Wochen 20 Kilo. Oder in 10 Tagen 5 Kilo. In 60 Tagen 30 Kilo. Diese Aussagen waren vielversprechend.

Ich begann mit Reductil mit dem Wirkstoff Sibutramin. In der ersten Woche nahm ich 4 Kilo ab. In der zweiten Woche waren es nur noch 2 Kilo. In der dritten Woche nur noch 1 Pfund. Das Medikament war sehr teuer und ich überlegte, ob ich es nicht absetzen sollte. Dann machte mich mein Hausarzt darauf aufmerksam, dass das Mittel in den USA verboten wurde, weil es einige Todesfälle gab. Danach wurde es auch in der Schweiz verboten.

Wieviele Menschen tatsächlich durch das Mittel starben, werde ich nie wissen. Wenn ein stark Übergewichtiger plötzlich stirbt, schreibt kein Arzt auf den Totenschein, welches Medikament er nahm. Nun verzichtete ich auf Reductil und versuchte ein anderes Mittel.

Zuerst Formoline L 112. Auch das Mittel ist teuer und der gewünschte Erfolg blieb aus. Dasselbe pasierte mit Lipo 13.

Dann ersetzte ich 2 Mahlzeiten durch Almased. Auch hier nahm ich in der ersten Woche 3 Kilo ab, dann nichts mehr.

Einen letzter Versuch startete ich mit Yokebe. Hier war es genauso, wie bei Almased. Es sind ja im Prinzip die selben Nahrungsergänzungen.

Nun las ich vor einigen Tagen von dem neuen Wundermittel Revolyn. Im Internet stehen viele Erfolgsberichte. Aber kann man die Glauben?

Wenn man der Werbung Glauben schenkt, ist Abnehmen kinderleicht. Man bekommt sogar eine Erfolgsgarantie. Die ist aber nichts wert. In sieben Tagen sieben Kilo abnehmen, das geht. Aber in den nächsten acht Tagen sind die Kilos wieder drauf.

Inzwischen bin ich zu der Erkenntnis gekommen, dass es überhaupt keine Abnehmmittel gibt und in Zukunft auch nicht geben wird. Wenn man in 20 Jahren 20 Kilo angefressen hat, kann man die nicht in 4 Wochen wieder abnehmen.

Ich muss also auf einem anderen Weg zum Wunschgewicht kommen. Dazu habe ich mir einige Punkte vorgenommen:
Ich fange mit kleinen Schritten an.
Ein Kilo pro Woche ist realistisch.
Ich fange sofort damit an, nicht erst morgen.
Ich mache keine Diät, die mir alles verbietet.
Ich wiege mich nicht mehr jeden Tag, sondern nur noch zweimal in der Woche.
Nach 3 Wochen gibt es einen Stillstand, da muss ich durch.
Ich zwinge mich langsamer zu essen.
Ich nehme nur noch kleine Bissen zu mir.
Ich trinke täglich 3 Liter Wasser, vor jeder Mahlzeit ein Glas.
Ich werde nicht mehr alles aufessen. Wenn ich satt bin höre ich sofort auf.
Ich werde ausgiebig Frühstücken und damit die Grundlage für den Tag legen.
Ich werde auf nichts verzichten, aber von Schokolade deutlich weniger essen.
Ich werde mehr die Treppe benutzen und Fahrstuhl und Rolltreppe links liegen lassen.
Kurze Strecken gehe ich zu Fuß.
Beim Busfahren steige ich eine Haltestelle früher aus und gehe den Rest.
Ich werde täglich Spazierengehen.
Ich werde zu Hause täglich Gymnastik und Hanteltraining machen.
Ich werde immer positiv denken und niemals aufgeben.
Ich werde öfter Nein, danke sagen, wenn mir etwas angeboten wird.

Ich werde meine Erwartungen nicht zu hoch ansetzen.

Ich weiß, dass ich die überflüssigen Pfunde nicht von heute auuf morgen verlieren kann, die ich über Jahre zugenommen habe.

Ich spare viel Geld, weil ich keine teuren Abnehmprodukte mehr kaufen werde.

Bis heute ging ich auf 100 Kilo zu. Mal sehen, wo ich in einem Jahr stehe. 80 Kilo sind mein Ziel.

Lebensweisheiten

Zum Schluß noch ein paar Lebensweisheiten:

Alter - Im Alter bereut man vor allem die Sünden, die man nicht begangen hat.

Alter - Je weniger Zähne man hat, um so bissiger wird man.

Alter - Wenn man über 60 ist, macht man keine Dummheiten mehr, denkt man.

Alter - Im Alter wird man immer knackiger - mal knackt's hier, mal da.

Alter - Warum bekommt man Falten im Gesicht, wo doch am Arsch so viel Platz ist.

Alter - Alt ist man, wenn alle Leute sagen, dass man jung aussieht.

Alter - Wer im Alter nicht merkt, dass er von Idioten umgeben ist, merkt es aus einem bestimmten Grund nicht.

Alter - Alt ist man erst, wenn man getrennt von seinen Zähnen schläft.

Armut - Wer glaubt er sei arm, der sollte mal umziehen.

Klugscheisser - Ich bin kein Klugscheisser, ich weiß es wirklich besser.

Alleskönner - Wenn einer alles kann, kann er nichts richtig.

Abnehmen - Die meisten Diäten beginnen mit dem Wort - Morgen.

Dummheit - Gescheite kann man überzeugen, Dumme muss man überreden.

Wünsche - Wenn man sich etwas ganz fest wünscht, kann man sicher sein, dass man es nie bekommt.

Gerüchte - Der Flurfunk ist ein besonderer Nachrichtenkanal. Er berichtet Sachen, die ganz geheim sind und solche, die nie passiert sind.

Giftzwerge - Der Giftzwerg muss nicht klein sein wie ein Zwerg, aber er versprüht Gift.

Affentheater - Wenn Affen sich aufregen, kreischen sie lautstark und hüpfen wild umher. Menschen verhalten sich ebenso.

Abstauben - Abstauben kann eine lästige und mühsame Arbeit sein. Wenn es aber nicht um Staubwischen geht, stauben die meisten Menschen gerne ab.

Arschfax - Das Arschfax ist keine ungeliebte Post. Allerdings steht auch nichts Interessantes darauf.

Sauklaue - Wie sieht es aus, wenn ein Schwein mit seinen Füßen schreibt. Genauso muss man sich eine Sauklaue vorstellen.

Furzklemmer - Ein Furzklemmer hält einen Furz zurück, bis er im Bett liegt. Erst dort lässt er ihn unter der Decke fahren, damit kein anderer mitriechen kann.

Fremde - Fremde lernen die Stadt besser kennen, wenn man ihnen den falschen Weg zeigt.

Lügen - Die häufigste Lüge von Rednern ist: Ich komme jetzt zum Schluß.

Ende